Wolfgang Heintzeler
Der rote Faden

Wolfgang Heintzeler

Der rote Faden

Fünf Jahrzehnte:

Staatsdienst
Wehrmacht
Chemische Industrie
Nürnberg
Marktwirtschaft
Mitbestimmung
Kirche

Seewald Verlag
Stuttgart

© Seewald Verlag Dr. Heinrich Seewald GmbH & Co.,
Stuttgart-Degerloch 1983. Schutzumschlag von Volker Pfeifle.
Satz bei KH satztechnik, Gilching.
Druck bei Druckerei Mayer & Söhne, Aichach.
Gebunden bei Hans Klotz, Augsburg. Printed in Germany.
ISBN 3 512 00664 7

INHALT

Meiner lieben Frau,
unseren Kindern und Enkelkindern

Vorwort

1945 — Das ist die Stunde Null: Ende und Anfang zugleich. Für meinen Jahrgang (1908) ist es außerdem ziemlich genau Halbzeit, gesehen aus der Sicht des Jahres 1982. So verschieden sind die beiden Halbzeiten meines Lebens, daß ich rückblickend manchmal glaube, sie gehören verschiedenen Welten an; und doch sind sie schicksalhaft durch einen roten Faden verwoben und können nur im Zusammenhang dargestellt werden.

Die nachfolgenden Aufzeichnungen sind keine Memoiren im üblichen Sinne. Richtige »Memoiren« müssen berichten über Familiengeschichte, Elternhaus, Geschwister, Jugendjahre, Schule, Lehrer und Mitschüler, erste Liebe und spätere Lieben, Studentenjahre, Beruf, Ehe, Kinder, Enkel, Freundschaften, Begegnungen, Feste, Reisen und vieles andere mehr, was Glück und Fülle eines Menschenlebens, manchmal auch seine Tiefen ausmacht. Es würde mich reizen, auch von all diesen Dingen zu erzählen, aber wer wird das alles später einmal lesen wollen?

Zur Feder habe ich aus zwei Gründen gegriffen: Einmal, weil ich in meinem Leben einige Dinge persönlich miterlebt habe, die mir für die spätere Beurteilung unserer Zeit nicht unwichtig erscheinen und die festzuhalten ich für meine Pflicht halte; mein persönliches Leben und das meiner Familie will ich dabei nur als verbindenden Rahmen in großen Zügen darstellen. Zum anderen: Manchmal beschleicht mich die Furcht, daß sich das Geschehene mit anderen Vorzeichen wiederholen könnte. Ich will aber die Hoffnung nicht aufgeben, daß wir Deutschen in der Lage sind, aus geschichtlichen Erfahrungen Lehren zu ziehen.

Der erste Teil gibt einen kurzen Abriß meiner Jugend und bringt dann die Darstellung von Studien- und Referendarzeit bis 1933, in der sich das Unheil vorbereitete.

Der zweite Teil schildert mein Erleben und meine Einstellung im 3. Reich, wobei meine Erlebnisse im Reichsjustizministerium 1934-1936 und ab 1939 der Krieg im Mittel-

11

punkt stehen. In diese Zeit fällt mein Überwechseln vom Beamtenleben zur Privatwirtschaft (1936), welches ohne das 3. Reich wohl nicht stattgefunden hätte.

In diesem Abschnitt will ich in voller Offenheit berichten über mein politisches Denken und Verhalten in dieser Zeit. Je größer der zeitliche Abstand zum sogenannten 3. Reich wird, um so schwieriger wird es für die späteren Generationen sein, sich vorzustellen, wie das, was passiert ist, dem deutschen Volk widerfahren konnte. Je vollständiger die in- und ausländischen Historiker das Geschehen von 1933-1945 durchleuchten, um so schwerer wird es werden, sich in die Situation derer hineinzuversetzen, die damals unter einem totalitären Regime gelebt haben, zu dessen Grundsätzen Geheimhaltung, Nichtinformation, Falschinformation und eine fast völlige Abschirmung von der Außenwelt gehörten. Das Festhalten des subjektiven Erlebens des einzelnen scheint mir für später notwendig, damit sich nicht falsche pauschale Urteile über »die Deutschen« festsetzen. Es erschiene mir außerordentlich wichtig, wenn möglichst viele meiner Zeitgenossen sich gleich mir dazu entschießen könnten, mit eigenen Erlebnisberichten Mosaiksteine zu liefern, aus denen die Nachwelt ein ausgewogenes Bild »der Deutschen« unseres Jahrhunderts entwickeln kann.

Mein Bericht ist kein Ersatz für ein Geschichtsbuch; er wird insbesondere für den jungen Leser nur dann verständlich sein, wenn er das Gerippe der geschichtlichen Entwicklung des 3. Reiches aus anderen Quellen kennt; als grobe Orientierungshilfe ist aber diesem Buch eine Zeittafel über den Ablauf der wichtigsten Ereignisse als Anhang 1 beigefügt.

Bei der Darstellung meines Erlebens im 3. Reich habe ich möglichst darauf verzichtet, retrospektive Betrachtungen von später in das damalige Erleben hineinzuprojizieren. Psychologen mögen bezweifeln, ob ein solcher Verzicht überhaupt möglich ist; ich habe es jedenfalls versucht. Kritik und Selbstkritik, die mancher Leser vielleicht in diesem Teil meines Buches vermissen wird, habe ich, vom Erlebnisbericht getrennt, im siebten Teil dargestellt.

Im dritten Teil schildere ich die Erlebnisse in den Jahren 1945-1953 unter dem Titel »Der Weg aus dem Chaos«; diese Jahre meines Lebens sind geprägt durch die Teilnahme als Verteidiger am Nürnberger IG-Farbenprozeß sowie durch die Entflechtung der IG Farbenindustrie AG und die Neugründung der BASF. Es waren die Jahre, welche die größten Anforderungen an mich stellten.

Der vierte und fünfte Teil bringt nicht eine Darstellung der Unternehmensgeschichte der BASF, bei der ich 20 Jahre als Vorstandsmitglied tätig war und deren Aufsichtsrat ich seit 1974 als Mitglied angehöre; diese Unternehmensgeschichte muß von anderen geschrieben werden, wobei ich gern mein Scherflein dazu beitragen würde und manche Pointen beisteuern könnte; aus der Zeit ab 1953 schildere ich hier lediglich das, was ich vom Standort BASF aus an gesellschafts- und wirtschaftspolitischen Entwicklungen miterlebt habe, ein Geschehen, in das ich jahrelang aktiv und intensiv verwickelt war.

Der sechste Teil bringt schließlich meine Erfahrungen im Bereich der Evangelischen Kirche der Bundesrepublik, die davon ihren Ausgang nahmen, daß ich Gründungsmitglied des Arbeitskreises Evangelischer Unternehmer (AEU) wurde und heute dessen Vorsitzender bin. Diese Erlebnisse glaube ich deshalb festhalten zu müssen, weil die derzeitige Entwicklung der Evangelischen Kirche inner- und außerhalb unseres Landes nicht nur wegen ihrer theologischen Zersplitterung zu tiefer Sorge Anlaß gibt.

Der siebte Teil stellt den Versuch dar, das Erlebte in Kritik und Selbstkritik zu »bewältigen«.

Mancher Leser wird ein Kapitel über meine Verbindungen zur deutschen Wissenschaft vermissen. Dieses Kapitel fehlt nicht deshalb, weil etwa solche Verbindungen nicht bestanden hätten, sondern weil mein Wirken auf diesem Gebiet mehr begleitend — helfend und beratend — war, weniger aktiv-handelnd. Aber Dankbarkeit gegenüber der Wissenschaft veranlaßt mich, vier ihrer Institutionen ausdrücklich zu erwähnen: Der Hochschule für Verwaltungswissenschaften in Speyer, die mich zu ihrem Ehrensenator machte, verdanke ich viele wertvolle Kontakte mit den Lehrkräften und mit der nachwachsenden Juristengeneration, der wir jahrelang in jedem Semester eine Fabrikbesichtigung bei der BASF ermöglichten, an welche sich meist eine lebhafte Diskussion anschloß. Ich hatte ferner das Glück, viele Jahre lang drei Institute der Max-Planck-Gesellschaft als Mitglied von deren Kuratorien auf ihrem Nachkriegsweg zu begleiten: das Institut für Völkerrecht in Heidelberg, das Institut für Patent- und Urheberrecht in München und das Institut für Kernphysik in Heidelberg. Ich durfte miterleben, wie alle diese drei Institute sich unter der Leitung hervorragender Persönlichkeiten (Carl Bilfinger und Hermann Mosler, Eugen Ulmer, Wolfgang Gentner) aus bescheidensten Anfängen zu den auf ihrem Gebiet führenden Instituten der Bundesrepublik entwickelten und schließlich internationalen Ruf und Rang erlangten. Die Verbindung mit diesen Stätten der Wissenschaft war eine große Bereicherung meines Lebens.

Dem Leser wird vielleicht auffallen, daß ich in meinem Erlebnisbericht nur sparsam mit Namen umgehe, vor allem mit Namen von noch lebenden Personen. Viele Menschen, denen ich begegnete, viele Freunde, Kriegskameraden, Kollegen und Mitarbeiter im Staat, in der Wirtschaft, in der Wissenschaft und in der BASF, Menschen, denen ich im Raum der Kirche begegnete, hätten es verdient, daß ihre Namen im Rahmen dieses Buches festgehalten werden. Das Problem, mit dem ich nicht fertig wurde, ist die Auswahl unter den vielen Weggefährten, die unmöglich alle genannt werden konnten, ohne den Rahmen meiner auf die Sache konzentrierten Darstellung zu sprengen. Diese Beschränkung bedrückt mich, weil ich auf diese Weise mir selbst die Möglichkeit nehmen mußte, so manchen Dank auszusprechen, der aus vollem Herzen gekommen wäre.

ERSTER TEIL

Bis 1933

Jugend

Am 24. Oktober 1908 kam ich auf die Welt, und zwar als Sohn des Rechtsanwalts Dr. Oskar Heintzeler und seiner Frau Gertrud, die eine geborene Ölschläger war. Mein Geburtsort war Besigheim, eine malerische Kleinstadt am Zusammenfluß von Neckar und Enz, die von den Schwaben gerne als das »Schwäbische Rothenburg« bezeichnet wird.

Das ländliche Besigheim war ein idyllischer Rahmen für die Jahre meines Erwachens.

Im Juni 1912 erschien als zweites Kind meine Schwester Suse. Während der kritischen Tage wurde ich zu den Großeltern nach Stuttgart verschickt. Obwohl ich dort sehr verwöhnt wurde, behagte mir das Dasein in der Parterrewohnung eines vierstöckigen Mietshauses — umgeben von lauter gleichartigen Häusern — nicht so richtig, und ich kehrte gern nach Besigheim zurück.

Gleichwohl wurde im Sommer 1914 Stuttgart und eine Wohnung im 4. Stock eines städtischen Mietshauses meine neue Heimat für fast 10 Jahre. Mein Vater nahm eine Stellung bei einer Versicherungsgesellschaft in Stuttgart an, und wir siedelten dorthin über. Hier blieben wir bis zum Frühjahr 1923, und hier erlebte ich den 1. Weltkrieg. Er brachte Stuttgart einige Fliegerangriffe und für mich einige angsterfüllte Nächte im Kellergewölbe unseres Mietshauses, die aber natürlich nicht vergleichbar waren mit den Bombennächten des 2. Weltkrieges.

Aus den Kriegsjahren 1914—1918 ist auch anderes in meinem Gedächtnis geblieben, was der Erwähnung wert ist: Württemberg war bis 1918 ein Königreich mit einem leibhaftigen König: Wilhelm II., einem gütigen Landesvater, dessentwegen allein die Schwaben im Jahr 1918 wohl kaum eine Revolution gemacht hätten. An einem Sonntagmittag — es war wohl 1917 — stand ich an einer Haltestelle in der Nähe der königlichen Residenz und wartete auf die Straßenbahn. Da kam ein würdiger alter Herr im schwarzen Gehrock mit schwarzem steifem Hut, einem Stock in der Hand und einem großen Hund an der Leine, gemessenen Schrittes daherspaziert; es war der König auf seinem Sonntagsspaziergang durch die Straßen Stuttgarts, mutterseelenallein, ohne Adjutant, ohne Polizei, ohne Leibwächter! Ja, so etwas gab es damals noch. Ich grüßte den König mit einer Verbeugung, und hoheitsvoll dankte er durch leichtes Lüften seines Hutes, worauf der Neunjährige natürlich sehr stolz war. Im November 1918 mußte auch dieser König von Württemberg auf den Thron verzichten, er blieb aber im Lande und verbrachte seinen Lebensabend in Bebenhausen bei Tübingen. In seinem Testament ordnete er an, daß nach seinem Tod der Trauerkondukt von Bebenhausen nach Ludwigsburg seine Hauptstadt Stuttgart, die ihn so schmerzlich enttäuscht hatte, nicht berühren dürfe.

In Stuttgart kam am 2. Januar 1919 mein Bruder Manfred zur Welt (der leider im Jahr 1972 viel zu früh verstarb). Mitte November 1918, also kurz vor der Ankunft meines Bruders, ging meine Mutter mit mir in die Stadt, wobei wir am Justizpalast vorbeikamen, nicht ahnend, daß soeben ein Trupp von Revolutionären das Gefängnis gestürmt und alle dort Inhaftierten gewaltsam befreit hatte. Bedrohliche Gestalten wimmelten plötzlich um uns, und meine Mutter zog mich blitzschnell in den Eingang des nächsten Hauses, wo wir zitternd warteten, bis die Luft wieder klar war. So erlebte ich zehnjährig die Revolution.

Im Jahr 1923 zogen meine Eltern nach Reutlingen um, und die drei Jahre des Obergymnasiums und der Tanzstunde dort waren die glücklichsten meines ersten Lebensabschnittes.

Sowohl die Familie meines Vaters wie die meiner Mutter waren gut schwäbische Familien, beide mit einem Schuß von Hugenottenblut. Ich wuchs auf in der Geborgenheit eines harmonischen Elternhauses; mit einem Generationenproblem bin ich in meiner Jugend nie konfrontiert worden. Meinen Eltern bin ich unendlich dankbar für alles, was ich von ihnen an Liebe, Verständnis und Großzügigkeit bei meiner Ausbildung erfahren habe. Am Tag der goldenen Hochzeit meiner Eltern im Jahr 1957 habe ich eine kleine Rede gehalten, in der ich den bekannten Vers von Goethe auf dessen Eltern für meine Eltern umgekehrt habe:

> »Von der Mutter habe ich die Statur,
> des Lebens ernstes Führen;
> vom Väterchen die Frohnatur,
> die Lust zu fabulieren.«

Ich hatte das Glück, daß meine Eltern mein Leben sehr lange begleiten durften; mein Vater starb 1960 mit 82 Jahren einen friedlichen Tod, nachdem er am Abend vorher noch Goethes »Iphigenie auf Tauris« gelesen hatte — »das Land der Griechen mit der Seele suchend«. Meine Mutter überlebte ihn um elf Jahre und starb 87jährig ohne langes Leiden — zwei Jahre, bevor ich das Pensionsalter erreichte!

Die Atmosphäre meines Elternhauses war geprägt durch die Komponenten des Humanistischen, des Liberalen (mein Vater war ein Mitstreiter von Friedrich Naumann gewesen), des Christlichen und des Nationalen. Dem Eberhard-Ludwig-Gymnasium in Stuttgart und dem Humanistischen Gymnasium in Reutlingen bin ich dankbar dafür, daß sie mir bis zum Abitur eine umfassende Bildung vermittelten, soweit eine solche in unserer Zeit überhaupt noch denkbar ist. Zum Glück gab es damals noch nicht wie heute die Möglichkeit, Fächer abzuwählen, die für die Persönlichkeitsbildung und für ein halbwegs geschlossenes Weltbild unentbehrlich sind.

Von früher Jugend an beschäftigten mich sehr stark Fragen der Religion und der Weltanschauung. Als Oberprimaner brachte ich den ersten Versuch zu Papier, das materialistisch-deterministische Weltbild durch Erkenntniskritik zu überwinden. In weltanschaulich-religiöser Hinsicht habe ich wie jeder denkende Mensch viele Stadien durchlaufen, aber ich habe mich in keiner Phase meines Lebens, auch nicht in der Zeit des 3. Reiches, von der evangelischen Kirche losgesagt.

Eine große Rolle spielte in meiner Schulzeit die Mitgliedschaft in einem nationalen Jugendverband, dem ich zuerst in

Stuttgart und dann in Reutlingen angehörte. Ihm verdanke ich unvergessene Gemeinschaftserlebnisse, Theaterabende, Weihnachtsfeiern, Sonnwendfeiern auf einem Berge der Schwäbischen Alb (wobei der paarweise Sprung durch das prasselnde Feuer das Schönste war!) und viele herrliche Wanderungen — darunter eine dreiwöchige Gruppenwanderung durch Schleswig-Holstein. Diese endete mit einer Fahrt nach Helgoland, wobei ich zum ersten Mal im Leben das Meer erblickte. Der Zugehörigkeit zu »Jung-Deutschland« verdanke ich auch die beiden ersten Auslandsreisen meines Lebens, nämlich zu den Banater Schwaben. Deren Vorfahren waren von der Kaiserin Maria-Theresia als Siedler in das damals ungarische Banat gerufen worden; beim Ende des 1. Weltkrieges war ihre Madjarisierung weit fortgeschritten, aber die Abtretung des Banats an Rumänien belebte ihr Deutschtum neu, und so luden sie zweimal — im Jahr 1922 und im Jahr 1923 — je 400 Kinder aus Schwaben für die Sommerferien zu sich ein. Ich war beide Male dabei, das erste Mal im Dorf Varjas als Gast einer Großbauernfamilie, das zweite Mal als Gast einer Kaufmannsfamilie in der Stadt Arad. Die Gastfreundschaft war beide Male überwältigend. Diese beiden ersten Auslandsreisen, auf denen wir auch Wien und Budapest kurz kennenlernten, förderten natürlich meine Entwicklung ungemein, sie trugen auch viel dazu bei, daß ich mich schon früh für politische Fragen interessierte.

Wie die meisten Menschen meiner Generation — jedenfalls in bürgerlichen Kreisen — wurde ich in den Jugendjahren politisch überwiegend geprägt vom Erlebnis des 1. Weltkrieges und seiner Auswirkungen. Wir glaubten fest — ob zu recht oder zu unrecht, mögen die Historiker entscheiden —, daß dem deutschen Volk mit dem Versailler Friedensvertrag schweres Unrecht geschehen sei. Die Prämisse dieses Vertrages — die Alleinschuld Deutschlands am 1. Weltkrieg — hielten wir für eine Lüge. Wir sahen, daß von den 14 Punkten Wilsons, die viel dazu beigetragen hatten, daß das deutsche Volk im 1. Weltkrieg die Waffen streckte, im Versailler Vertrag nichts übrig geblieben war, und daß die USA — das Heimatland Wilsons — es deswegen ablehnte, diesen Vertrag zu ratifizieren. Die Verstümmelung des Reichsgebietes und die einzelnen Bestimmungen des Versailler Vertrages hielten wir für unakzeptabel. Wir hielten es für einen Akt der Versklavung, daß das deutsche Volk auf Generationen hinaus ohne zeitliche Festlegung mit einer noch nicht einmal ziffernmäßig fixierten Reparationsschuld belastet werden sollte. Und als unsere politische Lebensaufgabe betrachteten wir es, die unrechten Folgen des Versailler Vertrages zu beseitigen und unserem Land wieder eine geachtete gleichberechtigte Stellung unter den Völkern Europas zu verschaffen. Über den Weg, wie man das Schicksal wenden könnte, gingen die Ansichten in meiner Generation früh auseinander. Viele stießen schon bald zur NSDAP. Andere billigten die Politik Luthers und Stresemanns und später Brünings; zu diesen gehörte auch ich.

Studentenjahre
1926-1930

Mit dem Herannahen des Abiturs stellte sich die Frage, welchen Weg ich danach einschlagen sollte. Zunächst wollte ich Ingenieur werden — Brückenbauer oder so — und hatte auch schon eine Lehrstelle bei einer Reutlinger Maschinenfabrik. Aber ein Freund unserer Familie, selbst Ingenieur, überzeugte mich davon, daß meine Stärke wohl mehr im geisteswissenschaftlichen Bereich liege. So belegte ich im ersten Semester in Tübingen die Fächer Deutsch, Englisch, Geschichte und Philosophie mit der vagen Vorstellung, einmal Theaterregisseur oder Journalist zu werden. Aber bis zur Mitte des ersten Semesters belehrte mich das mittelhochdeutsche Seminar, wo wir das Nibelungenlied nach allen Regeln der Kunst zerlegten, daß hier mein Glück nicht liegen könne, und ich begann, mich in anderen Fakultäten umzusehen. Am meisten imponierten mir die Physikvorlesungen von Professor Gerlach, wo nach fünf Minuten die Vorhänge heruntergingen und es anfing zu blitzen und zu krachen. Ein älterer Bundesbruder, selbst fertiger Physiker, fragte mich, wie es mit meiner mathematischen Begabung stünde. Ich bat ihn, selbst nachzusehen, und nach einem dreistündigen abendlichen Gespräch klopfte er mir auf die Schulter und meinte, ich solle doch lieber nach etwas anderem suchen. Das tat ich, aber die Physik ist zeitlebens meine heimliche Liebe geblieben.

So stand ich am Ende des ersten Semesters ziemlich ratlos da. Da tat mein Vater, von Beruf Rechtsanwalt, etwas sehr Kluges. Er gab mir als Lektüre für die großen Ferien das vierbändige Werk von Ihering »Der Geist des römischen Rechts«, eines der ganz großen Werke der deutschen Rechtsgeschichte, brillant und flüssig geschrieben wie ein Roman. An diesem Werk erkannte ich, daß das Recht weit mehr ist als eine Ansammlung von Formelkram, daß es die geistige

Grundlage für das harmonische Zusammenleben der Menschen auf dieser Erde darstellt. So ging ich als Jurist ins zweite Semester, und dabei blieb es. Ich habe es nie bereut.

Während meiner Studentenzeit (1926-1930) war Tübingen eine der wenigen deutschen Universitäten, an der die nationalsozialistischen Studenten noch kaum hervortraten. Ich war, wie früher mein Vater (und später mein Sohn), bei der nicht Farben tragenden »Akademischen Gesellschaft Stuttgardia« aktiv geworden, und die Politik spielte in unserem fröhlichen Studentenleben zunächst noch keine sehr große Rolle. Im Sommersemester 1927, als ich Erstchargierter war, lud der Tübinger Hochschulring, dessen maßgebender Mann damals Theodor Eschenburg war (nach 1945 Professor für Politik in Tübingen) nacheinander den Reichskanzler Luther und den Reichsaußenminister Stresemann zu einem Vortrag nach Tübingen ein. Bei beiden Gelegenheiten stellten wir das Stuttgardia-Haus für den anschließenden Empfang zur Verfügung, und ich hatte die Ehre, Gastgeber zu spielen. Dabei erschienen mir beide Gäste als bedeutende Persönlichkeiten und nicht bloß als »Erfüllungspolitiker«, als welche sie von der extremen Rechten abqualifiziert wurden.

Während meines ersten Berliner Semesters (Wintersemester 1927/28) bat mich Herr Eschenburg, an seiner Stelle den Tübinger Hochschulring bei einer Tagung aller deutschen Hochschulringe auf Schloß Boitzenburg zu vertreten. Dort begegnete ich erstmals dem militanten Nationalsozialismus. Ich stand allein auf verlorenem Posten, als ich versuchte, eine Festlegung des Gesamthochschulringes auf eine scharfe antisemitische NS-Linie zu verhindern. Meine Haltung entsprach der damals an der Tübinger Universität vorherrschenden Stimmung; ich habe aber auch persönlich in meinem Leben nie eine antisemitische Phase durchlaufen.

Abgesehen von dem Zwischenspiel Boitzenburg war mein erstes Berliner Semester ein großes Erlebnis. Die Weltstadt Berlin faszinierte mich, auch wenn die finanziellen Möglichkeiten eines Studenten die Teilnahme am großen kulturellen

Leben dieser Stadt — Theater, Oper, Konzerte — nur in beschränktem Umfang zuließen. Immerhin werde ich vieles aus dieser Zeit nie im Leben vergessen, zum Beispiel den tiefen Eindruck, den Elisabeth Bergner in »Romeo und Julia« auf mein aufnahmebereites Gemüt machte.

Das Sommersemester 1928 verbrachte ich in München, es war eine glückliche Zeit, und im Mittelpunkt des Erlebens standen der Charme der bayerischen Metropole sowie die Schönheiten der Berge und Seen Oberbayerns.

Aus eigener Initiative, aber natürlich ermöglicht durch die Großzügigkeit meines Vaters, verbrachte ich die Semesterferien 1928 in London. Am Ende dieser drei Monate sprach ich ganz gut Englisch, kannte London wie meine Westentasche und bewunderte die freie und großzügige Atmosphäre Englands. Auf der Rückreise nach Berlin zum Wintersemester 1928/29 blieb ich drei Tage in Paris, und so kam ich in mein zweites Berliner Semester mit kritisch geschärften Sinnen, sozusagen als ein anderer. Aber auch Berlin schien mir anders geworden. Die »Scheinblüte« der Wirtschaft begann zu welken, Wirtschaftskrise und Arbeitslosigkeit zeichneten sich ab. Das kulturelle Leben war zwar immer noch auf hohem Niveau, aber Skandale und Korruptionsfälle verdunkelten die Szene, und so mancher unschöne Zug im Erscheinungsbild der Stadt gab Wasser auf die Mühlen der Nazis. Die »oberen Zehntausend« aber lebten in ihrem Juliusturm, die meisten von ihnen schienen die Zeichen an der Wand kaum zu bemerken.

Während meiner Examenssemester in Tübingen (1929-1930) waren sowohl an der Universität als auch in der Stuttgardia die Nationalsozialisten immer noch eine Minderheit, allerdings eine ständig aktiver werdende Minderheit. In zahlreichen, oft erregenden Diskussionen im Kreis der Bundesbrüder und anderer Kommilitonen wurden mir die gefährlichen, letztlich irrationalen Komponenten des Nationalsozialismus immer klarer, und deshalb geriet ich trotz einer betont nationalen Einstellung nie in Versuchung. An sich wäre ein auf Christentum und Humanismus gegründeter nationaler Sozialismus für mich durchaus ein aktzepta-

bler Weg aus der politischen und geistigen Zerrissenheit der
Weimarer Zeit gewesen, aber die Dominanz von Rassen-
lehre und Antisemitismus trennten mich vom Nationalsozialismus Hitlers und Rosenbergs.

Die Referendarzeit
1930-1933

Während meine Studentenjahre noch verhältnismäßig unbelastet verliefen, stand meine Referendarzeit (1930-1933) ganz im Schatten der heraufziehenden Katastrophe. Die Weltwirtschaftskrise traf Deutschland — vornehmlich als Folge der absurden Reparationsbelastung — mit grausamer Härte. Die Arbeitslosenzahlen schnellten in die Höhe (1931 fast fünf Millionen, 1932 fast sechs Millionen), und damals bedeutete Arbeitslosigkeit schwerste materielle Not. Nie werde ich die Schlangen ausgemergelter Menschen vergessen, die sich jeden Donnerstag vor den Arbeitsämtern bildeten, um das »Stempelgeld« abzuholen. Zwanzig Reichsmark pro Familie und Woche — zu wenig zum Leben, zuviel zum Sterben. Unter Einbeziehung der Familienmitglieder lebten auf dem Höhepunkt der Krise 15 bis 18 Millionen Deutscher vom Stempelgeld oder von der Wohlfahrtsunterstützung, fast ein Viertel der Bevölkerung des damaligen Reichsgebiets. Manche versuchten zu helfen, aber es waren zu wenige und zu wenig, besonders in den Großstädten noch kaum ein Tropfen auf einen heißen Stein.

Die innenpolitische Polarisierung schritt immer weiter fort, bis Kommunisten und Nationalsozialisten zusammen die Mehrheit im Parlament hatten und eine demokratische Regierung der Mitte nicht mehr möglich war. Saalschlachten und Straßenschlachten zwischen Kommunisten und Nationalsozialisten signalisierten den Bürgerkrieg mit der Aussicht, daß das Reich im Chaos versinken würde.

In dieser Zeit, da die Sorge um die Zukunft unseres Landes mir manche schlaflose Stunde verursachte, erschien mir lange Zeit der Reichskanzler Heinrich Brüning als der bewundernswerte Steuermann im Orkan. Ich verehrte ihn als den Mann des Schicksals, der er dann doch nicht war. Im Sommer 1931 begann ich daran zu zweifeln, ob der einsame, schwerblütige, asketische Brüning es schaffen würde, Chaos und Bürgerkrieg zu verhindern. Mehr und mehr hatte ich deshalb das Bedürfnis, mich einer Organisation anzuschliessen, von der ich annehmen konnte, daß sie das Unheil abwenden könnte. Die beiden extremen Parteien rechts und links schieden dabei natürlich aus, denn deren Polarisierung war es ja, die die Gefahr von Chaos und Bürgerkrieg heraufbeschwor. Aber auch zu keiner der zahlreichen Parteien zwischen den Extremen hatte ich Vertrauen, denn deren heillose Zerrissenheit und Zerstrittenheit hatten schließlich dazu geführt, daß Brüning nur noch mit Notverordnungen unter der Autorität des Reichspräsidenten recht und schlecht regieren konnte.*) An außerparlamentarischen politischen Kräften von Gewicht blieben nur das »Reichsbanner Schwarz-Rot-Gold« und der »Stahlhelm«. Das »Reichsbanner« war sehr eng mit der SPD gekoppelt, deren Wirken im Lande Preußen mir schon während meiner Berliner Semester sehr wenig gefallen hatte und deren Regierungstätigkeit im Reich in der Zeit vor Brüning mir als wesentlicher Beitrag zu dem verzweifelten Zustand des Reiches erschien. So kam ich schließlich im Spätsommer 1931 zu dem Entschluß, dem »Stahlhelm« beizutreten.

Der »Stahlhelm« war kurz nach dem 1. Weltkrieg als »Bund der Frontsoldaten« gegründet worden. Von etwa 1924 an konnten auch jüngere Jahrgänge beitreten, und dadurch verlor der »Stahlhelm« vor allem in Süddeutschland schnell seinen ursprünglich reaktionär-restaurativen Charakter. Zur Zeit meines Beitritts erschien er mir als eine bürgerlich-national-konservative Vereinigung; ein Sammelbecken bürgerlicher Jugend, die an den Parteien der Weimarer Republik verzweifelte. Parteipolitisch ungebunden, galt

---

*) Dazu eine kleine Illustration: In den rund elf Jahren zwischen dem 13. 2. 1919 (Amtsantritt des Reichskanzlers Scheidemann) und dem 30. 3. 1930 (Amtsantritt des Reichskanzlers Brüning) hatte die Weimarer Republik 15 Reichsregierungen mit wechselnden Koalitionen; neun verschiedene Persönlichkeiten bekleideten in diesen elf Jahren das Amt des Reichskanzlers; zehn verschiedene Persönlichkeiten waren in dieser Zeit Reichsaußenminister, wobei Stresemann mit einer Amtszeit von insgesamt sechs Jahren eine einsam ragende Größe darstellt. Über die Entwicklung ab 30. 3. 1930 vgl. Anhang 1.

der »Stahlhelm« weithin als der verlängerte politische Arm der Reichswehr, die sehr viele gleich mir mehr und mehr als den letzten Schutzwall gegen Chaos und Bürgerkrieg betrachteten. Trotz seines Namens war der »Stahlhelm« keine paramilitärische Organisation; ich habe während meiner Zugehörigkeit zum »Stahlhelm« nie irgendwelche Waffen getragen oder auch nur gesehen.

Mit dem Beitritt zum »Stahlhelm« traf ich im Alter von 23 Jahren die erste politische Entscheidung meines Lebens, und es zeigte sich sehr schnell, daß dies eine Fehlentscheidung war. Kurz nach meinem Beitritt wurde die — allerdings recht instabile — »Harzburger Front« zwischen NSDAP und »Stahlhelm« gegründet, und damit begann eine Entwicklung, bei der die Hitler die Führer des »Stahlhelm« schließlich restlos überspielte.

Herbe Kritik erfuhr mein Beitritt zum »Stahlhelm« von vornherein durch den Mann, der damals mein Mentor in Tübingen war. Dieser Mann hieß Carlo Schmid und war einer der gebildetsten, klügsten und bedeutendsten Männer, die ich in meinem Leben kennengelernt habe. Die Begegnung mit ihm und die — häufig kontroverse — Auseinandersetzung mit ihm in den Jahren 1931/32 hat meine geistige und politische Entwicklung stark beeinflußt. Deshalb möchte ich an dieser Stelle einen kleinen Exkurs über meine Erinnerungen an Carlo Schmid einfügen.

Exkurs: Carlo Schmid
in der Weimarer Zeit

In der Zeit von Mitte 1931 bis Mitte 1932 war ich als Referendar am Landgericht in Tübingen tätig und wurde Carlo Schmid zugeteilt, der damals Landgerichtsrat und Privatdozent für Völkerrecht in Tübingen war. Seine richterlichen Aufgaben erledigte er mit sicherem Instinkt, aber großer Nonchalance, und mit möglichst wenig Zeitaufwand. Trotzdem genoß er kraft seiner überragenden Intelligenz und seiner brillanten Gabe der Rede sehr großes Ansehen; ja, er war ob seiner scharfen Zunge gefürchtet, weil er es verstand, einen Gesprächspartner mit einem einzigen Satz der Lächerlichkeit preiszugeben. Selbst vom Präsidenten des Landgerichts hatte ich oft den Eindruck, daß er bei den Beratungen der Kammer innerlich vor seinem Landgerichtsrat zitterte.

Seine Referendare betrachtete Carlo Schmid als seine Jünger. Ihre juristische Ausbildung war ihm völlig gleichgültig; dafür war ihm ihre geistige »Prägung« eine Herzensangelegenheit. Die meisten Stunden des Tages verbrachte er mit einem oder mehreren seiner Studenten und Referendare in hochgeistigen Gesprächen. Er war sicher einer der gebildetsten Männer seiner Zeit, sehr stark geformt vom Erbe seiner französischen Mutter. Dem Kreis um Stefan George hat er zwar nie angehört, aber er stand ihm innerlich nahe und war ihm geistig verwandt.

Er war ein Meister der Sprache, sowohl der deutschen als auch der französischen, ein intimer Kenner der politischen Geschichte, der Kunstgeschichte, der Literaturgeschichte, und er war selbst fast ein Dichter; seine Übersetzungen von Baudelaire galten als hervorragend. An der Fülle seines Wissens ließ Carlo Schmid seine Studenten und Referendare ununterbrochen teilhaben, manchmal in Einzelgesprächen, oft in Gruppengesprächen.

Carlo Schmid teilte mit uns die tiefe Sorge um die Zukunft Deutschlands, aber keine der politischen Kräfte jener Zeit fand Gnade vor seinen Augen. Gewählt hat er wahrscheinlich Zentrum, aber geglaubt hat er, daß nur die Kraft einer geistigen Erneuerung Deutschland retten könnte. Realistischer als Carlo Schmid sah ich, daß das Deutsche Reich dem Abgrund zutaumelte und daß hochgeistige Gespräche in den Cafés oder in den Straßen Tübingens daran nicht das geringste ändern konnten. Auf die Frage »Was tun?«, »Wie handeln?«, »Wo anpacken?« hatte Carlo Schmid nur ein resigniertes spöttisches Lächeln. Und so begann die Entfremdung. Mir selbst wurde der Gedanke mehr und mehr unerträglich, angesichts der Entwicklung zum Abgrund hin völlig untätig zu sein; aber als ich Carlo Schmid eines Tages mitteilte, daß ich dem »Stahlhelm« beigetreten sei, hatte er dafür nur Hohn und Spott. Eine Alternative wußte auch er nicht, und für die eigene Person stand er der harten und immer härter werdenden Wirklichkeit tatenlos gegenüber.

Eine kleine Episode möge das Utopische im damaligen Erscheinungsbild von Carlo Schmid verdeutlichen. Jeden Donnerstag versammelte er 10 bis 15 »Jünger« in seinem Haus zu einem abendlichen »jour fixe«. Eines Abends war in diesem Kreis einmalig ein kleiner unscheinbarer Chinese anwesend, der still in seiner Ecke saß und von dem niemand wußte, ob seine Deutschkenntnisse ausreichten, der hochgeistigen Diskussion zu folgen. Gesprochen hat er jedenfalls kein Wort. Am nächsten Morgen kam ich mit einem Aktenstück in das Dienstzimmer von Carlo Schmid. Er blickte geistesabwesend zum Fenster hinaus in die schwäbische Landschaft, und nach einigen Minuten des Schweigens kam es aus ihm heraus: »Ist es nicht ein wunderbarer Gedanke, daß jetzt die Strahlungen meines Hauses bis ins ferne China reichen?« So stellt sich mir bei aller Bewunderung für seine einmaligen geistigen Qualitäten Carlo Schmid in der Erinnerung als einer derjenigen Repräsentanten der Weimarer Zeit dar, die in geschichtlicher Stunde ihre Aufgabe nicht erkannt haben. Besser, als ich es könnte, hat Carlo Schmid selbst in seinen Erinnerungen (Scherz Verlag Bern, München, Wien 1979, S. 154) dieses Verhalten als Versagen gekennzeichnet. Er schreibt: »Viele machten sich in jenen Monaten (1932) Sorgen um den Bestand der Republik und um die Fortdauer der demokratischen Ordnung unseres Staates. Aber wir »Gebildeten« hielten praktische Politik für ein Geschäft, das jene zu betreiben hatten, die sich aus Ehrgeiz oder anderen Gründen in ihren Dienst gestellt haben. Unsere Sache sei die Studierstube, der Beruf, das Amt, die Bibliothek und nicht das Forum. So nahm das Unheil seinen Lauf.«

ZWEITER TEIL

Im Dritten Reich
1933-1945

Das erste Jahr

Den Tag, an dem das Unheil seinen Lauf nahm — den
30. Januar 1933 —, erlebte ich in Stuttgart inmitten intensiver Vorbereitung auf mein Assessor-Examen. Auf dem
Heimweg von der Staatsbibliothek in meine Behausung sah
und kaufte ich das Extrablatt »Hitler Reichskanzler«. Dem
ersten Gefühl der Überraschung und Beklemmung darüber,
daß der Reichspräsident v. Hindenburg nunmehr Hitler zum
Reichskanzler ernannt hatte, folgte eine gewisse Erleichterung, als ich die Liste der Mitglieder des Kabinetts gelesen
hatte, in dem die Nationalsozialisten eine Minderheit waren.
Da meine »Stahlhelm«-Mitgliedschaft in Reutlingen wegen
der Examensvorbereitungen ruhte, war ich jeder Teilnahme
an Fackelzügen etc. enthoben. Ich blieb an diesem Abend
zuhause und grübelte; das Examen war aus meinem Bewußtsein verdrängt. Meine Gedanken gingen hin und her. Mit
dem Scheitern der Reichskanzler Brüning und Papen war
mir die Kanzlerschaft des Generals von Schleicher als letzte
Einsatzkarte im Spiel erschienen, und als mit ihm nun auch
die Reichswehr gescheitert war, sah es für mich so aus, als
ob eine Einbeziehung der Nationalsozialisten in die politische Verantwortung die letzte Chance des deutschen Volkes
und die letzte Alternative zu Chaos und Bürgerkrieg oder zu
einem kommunistischen Deutschland sei.

Hitlers Buch »Mein Kampf« hatte ich nur flüchtig gelesen
und nahm es als das Produkt eines inhaftierten Demagogen
(1924!) nicht ernst; ich war der Überzeugung, daß, wenn
Hitler die Mauserung vom Demagogen zum Staatsmann gelingen würde, »Mein Kampf« sehr schnell Makulatur sein
würde. Sollte ihm aber diese Mauserung nicht gelingen, so
würde er kurzfristig scheitern.

Die Hoffnungen Papens und Hugenbergs, daß Hitler,
wenn er einmal in der politischen Verantwortung war, rasch

abgewirtschaftet haben würde, ahnte ich durchaus, aber ich stellte mir die Frage: Was dann? Die wahrscheinliche Ablösung des abgewirtschafteten Hitler würde zunächst eine Militärdiktatur mit Papen, Hugenberg und den beiden »Stahlhelm«-Führern Düsterberg und Seldte als Hintermännern sein, aber würde das eine dauerhafte politische Lösung darstellen? Meine Einschätzung des politischen Genies dieser vier Herren war sehr zurückhaltend. Würden die enttäuschten Millionen der Nationalsozialisten sich dann nicht mit den Kommunisten vereinigen mit der Folge eines Bürgerkrieges zwischen Reichswehr und Kommunisten? Ich gestehe es offen: Diese Gedanken ließen mich am Abend jenes 30. Januar 1933 in meinem Zimmer in Stuttgart nicht zu dem Schluß gelangen, daß das rasche Abwirtschaften Hitlers *die* Lösung für Deutschland sei. Auf der anderen Seite hatte ich größte Zweifel, ob Hitler und seine Partei es schaffen würden, Deutschland unter Erhaltung seiner historischen Identität und seiner geistigen und moralischen Substanz aus seiner ausweglosen Not zu retten. Ich gestehe es weiterhin offen: Es gab dann Momente, wo ich beeindruckt war, z. B. am sogenannten Tag von Potsdam (21. März 1933), als sich der neue Reichskanzler Hitler in der Garnisonskirche von Potsdam vor dem greisen Reichspräsidenten Hindenburg ehrfürchtig verneigte und die beiden Gegenkandidaten der Reichspräsidentenwahl von 1932 (Hindenburg und Hitler) sich zur Versöhnung die Hand gaben, auf diese Weise die nunmehr vollzogene nationale Einheit und dazu geschichtliche Kontinuität demonstrierend. Daß es sich dabei um ein eiskaltes Kalkül von Hitler und um vollendete Schauspielerei von seiner Seite handelte, habe ich wie die meisten Deutschen damals nicht erkannt.

Etwa im April 1933, kurz nach meinem Assessor-Examen, bat mich der Kreisleiter der NSDAP von Reutlingen, Spohner, um meinen Besuch. Er forderte mich auf, in die NSDAP einzutreten und meinte: »Jetzt brauchen wir solche Leute wie Sie.« Ich lehnte ab unter Hinweis auf meine Mitgliedschaft im »Stahlhelm« und sagte ihm, es liege mir nicht, mich mit den vielen Bürgern zu identifizieren, die jetzt nach dem 30. Januar sich vor den Türen der NSDAP drängelten. Spohner respektierte meine Einstellung. Was ich Spohner nicht sagte, war die Tatsache, daß es das innere Gespaltensein war, das meine Haltung bestimmte: Auf der einen Seite konnte ich nicht wünschen, daß die »letzte Chance« des deutschen Volkes in Chaos und Untergang endete, auf der anderen Seite konnte ich den Zweifel nicht überwinden, ob mit den Methoden Hitlers das Schicksal zu wenden sei. Zwölf Jahre hat es gedauert, bis die Trümmer Deutschlands die Berechtigung dieser Zweifel für den letzten Deutschen sichtbar machten, und während dieser zwölf Jahre war das Gefühl des Gespaltenseins, das mich an jenem Abend des 30. Januar 1933 gequält hatte und das meine Haltung Spohner gegenüber bestimmte, mit Unterbrechungen und Schwankungen eigentlich immer in mir präsent. Ich bin nicht der einzige meiner Zeitgenossen, dem es so erging.

Nach bestandenem Assessor-Examen kam die berufliche Weichenstellung. Mein Vater war etwas bekümmert, daß ich nicht in seine Anwaltspraxis eintreten wollte, aber schließlich verstand er, daß ich mich noch nicht auf Reutlingen als Zentrum meines Lebens festlegen und daß ich zunächst einige Jahre für das Gemeinwohl arbeiten wollte. Ich bewarb mich beim württembergischen Innenministerium mit dem Gedanken, vielleicht einmal Landrat oder Oberbürgermeister zu werden. Aber über dem Personalreferenten dieses Hauses, Ministerialrat Himmel, schlugen die Wogen der unruhigen Zeit zusammen, er fand zu keiner Entscheidung, weil er glaubte, alles »grundsätzlich« machen zu müssen. Das »Grundsätzliche« dauerte für meinen Tatendurst zu lang, und so schwenkte ich zur württembergischen Justizverwaltung über, wahrhaft eine schicksalhafte Schwenkung, wenn ich an die Folgen denke. Man bot mir nach einem Zwischenspiel in Tübingen die einzige »ständige« Assessorenstelle in Württemberg an, und zwar am Amtsgericht Balingen. Dort sollte ich zur Hälfte Richter in Zivilsachen, zur Hälfte Amtsanwalt für Strafsachen sein. Das Amtsgericht Balingen hatte als einziges einen Amtsanwalt, weil das übergeordnete Landgericht im benachbarten preußischen Hechingen lag und ein preußischer Staatsanwalt aus Hechingen »unmöglich« ein württembergisches Amtsgericht betreuen konnte. In meiner Eigenschaft als Amtsanwalt sollte ich unmittelbar dem Generalstaatsanwalt in Stuttgart unterstehen, und das war mein Großonkel Karl Heintzeler.

Ich nahm an und zog am 1. Oktober 1933 in Balingen ein. Am 14. Oktober heirateten Ruth Magenau und ich in Stuttgart. Unsere Verbindung stand unter politischen Vorzeichen. Als wir uns im stillen verlobten, geschah dies genau zu der Stunde, da in Berlin das Reichstagsgebäude in Flammen stand. Am Tag unserer Hochzeit erfolgte der Austritt aus dem Völkerbund. Natürlich habe ich an meinem Hochzeitstag keine Zeitung gelesen und war deshalb höchst verdutzt, als bei der Hochzeitstafel ein Telegramm einer Tante verlesen wurde:

> »Und wackelt auch der Völkerbund,
>   so sei doch Euer Bund gesund.«

Das mit dem Völkerbund klärte sich bald auf, und was den frommen Wunsch der Tante für unseren Ehebund betrifft: Für 1983 steht unsere goldene Hochzeit an!

Balingen war ein Idyll. Die Arbeitsbelastung war sehr erträglich, wir hatten eine hübsche Wohnung, manche gute Freunde und fuhren viel Ski in den Balinger Bergen. Mein Gehalt war schmal, 260 Reichsmark netto im Monat, aber Vater und Schwiegervater rundeten auf 400 Reichsmark auf, und so ging es ganz gut. Politisch gab es in Balingen wenig Wirbel. Ich tat beim »Stahlhelm« mit, aber um die Jahreswende 1933/34 zeigte sich, wie sehr der Beitritt zum »Stahlhelm« eine Fehlentscheidung war. Die beiden obersten Führer des »Stahlhelm« waren Seldte und Düsterberg. Düsterberg, der Kopf des Ganzen, trat 1933 zurück; sein Stammbaum entsprach wohl nicht ganz den »Forderungen der Zeit«. Seldte, ein biederer Bürger ohne jedes politische Format, unterstellte Ende 1933 den »Stahlhelm« bedingungslos dem Oberbefehl Hitlers und durfte dafür bis 1945 den Posten des Reichsarbeitsministers behalten. Anfang

1934 verfügte Hitler schlicht und einfach die Eingliederung desjenigen Teils des »Stahlhelm«, der die Mitglieder unter 35 Jahren umfaßte, in seine SA. So wurde ich in Balingen Mitglied der SA, ganz gegen meinen Willen. Aber nicht lange. Am 15. 2. 1934 wurde ich ins Reichsjustizministerium nach Berlin versetzt. Nach der Röhm-Revolte vom 30. 6. 1934 wurde die SA politisch entmachtet und zahlenmässig drastisch reduziert. So war es nicht schwer, in der Folgezeit bei meinen häufigen Wohnungswechseln diese Mitgliedschaft einfach versanden zu lassen.

Meine politischen Erlebnisse
im Reichsjustizministerium
(15. Februar 1934 bis 1. April 1936)

Die Idylle am Amtsgericht Balingen fand also Anfang 1934 ein frühes Ende. Am 15.2.1934 reisten wir nach Berlin und fanden rasch ein möbliertes Zimmer in einer Villa am Wannsee mit Garten- und Uferanteil. Im Herbst bezogen wir eine hübsche Wohnung in Zehlendorf-Mitte mit einem Garten, dessen verwilderte Rosenhecke meine Frau nachhaltig beschäftigte.

Das Reichsjustizministerium hatte damals in zweifacher Hinsicht eine Sonderstellung unter den Reichsministerien: einmal war es das kleinste aller Ministerien mit nur etwa 35 höheren Ministerialbeamten; es hatte keinen administrativen Unterbau; seine Hauptaufgabe war es, als Justitiar der Reichsregierung zu fungieren; als nachgeordnete Behörden hatte es nur das Reichsgericht und das Reichspatentamt zu betreuen; die ganze übrige Justiz war Angelegenheit der Länder. Zum zweiten war das Reichsjustizministerium zu diesem Zeitpunkt von der braunen Welle praktisch völlig verschont geblieben: Minister Gürtner stammte aus der Bayerischen Volkspartei und war schon in den Kabinetten Papen und Schleicher Reichsjustizminister, sein Staatssekretär Schlegelberger war aus der Bürokratie des Hauses selbst hervorgegangen und schon seit der Kanzlerschaft Brünings als Staatssekretär tätig. Die Atmosphäre des Hauses war die einer elitären Fachbehörde. Als am 1. Mai 1934 alle Mitglieder des Hauses an dem Marsch zur Millionen-Kundgebung aller Werktätigen Berlins auf dem Tempelhofer Feld mitmarschieren mußten, wirkte dieses zivile Häuflein sehr komisch und empfand sich auch so, wenngleich die würdigen Herren Geheimräte diese äußerst strapaziöse Angelegenheit — damals noch — mit bewundernswertem Humor hinter sich brachten.

Die politische Situation eines Ministeriums dieser Art, besetzt zwar mit hervorragenden Juristen, aber frei von jedem Einfluß der NSDAP, war natürlich äußerst prekär. Vor den Toren warteten ungeduldig die Kron-Juristen der Partei, vor allem Frank und Freisler. Um seine fast unhaltbare Position im revolutionären Geschehen dieser Zeit zu festigen, plante Gürtner die »Reichsreform«, die damals von vielen ungeduldig erwartet wurde, wenigstens auf dem Gebiet der Justiz schnell durchzuführen. Als vorbereitender Schritt auf diesem Weg wurden von allen Ländern junge Assessoren ins Reichs-Justizministerium einberufen, wobei für die Auswahl nur die fachliche Qualifikation maßgebend war. (Ich selbst wurde vom Lande Württemberg vorgeschlagen und war so völlig unerwartet und völlig unvorbereitet nach Berlin gekommen.)

Die »Verreichlichung der Justiz«

Gürtner, hervorragend unterstützt von Schlegelberger, schaffte es tatsächlich, die Überleitung der Justiz auf das Reich innerhalb der für ein solches Unternehmen sehr kurzen Frist bis zum 1. April 1935 durchzuführen. An diesem Tag wurde das Ereignis mit einem großen Staatsakt in der Staatsoper »Unter den Linden« in Gegenwart von Hitler gefeiert. In feierlicher Prozession zogen die höchsten Richter des Reiches - an ihrer Spitze der Präsident des Reichsgerichts Dr. Bumke - in ihren Talaren durch die Straßen Berlins zum Staatsakt, ein Versuch zu demonstrieren, daß auch ein autoritärer Staat eines starken unabhängigen Richtertums bedürfe.

Bei dieser Gelegenheit habe ich Hitler zum ersten und einzigen Mal aus nächster Nähe gesehen. Ich war damals persönlicher Referent von Schlegelberger. Auf dem Weg zur großen Mittelloge in der Staatsoper ging Hitler zwei Meter an mir vorbei, aber sein Blick glitt unnahbar über den jungen Mann im schwarzen Anzug hinweg, in dem diese Begegnung keinerlei Emotion hervorrief.

In den drei süddeutschen Staaten Bayern, Württemberg und Baden hatte die »Verreichlichung der Justiz« durch einen nicht aus der NSDAP hervorgegangenen Minister z.T. Unbehagen ausgelöst. Deshalb unternahmen Gürtner und Schlegelberger im Frühsommer 1935 eine einwöchige Reise zwecks Staatsbesuch in den drei süddeutschen Hauptstädten; ich selbst hatte die Funktion eines Reisemarschalls auf dieser Reise. Die Feiern in München waren die prächtigsten, aber die Atmosphäre war kühl, obwohl Gürtner Bayer war. Der Reichs-Statthalter, Ritter von Epp, ließ sich demonstrativ erst am zweiten Tag des Besuches sehen. In Stuttgart war der Rahmen einfacher, aber die Atmosphäre freundlicher; in Karlsruhe war der Rahmen bescheiden, aber es herrschte echte Begeisterung für den Gedanken des »Reiches«. Bei dem Staatsakt dort ereignete sich eine köstliche Episode:

Als Gürtner und Schlegelberger mit ihrer Begleitung — wir alle im schwarzen Anzug — in den von Uniformen glänzenden Festsaal einzogen, da hörte man auf den höchsten Stufen ganz deutlich eine Stimme rufen (wie bei den Kranichen des Ibikus): »Mensch, Karle, da hörst ja de Kalk aus de Hosa riesla.«

Durch die rasche und effiziente Überleitung der Justiz auf das Reich gelang es Gürtner, Hitler trotz dessen sprichwörtlicher Abneigung gegen die Juristen so zu beeindrucken, daß Gürtner trotz aller Angriffe der Partei bis zu seinem Tod 1941 an der Spitze des Hauses blieb. Den Preis, den das Ministerium für die »Verreichlichung der Justiz« zu zahlen hatte, war allerdings hoch. Ein großer Teil der Mitarbeiter der Landes-Justizministerien, insbesondere des voluminösen preußischen Justizministeriums, wurde ins Reichs-Justizministerium übernommen, und mit dieser Invasion zog auch die NSDAP in dieses bisherige Reservat bürgerlicher Tradition ein.

Die Zahl der höheren Beamten des Hauses wuchs von etwa 35 Anfang 1934 auf fast 1000 Mitte 1935 an. Aus einer elitären Fachbehörde war ein seelenloser heterogener Mammutapparat geworden. Schlegelberger wurde in Gestalt von Freisler ein zweiter Staatssekretär zur Seite gestellt.

Exkurs: Franz Gürtner, Franz Schlegelberger und Roland Freisler

Franz Gürtner war Bayer und während der Weimarer Republik mehrere Jahre bayerischer Justizminister. Ein hervorragender, klug abwägender Jurist, durch und durch integer, ein feinsinniger Mensch von hoher Kultur, hochmusikalisch, geschickt und gütig im Umgang mit Menschen, ein guter Familienvater, ein gläubiger Christ. Unter normalen Umständen wäre er ein erstklassiger Reichsjustizminister gewesen. Aber für die haushohen Brandungswellen, in die er durch das 3. Reich hineingeriet, war er nicht geschaffen; den robusten, skrupellosen, vielfach nihilistischen Machtmenschen des 3. Reiches war er nicht gewachsen. Während er im Kabinett Papen und im Kabinett Schleicher noch im Vollbesitz seiner Kräfte war, wurde sein Leben als Justizminister im 3. Reich mehr und mehr zu einem Leidensweg, den er gehen zu müssen glaubte, um den Einzug eines Parteimannes in sein Amt zu verhindern und um so Schlimmeres zu verhüten. Und sicherlich hat er manches Schlimme verhütet. Charakteristisch für seinen Leidensweg ist eine Geschichte, die Graf Schwerin-Krosigk in seinen Erinnerungen erzählt: Als Gürtner an seinem Ministerium vorfährt, kommt ihm unter der Türe ein alter Bekannter entgegen. Es entspinnt sich ein kurzes Gespräch, das Gürtner mit den Worten beendet: »Was glauben's, Herr Kollege, was ich drum geben würde, wenn i jetzt net in dees Haus hineinmüßt.« Nach meiner Überzeugung ist er an der Entwicklung zerbrochen, aber es gibt ein Gerücht, daß er 1941 nicht an seelischer Erschöpfung gestorben sei, sondern an einem Gift, das ihm bei einem Empfang ins Glas gemischt worden sei.

Völlig anders strukturiert war Franz Schlegelberger. Geborener Ostpreuße, klein, untersetzt, mit großer Hakennase, quicklebendig, immer agil und robust, dabei auch er hochgebildet, ein vollendeter Diplomat mit bezaubernder Liebenswürdigkeit, begabt mit unglaublich rascher Auffassung, ungewöhnlich intelligent, von unermüdlicher Schaffenskraft, in seinen Reaktionen den anderen immer um eine

Nasenlänge voraus, glänzender Jurist auch er — kurz, eine Erscheinung, die einen Assessor mit 26 Jahren schon beeindrucken konnte. Seine Schwächen waren eine gewisse Eitelkeit und ein sehr stark entwickelter Geltungsdrang. Während der zwei Jahre, da ich sein persönlicher Referent war, war er eine starke loyale Stütze für Gürtner in dessen à la longue aussichtslosem Kampf. Als Gürtner 1941 starb, wurde Schlegelberger zu aller Überraschung von Hitler mit der Wahrnehmung der Geschäfte des Reichsjustizministers beauftragt (ohne den Titel Reichsminister). Nach eineinhalb Jahren, im Jahr 1942, fiel auch die Bastion des Justizministeriums, als mit Thierack ein Parteimann Reichsjustizminister wurde. In diesen eineinhalb Jahren sind aber in Schegelbergers Verantwortungsbereich einige Dinge passiert, deretwegen er nach dem Krieg in Nürnberg zu lebenslanger Haft verurteilt wurde. Doch schon 1950 wurde er wegen Krankheit entlassen. Einige Zeit danach war er so unvorsichtig, eine Schrift zu veröffentlichen unter dem historisch vorbelasteten Titel: »Über den Beruf unserer Zeit zur Gesetzgebung«, in der er die Gesetzgebung der Bundesrepublik scharf kritisierte. In den 60er Jahren, nach Schlegelbergers Tod, kam ich mit dem damaligen Staatssekretär im Bundesjustizministerium, Herrn Strauß, in ein Gespräch über Schlegelberger. Herr Strauß sagte mir, Schlegelberger hätte unbehelligt sein Leben zu Ende führen können, wenn er sich völlig zurückgehalten hätte; aber die genannte Schrift habe im Bundesjustizministerium einige Kräfte mobilisiert mit der Folge, daß Schlegelberger einen jahrelangen Kampf um seine Pension führen mußte.

Roland Freisler, eine große schlanke Erscheinung mit einem Feuerkopf, machte seine Karriere in der NSDAP in der Zeit vor 1933 als Rechtsanwalt und Verteidiger angeklagter SA-Männer. Er wußte bühnenwirksam zu agieren: Nach der Verurteilung seiner Mandanten soll er einmal eine Taschenlampe aus der Tasche gezogen haben und damit auf dem Boden des Gerichtssaals herumgekrochen sein. Als ihn der Vorsitzende nach dem Sinn seines Tuns fragte, soll er theatralisch gesagt haben: »Herr Vorsitzender, ich suche die

Gerechtigkeit.« Im Jahr 1933 wurde er Staatssekretär im preußischen Justizministerium. Bei der »Verreichlichung« der Justiz 1935 wurde er als zweiter Staatssekretär ins Reichsjustizministerium übernommen. Das Gespann Schlegelberger/Freisler hätte heterogener nicht sein können, aber Schlegelberger war Freisler an Intelligenz und Geschicklichkeit turmhoch überlegen. In Zusammenarbeit mit Schlegelberger gelang es Gürtner immer wieder (jedenfalls zu meiner Zeit bis 1936), Freisler einigermaßen zu lenken und in Schach zu halten; das wurde dadurch erleichtert, daß Freisler ein ausgesprochener Psychopath war; ich selbst habe ihn in Minuten hysterischer Exaltation erlebt, wo man nur noch lachen konnte; danach mußte er dann Gürtner gegenüber immer wieder zurückstecken. Immerhin gelang es Gürtner und Schlegelberger sogar, Freisler, dem im Ministerium die Strafsachen unterstanden, für die Einrichtung einer Zentralstaatsanwaltschaft im Reichsjustizministerium zu gewinnen. Diese Zentralstaatsanwaltschaft — mit alten Parteimitgliedern, aber guten Beamten besetzt — hatte die Aufgabe, die Strafverfolgung von kriminell gewordenen Parteigrößen im Land in solchen Fällen zu übernehmen, wo die örtlichen Justizbehörden machtlos waren. Ich erinnere mich, daß es in einzelnen Fällen halbmilitärische Aktionen waren, mit denen die Beamten der Zentralstaatsanwaltschaft solche kriminell gewordenen Parteigrößen zur Strecke brachten.

Im Jahr 1942 wurde der »rasende Roland« zum Präsidenten des Volksgerichtshofs ernannt. In dieser Rolle wurde aus dem Psychopathen, als den ich ihn kennengelernt hatte, der Henker auf dem Richterstuhl, als den die Welt ihn vor allem durch die Prozesse gegen die Männer des Widerstands vom 20. Juli 1944 kennengelernt hat. Im Gebäude seines Gerichts wurde er Anfang 1945 nach einem Fliegerangriff von herabfallenden Trümmerteilen erschlagen.

Das Reichsjagdgesetz

Nach meinem Eintritt in das Ministerium wurde ich zunächst dem Referenten für das bürgerliche Recht — Ministerialrat Pätzold — zugeteilt; etwa im Juni 1934 wurde ich, wie erwähnt, persönlicher Referent des Staatssekretärs Schlegelberger. Herr Pätzold war einer der gütigsten Menschen und besten Beamten, die ich in meinem Leben kennengelernt habe.*) Er führte mich mit viel Liebe und Geduld in die Geheimnisse der Ministerial-Bürokratie ein. Die Tätigkeit in diesem Referat war zunächst nicht aufregend und fast völlig unpolitisch. Dies änderte sich schlagartig an einem Tag, wohl Anfang Mai 1934. An diesem Tag ließ der Minister Herrn Pätzold kommen und erteilte ihm einen »hochpolitischen« Auftrag, zu dessen Verständnis ich einiges vorausschicken muß. Das Jagdrecht fiel nach der Weimarer Verfassung in die Hoheit der Länder. Nach der Machtergreifung hatte Göring als preußischer Ministerpräsident und leidenschaftlicher Jäger ein neues preußisches Landes-Jagdgesetz verabschieden lassen, aufgrund dessen er zum »Preußischen Landes-Jägermeister« ernannt wurde. An jenem Tag Anfang Mai 1934 hatte nun Göring unseren Minister zu sich kommen lassen und ihn gebeten, schnellstens ein Reichs-Jagdgesetz dem Kabinett zur Verabschiedung vorzulegen, aufgrund dessen er, Göring, zum Reichs-Jägermeister ernannt werden könnte. »Ganz vertraulich« deutete Göring unserem Justizminister an, diese Sache sei von großer aussenpolitischer Bedeutung, denn seine Jagdfreunde in aller Welt hätten ihn, Göring, wissen lassen, daß ihm — wenn er erst einmal Reichs-Jägermeister sei — alsbald der Titel des Welt-Jägermeisters winken würde. Den Gesichtsausdruck von Herrn Pätzold, als er mir diese Sache erzählte, werde ich nie vergessen.

Da um diese Zeit aufgrund des Ermächtigungsgesetzes Gesetze vom Reichskabinett ohne Parlament verabschiedet

---

*) Trotz seines Alters wurde er als Offizier des 1. Weltkriegs im Jahre 1939 eingezogen und fiel in Rußland.

werden konnten, setzten Göring und Gürtner als Gesetz-gebungsmaschine für das Reichs-Jagdgesetz eine Viererkommission ein, die innerhalb von sechs Wochen auf Basis des neuen preußischen Landes-Jagdgesetzes ein neues Reichs-Jagdgesetz gebären sollte; die Kommission bestand aus zwei Jagd-Sachverständigen aus dem Jägerstab von Göring, Herrn Pätzold und mir. So einfach war das. Außer unserer Viererkommission wurde an der Gesetzgebungsarbeit nur eine Konferenz der Jagdrechtsreferenten der Länder beteiligt, auf der Gürtner — gegen den Willen von Göring — aus politischen Überlegungen bestand. Diese Konferenz, mit kurzfristiger Einladung nach Berlin beordert, durfte sich in Berlin etwa Mitte Juni zu dem Entwurf des Reichs-Jagdgesetzes äußern, einen einzigen Tag lang. Für uns vier Kommissionsmitglieder waren die sechs Wochen eine Zeit härtester Arbeit; Göring ließ sich jeden Morgen von seinen zwei Jägern über den Fortgang der Arbeit berichten und drängelte ständig; Herr Pätzold und ich bekamen Göring nie zu sehen.

Das Ende war eine Tragikomödie. Das neue Reichs-Jagdgesetz wurde am 3. Juli 1934 vom Reichs-Kabinett verabschiedet, in derselben Kabinettsitzung, in der die Niederschlagung der Röhm-Revolte (30. Juni 1934) »legalisiert« wurde. Nach der Schilderung unseres Ministers kümmerte sich Göring in dieser schicksalschweren Kabinettsitzung um nichts als um die Unterzeichnung seines Jagdgesetzes durch alle Minister, und noch während der Sitzung ließ er Hitler seine Ernennung zum Reichs-Jägermeister unterschreiben.

Als Gürtner uns dies bekümmert erzählte, fragte ich mich, ob wohl die Erwartung, bald als Reichs-Jägermeister Jagd auf Elche und ähnliches Getier zu machen, in Göring die Erinnerung an die Jagd auf Menschen völlig ausgelöscht hatte, an der er sich wenige Tage zuvor sehr intensiv beteiligt hatte.

Eine Episode aus der sechswöchigen Arbeit am Reichs-Jagdgesetz möchte ich noch erwähnen. Eines Tages erschienen die zwei Jäger Görings mit dem Entwurf einer Präambel für das Gesetz, die Göring selbst entworfen hatte. Sie begann mit folgendem Satz: »Die Liebe zur Natur und ihren Geschöpfen und die Freude an Kampf und Gefahr wurzelt unauslöschlich im deutschen Blut.« Herr Pätzold und ich sahen uns an und verstanden uns. Wir legten den beiden Jägern nahe, noch einmal mit ihrem Chef zu sprechen; Hitler habe soeben eine große Friedensrede gehalten und da könne man doch wohl schlecht der Welt verkünden, daß »die Freude an Kampf und Gefahr unauslöschlich im deutschen Blut wurzele«. So wurde aus der »Freude an Kampf und Gefahr« die »Freude an der Pirsch in Wald und Feld«. Ich persönlich habe diese letztere Freude niemals in meinem Leben erleben dürfen; sie wurzelte allerdings auch nicht unauslöschlich in meinem Blut.

Die Erwartung von Göring, »Welt-Jägermeister« zu werden, hat sich nie erfüllt. Woran das wohl lag? Am Reichs-Jagdgesetz sicher nicht, denn dieses wurde und wird auch heute noch von Fachleuten sehr positiv beurteilt. Zwar wurde es nach 1945 von den Alliierten als »nationalsozialistisches Gedankengut« aufgehoben, aber nach der Konstituierung der Bundesrepublik wurde es fast unverändert als Bundes-Jagdgesetz wieder in Kraft gesetzt, allerdings ohne Reichs-Jägermeister.

Die Röhm-Revolte

Am 30. Juni 1934 entlud sich eine — jedenfalls in Berlin — unerträglich gewordene Spannung der politischen Atmosphäre. Sie ging von der SA aus. Deren »Stabschef« Röhm und einige unentwegte Revoluzzer in seiner Umgebung planten zwar wahrscheinlich nicht gerade am 30. Juni eine Revolte, aber die »zweite Revolution« unter Führung Röhms und die »Nacht der langen Messer« lag unheimlich in der Luft. Am 30. Juni zerschlug Hitler die übermächtig gewordene SA, die ihm bis 1933 den Weg zur Macht erkämpft hatte. Ich selbst erfuhr über das Wochenende zuhause zunächst nur das, was der Rundfunk meldete, nämlich, daß sieben oberste SA-Führer wegen geplanten Hochverrats standrechtlich erschossen worden seien. Ich muß gestehen, daß mein Rechtsbewußtsein zunächst nicht rebellierte, ja, daß ich ein Gefühl der Erleichterung empfand, weil ich aus den Akten des Justizministeriums wußte, wie skrupellos sich die meisten der standrechtlich erschossenen SA-Führer bereits in schwerste Kriminalität verwickelt hatten. Als ich am Montagfrüh das Ministerium betrat, begegnete mir als erster Herr von Dohnanyi, damals persönlicher Referent des Ministers*). Dohnanyi sah bleich aus wie der Tod. Als ich ihn fragte, ob es ihm übel sei, sah er mich starr an und fragte: »Ja, wissen Sie denn nicht?« Ich erwiderte: »Ich weiß nur das, was der Rundfunk gebracht hat.« Daraufhin nahm Dohnanyi mich mit in sein Büro und zeigte mir die bis dahin dort eingegangenen Meldungen über ca. 1000 Morde, welche über das Wochenende im ganzen Reich von der SS durchgeführt worden waren und mit denen potentielle Gegner des Regimes aller Schattierungen liquidiert worden waren.

In der Kabinettsitzung vom 3. Juli 1934 verabschiedete das Kabinett (neben dem Jagdgesetz) ein Gesetz, in dem die »Maßnahmen« vom 30. Juni als Staatsnotstand legalisiert wurden. Dem Kabinett lag dabei intern eine von Himmler und Heydrich unterzeichnete Liste der »Hochverräter« vor, die nach meiner Erinnerung 89 Namen enthielt; ich habe diese Liste bei Dohnanyi selbst gesehen. Wegen der nicht in der Liste genannten Morde an fast 1000 weiteren Personen ist nie ein Strafverfahren eingeleitet worden. Von da an war mir klar, daß es so nicht weitergehen konnte. Meine Frau weiß aus der Erinnerung an manchen abendlichen Spaziergang, wie furchtbar der Gedanke an die 1000 ungesühnten Morde uns bedrückte.

Hier möchte ich eine Betrachtung aus heutiger Sicht einblenden. Der 30. Juni 1934 war wohl der allerletzte Moment, wo man das Schicksal legal hätte wenden können.

---

*) Herr von Dohnanyi war später bei Admiral Canaris in der »Abwehr« tätig und wurde als Mitglied des Widerstands kurz vor Kriegsende in einem Konzentrationslager ermordet.

Hindenburg war noch am Leben und war noch Oberbefehlshaber der Reichswehr. Wenn Deutschland damals einen
Reichswehrminister und einen Reichsjustizminister von
großem politischem Format besessen hätte, hätten diese zusammen mit Papen Hindenburg veranlassen können, Hitler
unter Berufung auf die 1000 Morde als Reichskanzler abzuberufen; die Reichswehr hätte damals nach der Zerschlagung der SA durch die SS spielend auch die SS entmachten
können. Aber ich weiß keine plausible Antwort auf die Frage, welche politische Konstellation dann das entstehende
politische Vakuum hätte ausfüllen sollen. Ich weiß auch
nicht zu sagen, ob es die Angst vor dem Vakuum war, welche die Reichswehr veranlaßte, nach dem 30. Juni Gewehr
bei Fuß zu bleiben. Wahrscheinlich hat die Generalität nach
dem 30. Juni zunächst einmal einfach erleichtert aufgeatmet,
weil mit der Zerschlagung der SA der Gedanke einer an der
Reichswehr vorbei sich bildenden Volksarmee erledigt war.
Sie hat den Mord an General v. Schleicher und seiner Frau
sowie an General v. Bredow nicht als Menetekel erkannt
und dafür im Jahre 1938 teuer bezahlt, als sowohl Generalfeldmarschall v. Blomberg wie auch Generaloberst v.
Fritsch zwar unblutig, aber heimtückisch aus dem Sattel geworfen wurden, und als zahlreiche konservative Generäle
kurzerhand ihrer Kommandos enthoben wurden.

Unter dem Eindruck der Ereignisse vom 30. Juni 1934 mel-
deten sich zahlreiche junge Mitarbeiter der Berliner Ministerien, die nicht der Partei verhaftet waren, freiwillig zu einer
Kurzausbildung bei der Reichswehr, mit dem Ziel des
Reserveoffiziers; man ging von der Erwägung aus, daß die
Reichswehr die letzte Instanz sei, von der man Rückendeckung und Hilfe bei der Rückkehr zu Recht und Ordnung
erwarten könne. Zu dieser Gruppe gehörte auch ich. In
Jüterbog begann meine Freundschaft mit Gustav Herbig,
einem kernigen Pfälzer voll hintergründigem Humor mit
manchmal pessimistischen Untertönen, auch er wie ich junger Mann im Justizministerium. Die Sorge um die Zukunft
unseres Landes verband uns schnell; er wurde einer der
besten Freunde meines Lebens, leider nur für wenige Jahre.

Er fiel 1940 als Leutnant in den letzten Tagen des Frankreich-Feldzuges. Seine Tochter — zwei Wochen vor seinem Tod geboren — wurde und ist noch heute mein Patenkind. Als er mir 1940 die Patenschaft anbot, schrieb er als Begründung, daß er »ja doch aus diesem Kriege nicht zurückkehren werde«.

Die Eindrücke von der ersten Vierwochenübung in Jüterbog empfanden wir beide politisch nicht als ermutigend. Die Reichswehr war zu dieser Zeit bereits stark vergrößert worden, und mit dieser Vergrößerung war an der Basis auch der Geist der NSDAP in die Reichswehr eingedrungen. Leider mußte ich auch bald den Eindruck gewinnen, daß dasselbe mindestens für die jüngere Offiziersgeneration galt. Eine Jugendfreundin von mir hatte einen Generalstabsoffizier geheiratet, und so verkehrten wir damals (1934/35) in Berlin in einem Kreis jüngerer Generalstabsoffiziere. Als ich in diesem Kreis einmal vorsichtig sondierte, wie man über den 30. Juni 1934 dachte, an dem ja auch zwei Generäle ermordet worden waren, merkte ich sehr bald, daß die meisten dieser Offiziere von den ungeheuren Chancen eines groß angelegten Ausbaus der Reichswehr geblendet waren und sich völlig mit dem Regime identifiziert hatten.

Da der einzelne am großen Lauf der Dinge nichts ändern konnte, kam ich allmählich zu der Erkenntnis, daß ich auf Dauer nicht im Reichsjustizministerium bleiben könne und ich begann, nach anderen beruflichen Möglichkeiten Ausschau zu halten, zunächst allerdings ohne Erfolg.

Hindenburgs Tod

Am 2. August 1934 starb auf seinem Gut Neudeck in Ostpreußen der greise Reichspräsident von Hindenburg. Sein Tod veranlaßte Hitler blitzschnell das Amt des Reichspräsidenten und Obersten Befehlshabers der Wehrmacht in seiner Person mit dem Amt des Reichskanzlers zu vereinen; mir war klar, daß damit die Diktatur vollständig und irreversibel geworden war.

In der Nähe seines Gutes, wo er gestorben war, wurde Hindenburg im Tannenbergdenkmal beigesetzt, und zwar mit einem groß angelegten Staatsakt, zu dem alles aufgeboten wurde, was Rang und Namen hatte. Jedes Ministerium bekam einige Karten zugeteilt und Gürtner entschied, daß die Hälfte der seinem Ministerium zugeteilten Karten an junge Assessoren gegeben werden sollte, damit auch sie die »Grablegung einer Epoche« miterleben konnten. So war auch ich dabei. Zahllose Schlafwagen-Sonderzüge brachten die Teilnehmer der Trauerfeier über Nacht durch den polnischen Korridor in die Nähe des Tannenberg-Denkmals. Man frühstückte im Zug und fuhr dann zur Trauerfeier, wobei für diejenigen, die wie ich keine Uniform trugen, Frack und Zylinder vorgeschrieben waren. An diesem Tag wurde nicht nur Hindenburg, sondern wirklich eine Epoche der deutschen Geschichte — die Wilhelminische Epoche — zu Grabe getragen. Zum letzten Mal versammelten sich hier im weiten Ehrenhof des Tannenberg-Denkmals die Großen der Vergangenheit, darunter zahllose Generale und Admirale des 1. Weltkrieges in ihren prächtigen Uniformen, an der Spitze der greise Generalfeldmarschall von Mackensen als Totenkopf-Husar.

Neben den Symbolfiguren des 1. Weltkrieges versammelten sich am Grabe alle neuen Größen aus Staat, Wehrmacht und Partei, meist in Gala-Uniform. Nach den feierlichen Klängen der Eroica schritt Hitler gemessenen Schrittes durch den weiten Hof zum Rednerpult am Sarg, und nun ereignete sich etwas Unerwartetes. Auf dem Weg zum Rednerpult zog Hitler sein Manuskript aus dem Ärmelaufschlag, blickte darauf, blieb stehen, drehte sich um, winkte mit wütender Geste seinen Adjutanten heran: man hatte ihm das falsche Manuskript mitgegeben.

Nach kurzem Wortwechsel drückte Hitler das Papier seinem Adjutanten in die Hand und mit herrischer Kopfbewegung ging er ohne Papier zum Rednerpult. Fast eine Stunde lang hielt er frei eine eindrucksvolle Rede auf den toten Feldmarschall, der niemand das Improvisierte anmerkte. Nur zum Schluß gab es eine Panne: seine Trauerrede auf den strengen Protestanten Hindenburg schloß Hitler mit den Worten: »Toter Held, gehe ein in Walhall.« Ein Schluß, der ihm von den kirchlichen Kreisen des Reiches sehr übel genommen wurde.

Auf der Rückfahrt durch den Korridor herrschte in vielen Abteilen der Schlafwagenzüge eine gedrückte und schweigsame Stimmung. Ostpreußen hatte sich uns an diesem strahlend blauen Tag mit seinen Seen und Wäldern und Ordensburgen wunderbar präsentiert; trotzdem lag Melancholie in der Luft, auch wenn niemand ahnen konnte, daß dieses herrliche Stück Erde elf Jahre später zur Hälfte russisch und zur anderen Hälfte polnisch sein wüde, auch wenn niemand ahnen konnte, daß der greise Feldmarschall, den wir an diesem Tag in seinem Denkmal zur »ewigen« Ruhe gebettet hatten, dort nur wenige Jahre ruhen sollte.

Das Erlebnis bewegte mich tief. Ich selbst gehöre zu den wenigen Deutschen, die sich bei *beiden* Reichspräsidentenwahlen für Hindenburg einsetzten, sowohl 1925, als er der Kandidat der Rechten war, wie 1932, als er der Kandidat der Mitte und der Linken gegen Hitler war.

Der Lauf der Geschichte kann mich nicht veranlassen, Hindenburg zu schelten. Er hat Hitler zum Reichskanzler ernannt, ja! Aber was konnte er unter den gegebenen Umständen anderes tun? Lange vor 1933 gab es keine regierungsfähige Mehrheit der Mitte mehr im Reichstag. Kommunisten und Nationalsozialisten bildeten zusammen die Majorität. Mit den Reichskanzlern Brüning, Papen und Schleicher wurde versucht, Hitler von der Macht fernzuhalten. Mit dem Scheitern des Generals von Schleicher waren diese Möglichkeiten erschöpft, und nach den Spielregeln der Demokratie blieb Hindenburg kaum etwas anderes übrig, als den Führer der stärksten Partei mit der Regierungsbildung zu beauftragen. Dabei schien der Reichskanzler Hitler durch Papen und Hugenberg so wunderbar in ein Kabinett mit deutschnationaler Mehrheit eingewickelt, daß es — so sagte man dem greisen Hindenburg — eigentlich nicht schief gehen könne.

Gleichwohl hätte nach meiner Überzeugung Hindenburg

Hitler nicht zum Reichskanzler ernannt, wenn er auch nur im leisesten geahnt hätte, wie sich Papens und Hugenbergs »Marionette« entwickeln würde. Auch ich selbst habe das 1933 nicht geahnt.

Exkurs: Friedrich Wilhelm Kritzinger

Auf jener denkwürdigen Reise nach Tannenberg teilte ich das Schlafwagenabteil mit Ministerialrat Kritzinger, und daraus erwuchs eine freundschaftliche Verbindung, die bis zu seinem Tod im Jahr 1947 nicht abriß. Er war im Reichsjustizministerium zuständig für Staats- und Verfassungsrecht und galt schon in der Weimarer Zeit als einer der profundesten Kenner dieser Materie. Er war eine große, schlanke, elegante Erscheinung mit umfassender Bildung — ein Herr! Dazu hatte er einen kritischen sarkastischen Humor, und in der Oase, die das Reichsjustizministerium damals noch war, konnte man von ihm jeden Tag bissige Bemerkungen über Männer des 3. Reiches hören, von denen jede einzelne genügt hätte, ihm das Todesurteil einzubringen, wenn ihn jemand angezeigt hätte. Sein Schicksal entbehrt nicht der Tragik: Im Jahr 1937 suchte der Reichsminister Lammers, Chef der Reichskanzlei, einen Staatssekretär, der — unabhängig von der Partei — ihn in seinem Kampf gegen Ausuferungen der Parteiorganisation tatkräftig helfen würde. Dafür wollte er Herrn Kritzinger haben. Dieser zögerte wochenlang, dann nahm er an, nicht, weil ihn der Glanz der Reichskanzlei lockte, sondern schweren Herzens aus Pflichtgefühl. In den Jahren 1940-1941 habe ich Herrn Kritzinger einige Male in der Reichskanzlei besucht und konnte beobachten, wie der aussichtslose Kleinkrieg mehr und mehr seine Kräfte aufzehrte. Im Jahr 1945 wurde er wie alle Staatssekretäre verhaftet, im Gerichtsgefängnis von Nürnberg brach die tödliche Krankheit durch. Als Verteidiger in einem anderen Nürnberger Prozeß konnte ich ihn 1947 einige Male in seiner Zelle im Gefängnislazarett besuchen, zuletzt kurze Zeit vor seinem Tod, dem er ruhig und völlig gefaßt entgegensah. Sein letzter Wunsch war es, als freier Mann sterben zu dürfen. Die amerikanische Anklagebehörde erfüllte ihm diesen Wunsch und hob den Haftbefehl auf, sodaß seine Überführung in ein ziviles Krankenhaus noch möglich war. Wenige Tage danach starb er Ende 1947 als freier Mann in Nürnberg. Er hat sich auf verlorenem Posten selbst geopfert.

Die Geheimversammlung von Anfang 1935

Im zweiten Halbjahr 1934 war die Atmosphäre in Berlin erneut unerträglich geworden, diesmal wegen der rasch wachsenden Spannung zwischen Reichswehr und SS. Da arrangierte Hitler Anfang Januar 1935 eine Geheimversammlung aller hohen Würdenträger aus Staat, Wehrmacht und Partei, bei welcher er in beschwörendem Ton alle Teilnehmer auf loyale Zusammenarbeit im Dienste des Ganzen verpflichtete und dramatisch erklärte, er werde sich eher eine Kugel durch den Kopf schießen, als daß er ein zweitesmal so etwas wie den 30. Juni 1934 mitmache. Persönliche Referenten waren zu dieser Geheimversammlung nicht zugelassen, aber Schlegelberger erzählte mir vertraulich davon während einer gemeinsamen Dienstreise im Auto. Vorübergehend führte die Geheimversammlung fühlbar zu einer Entspannung der Atmosphäre und zu einer Entwicklung in Richtung auf mehr Gesetz und Ordnung, allerdings nur sehr vorübergehend.

Reichsparteitag 1935

Der Reichsparteitag 1935 der NSDAP ist unrühmlich in die Geschichte eingegangen als der Parteitag, an dessen Ende der Reichstag die sogenannten Nürnberger Rassengesetze beschloß. Aber daß das so kam, war für viele Teilehmer des Parteitages eine Überraschung, auch für den Reichsjustizminister. Als Reichsminister mußte Gürtner natürlich am Parteitag teilnehmen. Da sein persönlicher Referent krank war, wurde ich von Herrn Schlegelberger an Herrn Gürtner als Begleiter zum Parteitag ausgeliehen. Es war der einzige Parteitag, an dem ich teilnahm, aber er war denkwürdig genug. Wie alle »Großen« des Landes samt ihren Adjutanten wohnten auch Gürtner und ich im Grand-Hotel, fast die einzigen Zivilisten in einem Meer glänzender und gleißender Uniformen. Von den Veranstaltungen des Parteitages habe ich fast nichts erlebt, denn Gürtner litt sichtbar in dieser Umgebung und er fuhr (mit mir) fast jeden Tag hinaus aufs Land zu alten bayerischen Parteifreunden, mit denen er bei vielen Gläsern Wein ganz offen über seine politischen Sorgen sprach. Aber er konnte sich natürlich nicht allem entziehen, und so entschied er sich dafür, den Vorbeimarsch des Arbeitsdienstes vor Hitler auf der Ehrentribüne mitzuerleben. Über vier Stunden marschierten die Arbeitsmänner in Zwölferreihen an ihrem Führer vorbei. Am Abend dieses Tages bat mich Gürtner, ihn auf einem Spaziergang durch die Nürnberger Altstadt zu begleiten und da philosophierte er über die Eindrücke des Tages:

»Wissen's, Herr Kollege, wie ich heut' vier Stunden lang den Mann beobachtet hab', wie er mit erhobenem Arm den Vorbeimarsch abgenomme hat, da hab i mi immer gfroagt, »warum macht der Mann das eigentlich?« und nochmals: »Warum macht der Mann das eigentlich?«, und plötzlich hab i die Antwort g'habt: da erlebt er sich selbst, da erlebt er sich selbst! Verstehen'S, Herr Kollege?« Ich verstand, trotz meiner 27 Jahre.

Dramatisch wurde für uns der letzte Tag des Parteitages, auf dessen Nachmittag wie üblich der Reichstag einberufen worden war. Am Morgen dieses denkwürdigen Tages war ich gerade in meinem Hotelzimmer beim Rasieren; da klopfte es heftig an meine Tür. Auf meine Frage eine Stimme: »Hier Major X, Adjutant des Herrn Reichswehrministers von Blomberg mit einer unaufschiebbaren Nachricht für den Herrn Reichs-Justizminister. Bitte, öffnen Sie sofort!«

Eintrat Herr Major X in voller Kriegsbemalung, übergab mir einige Papiere und erklärte dazu folgendes: »Dies sind die Texte von drei Gesetzen, die heute mittag vom Reichstag beschlossen werden sollen. Sie sind das Ergebnis einer Beratung, die gestern abend im engsten Kreis — Hitler, Göring, Heß, Frick, Himmler — in Gegenwart des Reichswehrministers stattgefunden hat. Mein Minister glaubt, daß der Herr Reichs-Justizminister auf schnellstem Weg von diesem Plan in Kenntnis gesetzt werden muß.« Ich schaute auf die Papiere — es waren die Texte der Rassengesetze — ! Voller Entsetzen brachte ich sie zu Gürtner, und auf diese Weise hat der Herr Reichs-Justizminister am Vormittag des Tages der Verabschiedung von dem Plan dieser Gesetze Kenntnis bekommen.

Der Vormittag war ausgefüllt mit mehreren Versuchen Gürtners, in Gesprächen mit Heß und Frick den fahrenden Zug zum Halten zu bringen. Außer einigen kleinen Abmilderungen im Text erreichte Gürtner nichts. Über Mittag ließ Gürtner sich bei Hitler melden und wurde auch tatsächlich von ihm empfangen. Er kam zurück und meinte: »Vielleicht hab i doch a bissel was erreicht.«

Das Schauspiel der Reichstagssitzung rollte ab. Nach der Verabschiedung der drei Rassengesetze gab es eine Ovation für Hitler von ohrenbetäubender Gewalt, die überhaupt nicht enden wollte. Schließlich ging Hitler auf die Bühne, gebot mit herrischer Gebärde Ruhe, und in die Totenstille hinein sagte er mit steinernem Gesicht sinngemäß: »Sie, meine Herren Abgeordneten, haben soeben drei Gesetze von historischer Bedeutung beschlossen. Ich erwarte nunmehr, daß diese Gesetze geadelt werden durch die unerhörteste Disziplin, für die Sie mir persönlich verantwortlich sind.« Totenstille. Und Gürtner meinte auf der Rückfahrt nach Berlin zu mir: »Schauen'S, Herr Kollege, hab i net doch a bissel was erreicht heute mittag?« Die Zukunft zeigte nur allzu schnell, daß es fast nichts war, was Gürtner erreicht hatte.

Von Rücktritt war keine Rede, und aus heutiger Sicht habe ich dafür mehr Verständnis als damals. Gürtners Rücktritt im Jahre 1935 hätte alsbald einen Mann der Partei in seine Position gebracht, und das hätte in den folgenden Jahren für viele Menschen zusätzlich Unglück, ja Tod bedeutet. Er blieb, »...um Schlimmeres zu verhüten«. Die Schwere seines Konflikts kann wohl kaum jemand ermessen, der einen solchen Konflikt nicht selbst einmal in sich hat austragen müssen.

Ich als persönlicher Referent hatte es da leichter — ich konnte gehen und tat es auch. Durch Vermittlung meines väterlichen Freundes Rudolf Lehmann — damals Ministerialrat im Reichsjustizministerium — bekam ich um die Jahreswende 1935/36 Kontakt zur IG Farbenindustrie Aktiengesellschaft, und am 1.4.1936 trat ich in deren Rechtsabteilung in Ludwigshafen ein.

Die Alternative zu diesem Entschluß: Auswandern habe ich nie in Erwägung gezogen. Es wäre sicher für einen Juristen sehr schwer gewesen, in einem Land mit völlig anderer Rechtsordnung eine Existenzbasis für die Familie zu finden. Das Entscheidende aber war, daß ich mich zu tief in meinem Volk verwurzelt fühlte, als daß ich mich je von seinem Schicksal hätte absondern können.

Exkurs: Rudolf Lehmann

Rudolf Lehmann habe ich eben als väterlichen Freund bezeichnet. In einem Brief, den er Anfang 1945 an meine Frau schrieb, als ich vermißt gemeldet war, nannte er mich seinen jüngeren Bruder. Unsere Wohnungen in Berlin lagen nahe beieinander, die Fahrt mit der S-Bahn ins Zentrum und zurück führten uns immer häufiger zusammen, unsere Frauen freundeten sich an. Er war eine der eindruckvollsten Persönlichkeiten unter der alten Garde des Reichsjustizministeriums, hochgebildet, ein Kavalier der alten Schule. Ihm konnte ich von meinen Konflikten erzählen, und so dachte er sofort an mich, als ihn ein ihm persönlich bekannter Direktor der IG bat, ihm einen jungen Juristen für eine bestimmte Aufgabe zu benennen. Auch er strebte vom Reichsjustizministerium weg. Kurz nach meinem Weggang im Jahr 1936 trat er selbst zur Wehrmachtsjustiz über, wo er rasch als Chef des Wehrmachtsrechtsamts im Oberkommando der

Wehrmacht zum ranghöchsten Juristen der Wehrmacht aufstieg. Er hatte die Hoffnung, von dort aus politisch gegensteuern zu können und hat tatsächlich manchem gefährdeten Mitglied des Widerstands eine Warnung zukommen lassen können. Nach dem Krieg wurde er in Nürnberg angeklagt, erhielt aber nur eine kurzfristige Strafe. Während der kurzen Zeit, die er noch im Landsberger Gefängnis zubringen mußte, konnte ich ihn einige Male besuchen. Einmal erzählte er mir, er sei vom amerikanischen Hochkommissar aufgefordert worden, ein Gnadengesuch einzureichen; das habe er abgelehnt und statt dessen ein »statement« abgegeben. Dieses zeigte er mir; es enthielt bei der Beschreibung seiner Position im Oberkommando den für mich unvergeßlichen, für ihn so bezeichnenden Satz: »Für den Soldat ist der Jurist ein notwendiges Übel, wobei ihm das Übel meist klarer ist als die Notwendigkeit.« — Nach seiner Entlassung aus Landsberg war er noch einige Jahre in der Wirtschaft tätig, starb dann aber viel zu früh, ohne daß seine hervorragenden Gaben sich noch entsprechend hatten auswirken können.

1936-1939: Bei der IG
bis Kriegsausbruch

Der Übertritt zur IG bedeutete eine tiefgreifende und in der Folge grundsätzliche Wendung in meinem Leben. Diese Wendung fiel zusammen mit der Ankündigung des Erscheinens unserer Tochter Sigrid. Sie kam am 29.11.1936 zur Welt, und beinahe hätte das arme Kind kein Nest vorgefunden; denn erst zum 1.11. fand ich nach langem Suchen eine passende Wohnung in Mannheim, nachdem wir bis dahin möbliert in Heidelberg gewohnt hatten.

Mit meinem Eintritt bei der IG am 1.4.1936 hörte ich auf, ein »Insider« zu sein, der als persönlicher Referent eines Staatssekretärs fast zwei Jahre lang einen Schlüssel zu den altertümlichen, noch aus der Kaiserzeit stammenden Ledermappen besessen hatte, in denen »geheime Kabinettsachen« bei den Ministern und Staatssekretären der Reichsregierung umliefen. Innenpolitisch war diese Veränderung eine Verengung meines Blickfeldes, aber dafür öffnete sich mir die Welt der Großindustrie und die Welt der internationalen wirtschaftlichen Zusammenarbeit zwischen Großfirmen. Mein Arbeitsgebiet bei der IG war das umfangreiche Vertragswerk, das die IG mit der amerikanischen Esso und der britisch-holländischen Shell verband. Im Jahr 1927 war ein erster Vertrag zwischen IG und Standard Oil (Esso) über das Hochdruckhydrierverfahren Bergius/Bosch für den Bereich der Erdölverarbeitung abgeschlossen worden. 1929 wurde der Vertrag auf die Kohlehydrierung ausgedehnt und die Shell trat dem Vertragswerk bei. Schließlich wurde 1930 noch eine Zusammenarbeit Esso/IG auf petrochemischem Gebiet (einschließlich Buna) vereinbart. Das ganze Vertragswerk war in ständiger dynamischer Fortentwicklung.

Im Jahr 1938 kam es zu einem weiteren Vertrag über das Fischer-Tropsch-Verfahren der Ruhrchemie AG, an dem neben Ruhrchemie, Esso, Shell und IG auch die Standard

Oil of California und die Konstruktionsfirma Kellogg beteiligt waren. Zur Ausarbeitung dieses neuen Vertragswerkes wurde ich im Sommer 1938 für drei Monate nach New York geschickt.

Mit der »Bremen« glitt ich eines Morgens an der Freiheitsstatue vorbei, sah im Morgengrauen die Skyline von New York und betrat zum ersten Mal den Boden Amerikas, nicht ohne starke innere Bewegung. Die freie und großzügige Art der Amerikaner faszinierte mich vom ersten Moment an, und New York als die damalige Metropole der Welt machte einen tiefen Eindruck auf mich. Meine finanzielle Bewegungsfreiheit war zwar infolge der sparsamen Zuteilung von Reisedevisen durch die deutschen Behörden stark eingeengt, immerhin reichte es zu einigen großen Theatererlebnissen. Auch schaffte ich eine kurze Reise an die Niagara-Fälle und zu den Fordwerken in Detroit, ebenso wie einen Besuch in Washington mit einem Ausflug nach Mount Vernon, dem Landsitz von George Washington mit dem herrlichen Blick über die weite Landschaft des Potomac. Unvergeßlich der Eindruck größter Konzentration industriellen Potentials, den ich auf der sechsstündigen Bahnfahrt von New York nach Washington empfing. (Nach dem 2. Weltkrieg habe ich manches Mal gedacht, daß Hitler die Wirtschaftskraft der USA nicht so katastrophal hätte unterschätzen können und daß die Weltgeschichte seit 1933 anders verlaufen wäre, wenn Hitler in seinen jungen Jahren ein einziges Mal die Bahnfahrt von New York nach Washington gemacht hätte.)

Abgesehen von diesen Eskapaden war es härteste Arbeit, die wir in diesen drei Monaten oft halbe Nächte durch und bei großer Hitze zu leisten hatten, aber was konnte man sich mit 29 Jahren für eine schönere, konstruktivere Aufgabe wünschen? Hätten wir Juristen der sechs Firmen im Sommer 1938 in New York geahnt, daß unser schöner Vertrag ein Jahr später nur noch Makulatur sein würde, wir hätten uns diese Monate in New York leichter und angenehmer gemacht. Ironie des Schicksals, daß während und nach dem 2. Weltkrieg sowohl die Esso als auch die IG wegen ihrer umfassenden technischen Zusammenarbeit schwer angegriffen wurden.

Hier muß ich eines Mannes gedenken, der mich wie wenige in meinem Leben beeindruckt hat: Frank Howard, der Sprecher der Esso-Gruppe in der Zusammenarbeit mit der IG. Er war ein Mensch und Unternehmer von ganz großem Format, einem weiten geistigen Horizont, von großer Kunst der Menschenbehandlung, ein Mann, der jede Verhandlungssituation ohne Akten souverän beherrschte, dazu durch und durch fair und oft von verhaltenem köstlichem Humor. Nach ihm erhielt mein Sohn Frank (im Dezember 1939) seinen Namen. Howard mußte während des Krieges wegen der Zusammenarbeit mit der IG bei Esso ausscheiden, trotzdem verband uns nach dem Krieg weiter eine aufrichtige persönliche Freundschaft, bis er viel zu früh einem Herzleiden erlag.

Aus meiner völlig neuen Perspektive in der Industrie und in Ludwigshafen machte das »3. Reich« in den Jahren 1936/37 den Eindruck einer gewissen Konsolidierung und Normalisierung. Mit vielen anderen erwartete ich, daß die bösen Begleiterscheinungen der Revolution — wie sie eine jede Revolution in der Weltgeschichte aufzuweisen hat — allmählich von den gesunden Kräften im deutschen Volk überwunden würden, zumal die Wurzeln der Entwicklung von 1933, nämlich wirtschaftliche Not, Arbeitslosigkeit und nationale Demütigung, mehr und mehr aus der Realität und dadurch aus dem Bewußtsein der Menschen verschwanden. Eine Einflußnahme auf das politische Geschehen in Deutschland schien mir in den Jahren 1936/37 nur noch evolutionär von innen möglich, so entschloß ich mich, als Mitte 1937 die Partei wieder geöffnet wurde und ich abermals zum Beitritt aufgefordert wurde, zum Eintritt.

Dabei dachte ich nicht daran, mich nun etwa mühsam in der Hierarchie der Partei emporzuarbeiten; bei der Intensität meiner beruflichen Tätigkeit hätte ich dazu nie die Zeit gehabt. Ich dachte dabei auch nicht an meine Karriere in der IG; denn von meinen Vorgesetzten kümmerte sich niemand darum, ob jemand in der Partei war oder nicht. Was mir vorschwebte, war folgendes: Bei unserer internationalen Zusammenarbeit wurden wir mehr und mehr von den Behörden gegängelt, die alles Internationale mit ständig wachsendem Mißtrauen betrachteten. Von der Mitgliedschaft in der Partei erhoffte ich mir die Möglichkeit, der Tendenz unseres Staates zu mißtrauischer provinzieller Abkapselung entgegenwirken zu können und mein Wirken bei der IG im Sinne einer weltoffenen vertrauensvollen Zusammenarbeit mit anderen Ländern zu erleichtern. Eine Absage hätte das Mißtrauen gegen das, was wir taten, sicherlich verstärkt.

Bis Ende 1938 schien mir mein Schritt zunächst richtig zu sein. Als Bestätigung der Wiederherstellung des außenpolitischen Ansehens Deutschlands begrüßte ich den Anschluß Österreichs im März 1938. Zwar hatte Hitler den Anschluß gegen den Widerstand der damaligen österreichischen Regierung erzwungen, aber die Masse des österreichischen Volkes begrüßte ihren Landsmann mit überschäumendem Jubel; von den menschlichen Tragödien hinter der Fassade des Jubels erfuhr man damals nichts; man ahnte sie auch nicht, geblendet von der »historischen Bedeutung« des Ereignisses.

Beim Anschluß der Sudetengebiete, den Hitler mit dem Münchner Abkommen im Oktober 1938 erzwang, waren meine Gefühle schon sehr gespalten. Zwar schien mir das Anliegen Hitlers politisch verständlich, da auch im Sudetenland die Masse der betroffenen Bevölkerung begeistert für den Anschluß war. Aber ich erlebte die Tage der Spannung, bevor es zum Münchener Abkommen kam, dennoch in tiefer Besorgnis, denn ich hatte das unheimliche Gefühl, daß Hitler nicht nur hoch pokerte, sondern tatsächlich entschlossen war, es äußerstenfalls auf einen Krieg ankommen zu lassen.

Bald nach dem Münchner Abkommen kam der Wendepunkt: Die sogenannte »Reichskristallnacht« im November 1938 zeigte mir, daß der Anschein einer innenpolitischen Normalisierung getrogen hatte und daß der Eintritt in die Partei eine Fehlentscheidung war. Ein Austritt war zwar nicht mehr möglich, aber ich habe von meiner Mitgliedschaft in der Partei nie Gebrauch gemacht und nie irgendein Parteiamt bekleidet.

Daß es auch außenpolitisch todernst wurde, zeigte mir der Einmarsch in Prag im März 1939 unter Bruch aller Beteuerungen von München. Nach den Prager Ereignissen warnten uns unsere Geschäftsfreunde von Esso und Shell in ernstester Form und machten uns klar, daß jede weitere Aggression Hitlers unweigerlich den Krieg zur Folge haben würde. Wir gaben es nach Berlin weiter — was sonst konnten wir tun?

Krieg 1939-1944

Den Anfang des 2. Weltkrieges erlebte ich als Wachtmeister der Reserve am Westwall. Als meine Einheit Anfang September 1939 aus Darmstadt ausrückte, gab es keinen Jubel der Bevölkerung wie 1914. Die wenigen Menschen auf den Straßen zeigten todernste verschlossene Gesichter; nur einige Beauftragte der Partei steckten ein paar Blumen an das Zaumzeug unserer Pferde. In den ereignislosen Wochen am Westwall erlebte ich Stunden und Tage tiefster Depression. Es schien mir unfaßbar, daß Hitler durch den Angriff auf Polen den Frieden der Welt und die Existenz Deutschlands hasardeurhaft aufs Spiel gesetzt hatte. In irgendeiner Ecke meines Denkens ahnte ich, was heute wohl als historisches Faktum gilt, daß Hitler — verführt durch Ribbentrop — sich gewaltig verkalkuliert hatte, indem er davon ausging, daß England und Frankreich aus ihrer Garantie für Polen nicht Ernst machen würden. Aus dieser Ahnung schöpfte ich aber zugleich eine geheime Hoffnung, daß Hitler seine Fehlkalkulation bereinigen würde, sobald sich eine annehmbare Möglichkeit für einen Friedensschluß bieten würde.

Am 10. Dezember 1939 wurde ich überraschend auf Verlangen der Firma u. k. gestellt, d. h. von der Wehrmacht zur Dienstleistung bei der Firma beurlaubt. Derjenige Jurist der Firma, der aus gesundheitlichen Gründen nicht eingezogen werden sollte, war kurz nach Kriegsausbruch plötzlich gestorben, und ich mußte die Lücke füllen, bis ein anderer nicht kriegsdienstfähiger Jurist gefunden und eingearbeitet war. Ich kam gerade rechtzeitig nach Hause, um am 15. 12. 1939 Ruth bei der Ankunft unseres Sohnes Frank zur Seite zu sein, dessen Frohnatur man später nicht anmerkte, in welch schwerer Zeit sich seine vorgeburtliche Entwicklung vollzogen hatte.

Über diese Zeit meiner Tätigkeit für die Firma ist beruflich nicht viel zu berichten; meine Aufgabe bestand im wesentlichen darin, Verhandlungen und Vertragsabschlüsse mit dem Reichswirtschaftsministerium, dem Reichsfinanzministerium, dem Heereswaffenamt, dem Reichsluftfahrtministerium und anderen Behörden über neue Technologien, über den Aufbau, die Finanzierung und den Betrieb neuer kriegswichtiger chemischer Fabrikationen zu tätigen. *Eine Erfahrung dieser Zeit hat allerdings meine Einstellung zu wirtschaftspolitischen Fragen in den späteren Abschnitten meines Lebens entscheidend beeinflußt: Ich habe in dieser Zeit kennengelernt, was Zentralverwaltungswirtschaft heißt!*

Der Frankreichfeldzug 1940, den ich somit als Zivilist im Werk Ludwigshafen erlebte, machte meine Hoffnung auf Frieden zunächst geringer, aber die anschließende, verloren gegangene Luftschlacht um England belebte sie wieder. Meine Tätigkeit in der Wirtschaft ließ mich klar erkennen, daß Deutschlands wirtschaftliche Position auf längere Sicht relativ schwach war, weil kriegswichtige Rohstoffe fehlten, und so hielt ich es für möglich, daß wirtschaftliche Überlegungen einen Friedensschluß erzwingen könnten, als dessen Voraussetzung Hitler dann die Mißstände in seinem Land, vor allem die Konzentrationslager und die Diskriminierung der Juden würde aufgeben müssen. (Aus meiner damaligen Sicht war das, was den Juden bis dahin angetan worden war, reversibel und wiedergutmachungsfähig; die Möglichkeit einer »Endlösung« — wie sie Hitler Ende 1941 beschloß, oder ihrer Vorstufen — lag völlig außerhalb meiner Denkmöglichkeit.)

All solche Friedensgedanken wurden zunichte, als Hitler im Frühjahr 1941 den Balkan mit Krieg überzog und im Juni 1941 die Sowjetunion überfiel. Der Balkanfeldzug erschien mir zunächst nicht mehr als eine Maßnahme Hitlers zur Unterstützung seines Freundes Mussolini, der mit seinem Angriff auf Griechenland von Albanien aus kläglich stecken geblieben war. Der Angriff auf Rußland am 22. Juni kam für mich ohne Vorwarnung und Vorahnung — wie ein Blitz aus heiterem Himmel. In Erinnerung an Napoleon I. erlebte ich ihn als Schock. Ich rätselte daran herum, warum Hitler nun

doch den Zweifrontenkrieg provozierte; von den geopoliti-
schen Träumen Hitlers, Himmlers und derer engster Umgebung ahnte ich nichts. Als wahrscheinlichste Antwort sah
ich es an, daß es sich bei dem Angriff auf Rußland um einen
Verzweiflungsakt handelte: Das Gebiet, das Hitler Mitte
1941 kontrollierte, war zwar ein beachtlicher Wirtschafts-
block, aber aus meiner wirtschaftlichen Sicht war es klar,
daß dieser Block auf lange Sicht wirtschaftlich und schließlich auch militärisch sich nicht würde halten können, wenn
die Wirtschaftskraft des größten Teils der übrigen Welt dagegen eingesetzt würde. Diese Erkenntnis — so sagte ich mir
— mußte Hitler zu dem extremen Wagnis des Angriffs auf
Rußland gebracht haben, ein Wagnis, das er außerdem
wohl total unterschätzte. Die Anfangserfolge im Sommer
1941 schienen Hitler Recht zu geben. Aber als wir zuhause
nach Einbruch des Winters 1941/42 unsere Skier für die
Truppe in Rußland abgeben mußten (!), nachdem der deutsche Vormarsch vor Moskau und Leningrad liegengeblieben
war, konnte jeder sehen, daß da etwas völlig unplanmäßig
gelaufen war und daß Hitler eine gewaltige Fehlkalkulation
gemacht hatte. Als Hitler im Dezember 1941 nach Pearl
Harbour ohne jeden zwingenden Grund von sich aus auch
noch den USA den Krieg erklärte, erschien mir das alles als
wahnsinnig und selbstmörderisch. Aber gleichzeitig wurde
mir zur unumstößlichen Gewißheit, daß es in diesem Krieg
nicht mehr um Sieg oder Niederlage, sondern um Sein oder
Nichtsein ging. Dabei hatte ich nicht die leiseste Ahnung,
daß Hitler um dieselbe Zeit den Entschluß zur »Endlösung
der Judenfrage« faßte und damit alle Brücken hinter sich
abbrach.

Im Herbst 1942 wurde ich wieder einberufen und kam zunächst nach Griechenland zu einer Division, die von dort
aus als Luftlandetruppe den Suezkanal erobern sollte; der
Stab hatte bereits die Artilleriekarten der Oase, an der wir
mit Lastenseglern abgesetzt werden sollten. Die erfolgreiche
Offensive der Engländer gegen Rommel machte diese Pläne
zunichte, und wir kamen als Besatzungstruppe nach Kreta.

Im Frühjahr 1943 wurde ich zum Artillerieregiment einer

in Sardinien neu aufgestellten Panzergrenadier-Division versetzt; bei dieser Division blieb ich, erst als Abteilungsadjudant, dann als Batteriechef bis zum Ende. Als Mussolini gestürzt wurde, erklärten sich die 200 000 italienischen Soldaten auf Sardinien geschlossen für den König, trotzdem kamen wir im Herbst 1943 dank der Geschicklichkeit der deutschen Kriegsmarine fast ohne Verluste aus Sardinen heraus und über Korsika aufs italienische Festland. Dort wurde unsere Disvision Heeresgruppen-Reserve, was den Vorteil hatte, daß wir immer mal wieder in Ruhe kamen und frisch ausstaffiert wurden; der Nachteil war, daß wir immer da eingesetzt wurden, wo es brannte: Zunächst nach dem Durchbruch der Engländer bei Pescara, dann in der Nähe der Cassinofront, später bei Sette Romano, als es darum ging, die Vereinigung der alliierten Südtruppe mit dem alliierten »Landekopf« zu verhindern, bald darauf bei Valmontone während des »Kampfs um Rom«, dann plötzlich im Alpengrenzgebiet zwischen Frankreich und Italien, als die Alliierten in Südfrankreich gelandet waren und Miene machten, über die Alpenpässe der deutschen Armee in Italien in den Rücken zu fallen, schließlich südlich von Ravenna und dann bei Faenza, wo für mich der Krieg zu Ende ging; doch davon später.

Auf Kreta erlebte ich 1942/43 das Ende des Kampfes um Stalingrad. Die verlorene Schlacht war nicht nur strategisch der entscheidende Punkt in diesem Krieg, sondern — äußerlich gar nicht erkennbar — auch der psychologsiche Wendepunkt für die meisten Soldaten. Man hat nach dem Krieg oft die Frage gestellt, welches die Motivation der deutschen Soldaten des 2. Weltkrieges dafür war, daß sie bis zum bitteren Ende durchhielten.

Ich will versuchen, diese Frage aus meinem persönlichen Erleben — an mir selbst und meiner Umgebung — zu beantworten. Sicherlich war die Motivation für viele blinde Treue zum »Führer«, dessen wahre Konturen sie nicht erkannten, der Glaube an die Wunderwaffe, Reminiszenzen an das Wunder, das Friedrich den Großen im Siebenjährigen Krieg rettete, ein Horror davor, die Ereignisse von 1918 (»Dolchstoß«) zu wiederholen und ähnliches mehr. Aber die so dachten, waren spätestens ab Stalingrad eine ständig kleiner werdende Minderheit.

Die Mehrheit — jedenfalls unter den Offizieren unserer Division — wußte, daß der Krieg verloren war. Darüber wurde nicht gesprochen, konnte nicht gesprochen werden, aber die Verzweifelnden erkannten sich auch ohne Worte. Trotzdem hielten sie sich für verpflichtet, durchzuhalten. Der Grund dafür war nicht die Angst vor Denunziation und Kriegsgericht; es war etwas anderes: Die Alliierten signalisierten — und das ließ natürlich die deutsche Propaganda durchsickern —, daß ihr Kriegsziel nicht nur die Zerstörung des Sytems Hitlers, sondern die Vernichtung des deutschen Volkes und Staates sei; der unaufhaltsame Vormarsch der Russen nach Stalingrad und seine Begleiterscheinungen zeigten, unter welchen Vorzeichen diese Vernichtung stattfinden würde. Dazu konnte und wollte keiner beitragen. So blieb die vage Hoffnung auf das Unvorhersehbare, das Durchhalten bis zu einem schwer definierbaren Ende, das nur einen Fixpunkt beinhalten mußte, daß nämlich die Russen von Deutschland und Europa fern gehalten wurden. Keiner von uns konnte 1943/44 ahnen, daß es später einmal eine amerikanische Atombombe geben würde, die auch nach einem totalen Zusammenbruch Deutschlands wenigstens einen Teil Deutschlands und das übrige Europa vor einem russischen Zugriff bewahren würde.

Natürlich wußten wir, daß das System, unter dem (nicht: für das) wir kämpften, böse Schattenseiten hatte. In welchem Ausmaß das System kriminell war, erfuhren die meisten erst nach der Kapitulation. Ich selbst erlebte folgendes: Im Frühsommer 1944 kam ein Leutnant zu unserem Regiment nach Italien, der von der Ostfront zu uns versetzt worden war. Ihm löste sich eines Abends unter dem Einfluß von Alkohol die Zunge und er erzählte im Offizierskreis, daß er in Rußland grauenhafte Massenmorde an der jüdischen Bevölkerung ganzer Städte und Ortschaften durch die SS miterlebt hatte. Aber auch er wußte offensichtlich nicht alles, denn er erzählte nichts von der systematischen Ausrottung

der Juden in Europa und von der Existenz von Vernichtungslagern. Die Erzählung des Leutnants im Sommer 1944 war
für uns alle ein Schock. Ich persönlich empfand diesen
Abend als eine furchtbare Stunde der Wahrheit. Von da an
war mir klar, daß wir von einem Verbrecher gigantischen
Ausmaßes oder von einem Irren schamlos mißbraucht und
in eine ausweglose Situation gebracht worden waren und
daß der Name unseres Volkes, das einen Beethoven und einen Goethe hervorgebracht hatte, einen Schandfleck bekommen hatte, von dem niemand sagen konnte, ob er jemals wieder auszumerzen sein würde. Psychologisch wäre
jetzt bei mir die Beteiligung an einem »Dolchstoß« vorbereitet gewesen, aber kein Faden des »Widerstands« wurde in
meinem Blickfeld sichtbar — weder vor noch nach der Ver-
zweiflungstat vom 20. Juli 1944.

Den Gedanken, mich durch Desertieren zum Gegner dem
Konflikt zu entziehen, habe ich auch nach der Stunde der
Wahrheit nicht in Erwägung gezogen, so wenig ich vor dem
Krieg ernsthaft an Auswanderung dachte. Als Mensch und
auch als Offizier fühlte ich mich dem Volk verpflichtet, dem
ich angehörte, nicht dem System. Irgendwie hatte ich das
dunkle Gefühl, daß in der schwarzverhangenen Zukunft
eines Tages der Moment kommen würde, wo es auf die »anderen Deutschen« ankommen würde, vielleicht auf jeden
einzelnen. Desertieren hätte bedeutet, sich diesem Moment
zu entziehen. Dazu kam der Gedanke an die Familie und das
Gefühl der Verantwortung für die 120 Mann der mir anvertrauten Einheit. Aber es blieb eine Situation ständigen inneren Konflikts; Ende 1944 wurde ich dem Konflikt enthoben,
als ich bei Faenza (Oberitalien) verwundet in englische Gefangenschaft geriet.

Kurz vor diesem Ereignis hat das Schicksal ein einziges
Mal jüdisches Geschick in meine Hände gelegt. Eines Tages
fuhr ich unmittelbar hinter der Frontlinie im Volkswagen
mit drei Soldaten als Begleitern auf Erkundung durch einen
Wald. Plötzlich sahen wir etwa 50 m abseits unseres Wald-
weges zwei Gestalten sitzen. Ich ließ halten und ging hin.
Zwei abgezehrte Gestalten begrüßten mich mit den Worten:

»Hail Hitler, Herr Laitnant«. Aus ihren angstvollen Antworten auf meine Fragen und aus den zerfetzten Resten ihrer Papiere konnte ich ersehen, daß es sich um zwei Juden aus dem Osten handelte, die sich auf unergründliche Weise bis zu diesem Wald hinter der Front durchgeschlagen hatten, um sich hier überrollen zu lassen. Die Situation war nicht einfach. Ein Blick auf meine Männer zeigte mir, daß sie sich intensiv mit dem Motor unseres VW beschäftigten. Ich ließ aufsitzen und weiterfahren. Über die Begegnung wurde kein Wort gewechselt. Am Morgen des nächsten Tages war das Waldstück in alliierter Hand.

1944-1945: Verwundung, Gefangenschaft und Heimkehr

Meine Erlebnisse als Soldat an der Front möchte ich im einzelnen nicht festhalten; das sogenannte Fronterlebnis hat in mir keine Spuren hinterlassen; es wurde ausgelöscht durch die Erkenntnis, durch ein kriminelles System mißbraucht worden zu sein. Nicht erlöschen wird freilich die Erinnerung an so manchen guten Kameraden, dem das Schicksal nicht, wie mir, die Heimkehr geschenkt hat und der gefallen ist im Glauben, er falle für Deutschland.

Ich möchte aber etwas über die letzten Tage vor der Gefangenschaft und einiges aus den zehn Monaten in englischen Kriegsgefangenenlazaretten berichten.

Am letzten Abend vor dem letzten Einsatz, mit dem für mich der Krieg zu Ende ging, drehte ich abends im Quartier vor dem Einschlafen das Radio an und hörte aus München eine wunderbare Oper, die ich langsam als Fidelio erkannte. Selten im Leben drang Musik so tief in mich ein und der Nachklang dieses Erlebnisses — erst die lastende Schwere der Kerkerszene, dann die strahlende Musik der Befreiung — war mein ständiger tröstender Begleiter während der folgenden Monate der Gefangenschaft.

Anfang Dezember 1944 ging Faenza am Nordrand des Apennin verloren. Hitler erließ einen Führerbefehl, wonach Faenza um jeden Preis zurückzuerobern sei. Dazu wurde unsere frisch aufgefüllte Panzer-Grenadier-Division ausersehen. 8 km trennten uns von Faenza. Von diesen schaffte die Division 4 km, dann blieb der Angriff liegen; er hatte die Hälfte der Division an Toten und Verwundeten gekostet. Die Gegenaktion der Engländer am 13. Dezember wurde eingeleitet durch stundenlanges Trommelfeuer, und bei dem anschließenden Nachtangriff der Engländer wurde ich durch Oberschenkelschußbruch verwundet. Als ich nach einer kurzen Ohnmacht wieder zu Bewußtsein kam, war der Gefechtslärm schon weit entfernt. Ich lag hinter der englischen Linie. Etwa 36 Stunden dauerte es, bis die Engländer mich und einige ebenfalls verwundete Kameraden in Sanitätspanzern abtransportierten.

Es würde zu weit führen, hier Einzelheiten aus diesen 36 Stunden zu berichten. Sie zogen sich endlos hin — eine Nacht, ein Tag, wieder eine Nacht und noch ein Teil des nächsten Tages. Von Zeit zu Zeit kam ein Trupp zum Einsatz vorgehender Soldaten vorbei. Es waren teils nichtenglische Soldaten — sie nahmen Uhr und Geld —, teils englische Soldaten — sie waren hilfsbereit und boten mir mehrfach eine Morphiumspritze an, die jeder englische Soldat im Einsatz mit sich führt. Das Schlimmste war, daß die deutsche Artillerie von Zeit zu Zeit das Gehöft unter Feuer nahm, in dem wir lagen. Einem nur leicht verwundeten Unteroffizier meiner Einheit, einem blutjungen, prächtigen Menschen, kostete dies das Leben. Daß ich diese 36 Stunden — ohne ärztliche Betreuung — überstanden habe, grenzt an ein Wunder.

Als ich im englischen Sanitätspanzer am englischen Feldlazarett abgeliefert wurde und auf der Tragbahre einige Zeit vor dem Lazarett abgestellt wurde, versammelten sich um mich, weil ich englisch sprach, mehrere englische Offiziere. Sie merkten schnell, daß aus mir nichts nachrichtendienstlich Interessantes herauszuholen war, und gaben dem Gespräch eine persönliche Wendung. Sie wollten wissen, woher meine englischen Sprachkenntnisse stammten, dann fragten sie mich allgemein nach meiner Einstellung zum Krieg. Ich erwiderte wahrheitsgemäß, es sei meine Überzeugung, daß es ein Unglück des 20. Jahrhunderts sei, daß es zwischen England und Deutschland zum zweiten Mal zum Krieg gekommen sei. Die Engländer meinten, das sei ja nun eindeutig die Schuld der Hitlerschen Politik. Ich entgegnete, daß ich darüber nicht argumentieren wolle; es scheine mir aber, daß alles anders gekommen wäre, wenn England nach dem 1. Weltkrieg vor 1933 nicht an seiner einseitigen Option für Frankreich festgehalten hätte; wäre England alsbald nach 1918 zu seiner traditionellen Politik des Gleichgewichts der Kräfte in Europa zurückgekehrt und hätte Deutschlands Erholung gefördert, so stünden sich die Teilnehmer dieses Gesprächs nicht heute hier als Kriegsgegner gegenüber.

Die Engländer ließen das natürlich nicht gelten, aber sie setzten die Diskussion mit mir fair, fast kameradschaftlich fort, bis ich in den Operationsraum geholt wurde. Es herrschte hektischer Betrieb in diesem Feldlazarett; die Behandlung war sehr gut, ebenso die Betreuung durch die emsigen englischen Krankenschwestern.

Im zweiten Lazarett — ich glaube, es war Forli — erwachte ich aus der Narkose der zweiten Operation auf der englischen Offiziersstation, in gepflegter stiller Atmosphäre, auf dem Nachttisch neben mir Bananen, Datteln und ähnliche lang entbehrte Köstlichkeiten.

Von dort wurde ich im Flugzeug nach Barletta transportiert, wo dem dortigen orthopädischen Speziallazarett der Engländer eine Abteilung für Kriegsgefangene angegliedert war, die hinter Stacheldraht in vier Zwanzig-Mann-Zelten untergebracht war. Als ich dort spätabends ziemlich erschöpft in mein Bett gelegt wurde, war ich wieder unter deutschen Kameraden.

Die allererste Zeit im Lazarett Barletta liegt im Halbdunkel. Aber dann gab es Anfang 1945 eine Episode, die ich nie vergessen werde und die mir bezeichnend erscheint für die psychologische Situation der deutschen Soldaten in den späteren Jahren des Krieges. Eines Tages kamen unsere Sanitäter in unser Zelt gestürmt und brachten folgendes Gerücht mit: Im Rundfunk sei soeben folgendes durchgegeben worden: Hitler tot oder verhaftet, Waffenstillstand zwischen den Westmächten und Deutschland, westalliierte Truppenverbände rollen bereits durch Deutschland an die Ostfront, um den weiteren Vormarsch der Russen nach Westen abzuriegeln. Für ein bis zwei Stunden lebten wir in einer kaum erträglichen Spannung zwischen Jubel und der Furcht vor Enttäuschung; einige der Männer in meinem Zelt weinten vor Hoffnung und Freude: »Jetzt hat es sich doch gelohnt, daß wir durchgehalten haben.« Als das Gerücht sich als Gerücht entpuppte, war die Depression furchtbar. Was wäre

Deutschland, Europa und der Welt erspart geblieben, wenn dieses Gerücht Wahrheit gewesen wäre? Aber es lag wohl nicht mehr darin; der Graben, den Hitler durch seine Verbrechen um das deutsche Volk gezogen hatte, war viel zu tief.

Den ganzen Umfang dieser Verbrechen lernte ich jetzt erst kennen. Wir erhielten regelmäßig die englische Soldatenzeitung, die ich jeweils den Kameraden übersetzte und vorlas, und aus ihr erfuhren wir Stück für Stück die schauerliche Wahrheit über die Vernichtungslager. Von Auschwitz als Ort des Grauens erfuhr ich hier zum ersten Mal.

Viele Kameraden weigerten sich, diese Nachrichten für bare Münze zu nehmen und taten sie als Greuelpropaganda des Gegners ab. Mir selbst war klar, daß es sich um die bittere Wahrheit handelte, ich war durch jenen Leutnant vorbereitet.

Die Engländer erwiesen sich uns gegenüber als ritterliche Gegner, ohne daß sie von uns Demutshaltung oder Reuebekenntnisse erwarteten. Getreu der Genfer Konvention verabreichten uns die Engländer Penicillin wie den eigenen Verwundeten, obwohl Penicillin damals für die englische Zivilbevölkerung noch nicht verfügbar war. Ohne das englische Penicillin wäre mein schwer infiziertes Bein nicht zu retten gewesen. Keine Mahlzeit habe ich in Italien ohne Nachtisch gegessen, nie etwas anderes getrunken als echten Kaffee oder echten Tee und daran hat sich durch die deutsche Kapitulation nichts geändert. Am Tag des Sieges feierten die Engländer ihr Jubelfest in so taktvoller Weise, daß wir fast nichts davon bemerkten.

Die fünf Monate in Barletta im Streckverband inmitten von Kameraden, von denen jeder etwas anderes in Gips hatte, waren eine harte Geduldsprobe. Ich war der einzige Offizier im Zelt in einem Kreis von Soldaten aus allen Schichten unseres Volkes. Zwanzig Mann waren wir in einem Großzelt. Da macht auf die Dauer keiner dem anderen mehr etwas vor. Dieser Zeit verdankte ich tiefe Einblicke in die menschliche Natur und viel beglückende menschliche Nähe. Drei Kameraden starben in unserem Zelt. Miteinander versuchten wir, das Erlebte und die Gegenwart zu bewältigen.

Als ich medizinisch das Gröbste hinter mir hatte, nahm ich mir vor, die vielen stillen Stunden der Lazarettzeit dazu zu nutzen, die Grenzen der eigenen Denkmöglichkeiten auszuloten und mir eine klare geistige Position im »Kosmos« zu erarbeiten. Im Lazarett Caserta bei Neapel, wohin ich etwa Ende Mai 1945 verlegt wurde, habe ich dann die Ergebnisse dieser »Auslotung« zusammen mit den vielen Gesprächen im Kreis der Kameraden zu einem »Gespräch hinter Stacheldraht« verarbeitet und dieses zu Papier gebracht. Da ich in der ganzen Zeit keine philosophischen oder naturwissenschaftlichen Bücher zur Verfügung hatte — manchmal hatte ich überhaupt nichts zum Lesen — mußte ich mich in dieser Richtung auf meine Erinnerungen verlassen, was meinem »Gespräch« natürlich etwas torsohaftes gab; aber manchem Kameraden habe ich durch das gemeinsame Lesen des »Gespräches« sicher über manche, sonst leere Stunde hinweggeholfen. Hier muß ich eines Kameraden dankbar gedenken, des Sanitätsobergefreiten Paul Biedendieck, seines Zeichens katholischer Kaplan. Er war der gute Geist des Lazaretts in Caserta und uns allen ein Freund und Helfer*). Er ist der Paul meines »Gesprächs hinter Stacheldraht«.

So hat sich in der Abgeschiedenheit des Lazaretts mancher Klärungsprozeß vollzogen, und diese Zeit gab mir die Kraft für die nächste und schwerste Periode meines Lebens.

Mit einem der ersten Lazarettzüge aus Italien nach Deutschland kam ich in die englische Zone nach Goslar. In Cesena wurden wir von einem deutschen Lazarettzug mit deutschen Ärzten und deutschen Schwestern übernommen; sie konnten sich vor dem Ansturm unserer Fragen nach dem Zustand der Heimat kaum retten. Wir fuhren über Innsbruck, Bregenz, Ulm, Stuttgart, Heidelberg, Mannheim (an unserer Wohnung vorbei), Frankfurt nach Goslar. Ich hätte in Heidelberg oder Mannheim glatt aussteigen können; aber noch an Krücken gehend, wagte ich den Sprung ohne Ent-

*) Paul Biedendieck starb 1976 in Osnabrück — wie mir sein Bischof erzählte, bei den Klängen Bachscher Musik.

lassungspapiere nicht und gab nur überall Nachrichten an meine Familie aus dem Zug.

In Goslar wurde ich Anfang Oktober 1945 entlassen und trat in den nächsten Abschnitt meines Lebens, der begann, als ich am 5. 10. 1945 meine Frau und meine Kinder unversehrt wiederfinden durfte und als ich am 1. 11. 1945 meine Arbeit in Ludwigshafen wieder aufnehmen konnte.

Symbolträchtig ereignete sich das Wiedersehen mit Ruth, die so viel Schweres so tapfer ertragen hatte, nachdem ich bis Mai 1945 als vermißt galt, in Ludwigshafen im Bau 1. Ich hatte mich in Goslar in die englische Zone entlassen lassen — sonst wäre ich noch lange nicht freigekommen — und pirschte mich vorsichtig über Frankfurt nach Heidelberg, wo ich erfuhr — es war einer der beglückendsten Momente meines Lebens —, daß Ruth und die Kinder in Kirchheimbolanden alles heil überstanden hatten. In Mannheim gab es einen »Brückenkopf« der BASF. Von dort wurde ich mit einem Passierschein für die französische Zone als Bürobote der BASF ausgerüstet und stapfte als solcher in abgerissener Uniform (halb englisch, halb deutsch) mit einem selbstgenähten, fast leeren Beutel über der Schulter, am Stock humpelnd, auf der Notbrücke über den Rhein zum Bau 1. Dort lief ich als erstem Herrn Wurster in die Arme, der mich, sichtlich bewegt, mit den Worten begrüßte: »So sehen wir unsere Offiziere wieder.«

Dann saß ich im Zimmer der Leiterin der Personalabteilung für Führungskräfte. Plötzlich öffnete sich die Tür und Ruth stand da; sie war ahnungslos an diesem Tag nach Ludwigshafen gekommen, um sich über ihre finanzielle Situation zu informieren. Wir erreichten gerade noch den letzten Zug nach Marnheim und von dort ging es mühselig eine Stunde zu Fuß nach Kirchheimbolanden. Die Kinder hatten ihr Zimmer einen Stock höher als wir und wurden nicht mehr geweckt. Am nächsten Morgen ging Ruth hinauf und sagte den Kindern, unten warte eine ganz große Überraschung auf sie. Sigrid (9) erkannte mich sofort und begrüßte mich stürmisch. Frank (6) begrüßte mich ebenfalls sehr herzlich, dann fing er an, im Zimmer herumzusuchen und schließlich platzte er heraus: »Mutti, wo ist denn die Überraschung?« Zum Glück hatte ich für diesen Zweck von Italien einige englische Bonbons hierher gerettet und konnte so die Überraschung präsentieren.

DRITTER TEIL

Der Weg aus dem Chaos
1945-1953

Einleitung

Die BASF ist mein Schicksal geworden. Fast 37 Jahre lang — von 1936 bis 1973 — war ich in Ludwigshafen tätig. Noch heute (1982) gehöre ich ihrem Aufsichtsrat an. Wäre das 3. Reich nicht gekommen, so wäre ich wohl Beamter geblieben oder Anwalt geworden — mit einer starken Hinwendung zum Politischen. Aber ich bin dem Schicksal nicht gram. Das Leben für die BASF war faszinierend, es gab mir viele Möglichkeiten zu freier schöpferischer Entfaltung und stellte mich in eine Gemeinschaft bedeutender Menschen. So konnte ich bedenkenlos mit Nein antworten, als meine Frau mich bei meiner Pensionierung 1973 fragte, ob ich wohl in einer anderen beruflichen Laufbahn mehr Befriedigung gefunden hätte und glücklicher geworden wäre.

Die Ausgangssituation, als ich Ende 1945 die Arbeit in Ludwigshafen wieder aufnahm, war folgende: Nach der bedingungslosen Kapitulation gab es keine Reichsregierung, keine Landesregierungen, überhaupt keine deutsche Staatsgewalt mehr. Die vier Besatzungsmächte — an der Spitze lose koordiniert durch den Kontrollrat — übten je in ihrer Zone durch ihre Militär-Regierungen die alleinige Staatsgewalt auf deutschem Boden aus.

Ähnlich wie dem Reich erging es der IG-Farben Industrie AG. Die Rechte der Aktionäre wurden durch die Besatzungsmächte suspendiert, das Aktivvermögen der IG wurde nicht nur beschlagnahmt, sondern der Substanz nach auf den Kontrollrat übertragen. Hauptversammlung, Aufsichtsrat und Vorstand wurden abgeschafft. Jede der Besatzungsmächte hatte das totale Verfügungsrecht über das in ihrer Zone gelegene IG-Vermögen und übte es durch alliierte Sequesterverwalter aus. Dabei wurde der wirtschaftliche Zusammenhang der IG-Werke durchschnitten, jedes der Werke wurde als ein selbständiges de-facto-Unternehmen behandelt. Soweit in den Werken Deutsche tätig werden durften, war ihr Status lediglich der von Beauftragten des

Sequesterverwalters, die nur nach dessen Weisungen tätig werden konnten.

Auch ich selbst trat am 1. 11. 1945 formell nur in die Dienste des französischen Sequesterverwalters. Entnazifizierungsprobleme ergaben sich bei mir nicht; mein Rückzug aus Berlin wurde honoriert.

Die spezielle Situation des Werkes Ludwigshafen war folgende:

Das Werk war zu achtzig Prozent durch Fliegerangriffe zerstört. Dem Werk wurde jeder Kontakt zu den anderen Besatzungszonen verboten. Dadurch war es u. a. von seinen finanziellen Reserven, die bei Heidelberger Banken (in der amerikanischen Zone) lagen, abgeschnitten und auf die geringen Guthaben bei Ludwigshafener Banken, im übrigen auf Selbstfinanzierung angewiesen.

Der einzige Lichtblick war, daß die französische Sequesterverwaltung Herrn Dr. Wurster (seit 1. 1. 1938 Vorstandsmitglied der IG und Leiter des Werkes Ludwigshafen) bis auf weiteres beauftragt hatte, unter Kontrolle und Autorität des Sequesterverwalters weiterzuarbeiten. Herrn Wurster gelang es sehr schnell, ein gutes Verhältnis zur französischen Administration herzustellen, nachdem die Erhebungen der Franzosen ergeben hatten, daß im Werk Ludwigshafen während des Krieges nichts Unrechtes geschehen war.

Aber die Franzosen hatten weitgehende Pläne hinsichtlich der IG-Werke in ihrer Zone; in der Spitze hatte Ludwigshafen über 100 französische Kontrolloffiziere, vielfach Chemiker aus französischen Chemiefirmen. Zeitweise stand das, was wir deutsche Werksleitung nannten, fast hoffnungslos mit dem Rücken zur Wand.

Erst nach dem Ende des Nürnberger Prozesses und der Rückkehr von Dr. Wurster lockerte sich der Druck. Auch unter dem Eindruck der schweren Explosion von 1948 konnten wir uns allmählich mehr Handlungsspielraum erkämpfen. Aber rechtlich blieben wir alle bis zum 28. März 1953 nur Beauftragte der französischen Sequesterverwaltung.

Erst der 28. März 1953 war die Geburtsstunde der neuen BASF Aktiengesellschaft als eines neugegründeten, selbständigen Unternehmens deutschen Rechts, das seine Lebensfähigkeit nun unter Beweis stellen mußte.

Der Weg von 1945 bis zum 28. März 1953 war die härteste Belastungsprobe meines Lebens, zumal in dieser Zeit naturgemäß eine besondere Verantwortung auf den Schultern des leitenden Juristen lag, für den es nirgendwo eine Rückendeckung gab.

Im einzelnen möchte ich für diese Zeit über folgende Komplexe berichten:

1. Der Nürnberger IG-Prozeß
2. IG-Entflechtung und Neugründung der BASF.

Der Nürnberger IG-Prozeß

Anfang 1947 verschwand Herr Dr. Wurster zeitweise auf geheimnisvolle Weise aus Ludwigshafen. Allmählich sprach sich herum, er sei als Gast der französischen Militär-Regierung zu Konsultationen in Baden-Baden. Der Hintergrund war das Verlangen der Amerikaner auf Auslieferung von Dr. Wurster nach Nürnberg. Um das Verbleiben von Dr. Wurster kämpften die Franzosen, so lange es ging, mit der Folge, daß er — nach längerem Krankenhausaufenthalt in Ludwigshafen, wo wir ihn besuchen konnten — erst nach Prozeß-beginn im Herbst 1947 nach Nürnberg gebracht wurde.

Die Franzosen waren damit einverstanden, daß ich mich für die Verteidigung von Dr. Wurster zur Verfügung stellte; ich bekam dafür sogar von der französischen Militär-Regierung die vorläufige Zulassung als Rechtsanwalt. So verbrachte ich fast eineinhalb Jahre bis zum Tag der Urteilsverkündung in Nürnberg, und nur etwa alle vier Wochen konnte ich ein paar Tage in Ludwigshafen sein und die Familie in Kirchheimbolanden besuchen.

Formell war ich Assistenz-Verteidiger. Als Hauptverteidiger für Dr. Wurster hatten wir Justizrat Friedrich Wilhelm Wagner gewonnen, der als früherer SPD-Reichstagsabgeordneter Verfolgter des Nazi-Regimes war und eben von zwölfjähriger Emigration zurückgekehrt war. Daß ein solcher Mann sich in Nürnberg vor Dr. Wurster stellte, war ausserordentlich viel wert. In der Sache lag die Hauptlast der Verteidigung mehr und mehr bei mir, weil Herr Wagner politisch in der SPD sehr gefragt war (er wurde 1948 Mitglied des Parlamentarischen Rats, der das neue Grundgesetz der werdenden Bundesrepublik ausarbeitete). So konnte er nicht allzuoft in Nürnberg sein.

Das Geschehen im Nürnberger IG-Prozeß kann nur als eine Einheit dargestellt werden, da Dr. Wurster in diesen Prozeß nicht wegen irgendwelcher individueller Vorgänge hineingezogen wurde, sondern wegen der von der Anklage-

behörde fanatisch vertretenen These von der Kollektiv-
verantwortung des Vorstands der IG für das Gesamtgeschehen in der IG.

Der IG-Prozeß als solcher aber war Teil eines größeren
Geschehens, so daß zum Verständnis dieses Prozesses weiter
ausgeholt werden muß.

Der größere Rahmen

In den Jahren unmittelbar nach Ende des Zweiten Weltkriegs
haben die Alliierten im Justizpalast von Nürnberg insgesamt
13 Kriegsverbrecher-Prozesse durchgeführt. Im ersten Prozeß (üblicherweise IMT-Prozeß genannt) war die erste politische Garnitur des Dritten Reiches mit Göring und Ribbentrop an der Spitze angeklagt. Dieser Prozeß war ein echter
Vier-Mächte-Prozeß, bei dem je ein Amerikaner, ein Engländer, ein Franzose und ein Russe zusammen das Gericht
bildeten. Dieser Prozeß war bereits im Herbst 1946 zu Ende.

In den zwölf nachfolgenden Prozessen, die in den Jahren
1947 bis 1948 durchgeführt wurden, wurde ein Querschnitt
der politischen, militärischen, administrativen und wirtschaftlichen Kräfte angeklagt, die im Dritten Reich nach
Auffassung der Ankläger eine verbrecherische Rolle gespielt
hatten. Ein Prozeß richtete sich gegen NS-Ärzte, drei Prozesse gegen höhere SS-Angehörige, drei Prozesse gegen
höhere Wehrmachtsangehörige und -beamte, zwei Prozesse
gegen die Ministerialbürokratie und drei Prozesse gegen die
Industrie (IG Farben, Krupp, Flick). Über Einzelheiten der
elf anderen Nachfolgeprozesse kann ich nicht berichten;
denn das Volumen des IG-Prozesses erzwang meine Konzentration ganz auf diesen Komplex.

Interessant ist, daß in diesen Nachfolgeprozessen nicht ein
einziger Gauleiter angeklagt wurde; den Anklägern kam es
darauf an, die gesamte deutsche Oberschicht als Kriegsver-
brecher abzustempeln, um auf diese Weise die These von der
Kollektivschuld des ganzen deutschen Volkes für die Verbrechen des Dritten Reiches zu untermauern.

Die Richter

Die Gerichte in den zwölf Nachfolge-Prozessen nannten sich zwar immer noch »International Military Tribunal I — XII«, de facto aber waren es US-amerikanische Gerichte, die mit hochqualifizierten amerikanischen Juristen — meist Berufsrichter aus den obersten Gerichten der einzelnen Staaten entnommen —, teilweise auch mit Universitätsprofessoren oder qualifizierten Rechtsanwälten besetzt waren.

Der Grund, weshalb die zwölf Nachfolge-Prozesse ausschließlich von amerikanischen Richtern durchgeführt wurden, lag wahrscheinlich im folgenden Umstand:

Im großen IMT-Prozeß war es den Verteidigern gelungen, dem Gericht ein Exemplar des geheimen Zusatzprotokolls zum Nichtangriffspakt Hitler/Stalin vorzulegen, in dem Hitler und Stalin 1939 die Aufteilung Polens vereinbart hatten. Natürlich war es von großer Peinlichkeit, daß ein Vertreter derjenigen Regierung (UdSSR), die sich an einem der angeklagten Kriegsverbrechen selbst beteiligt hatte, über eben dieses Kriegsverbrechen mit zu Gericht saß. Um solche Peinlichkeit in der Zukunft zu vermeiden, übernahmen die USA allein die Durchführung der Nachfolgeprozesse.

Verfahrensregeln — Stellung des Gerichts

Die Möglichkeiten der amerikanischen Richter zur freien Gestaltung der Verfahren waren durch die vorgeschriebenen Prozeßregeln stark eingeengt. Für die Beurteilung der Prozesse kommt diesem Umstand entscheidende Bedeutung zu, wie später zu zeigen sein wird.

Im deutschen Strafprozeß ist der Richter der Herr des Verfahrens. Ungeachtet der Tatsache, daß der Staatsanwalt das Verfahren vorbereitet, ist der Richter dafür verantwortlich, daß alle irgendwie für die Beurteilung erheblichen Tatsachen erforscht und alle erreichbaren Beweismittel (Zeugen, Dokumente) herangezogen werden; er vernimmt selbst die Zeugen. Total abweichend hiervon mußten die Gerichte in den zwölf Nachfolge-Prozessen nach den Regeln des amerikanischen Strafprozesses verfahren. Hier entwickelt das Gericht keinerlei eigene Initiative; es hat bei Beginn des Prozesses keinerlei Vorstellung vom Inhalt der Anklage, es erhebt keine Beweise, lädt keine Zeugen, vernimmt keine Zeugen und bemüht sich nicht um die Beschaffung von Dokumenten und anderen Beweismitteln. Das Gericht ist der — überwiegend rezeptive — Schiedsrichter zwischen zwei Parteien — Anklage und Verteidigung —, die vor ihm einen Zweikampf aufführen. Zunächst trägt die Anklage die Anklageschrift vor und führt ihre Beweismittel dem Gericht vor Augen; dann kommt die Verteidigung mit ihren Gegenargumenten und mit ihren Beweismitteln zu Wort.

Anklagebehörde und Verteidigung sind in diesem Verfahren die einzig aktiven Träger des Geschehens.

Die Anklagebehörde

Die Anklagebehörde für jeden der zwölf Nachfolge-Prozesse war de facto ein Organ der amerikanischen Militärregierung. An der Spitze der Anklagebehörde für alle zwölf Nachfolge-Prozesse stand ein amerikanischer General. Chef des Anklageteams für den IG-Prozeß war ein amerikanischer Rechtsanwalt.

Ich hatte den Eindruck, daß die amerikanische Regierung mit einer klaren Absicht die Besetzung der Richterbänke und die Besetzung der Anklagebehörde unterschiedlich gestaltete. Nach meinem Wissen war unter den amerikanischen Richtern der Nachfolge-Prozesse kein Jude und kein Emigrant. Dagegen gehörten der Anklagebehörde sehr viele Juden an, darunter auch solche, die aus dem Machtbereich Hitlers emigriert waren. Manche der letzteren hatten während der Emigration eine Beschäftigung bei der Anti-Trust-Behörde in Washington gefunden und brachten deshalb in die Wirtschaftsprozesse außer ihrer — verständlichen — Ablehnung alles Deutschen auch eine kreuzfahrerähnliche Animosität ein gegen alles, was nach »big bussiness« aussah. Diese unterschiedliche Besetzung von Richterbank und Anklagebehörde schien mir angesichts des oben geschilderten Duellcharakters des amerikanischen Strafprozesses durchaus verständlich.

Aus der Mitwirkung zahlreicher Juden bei der Vorbereitung und Durchführung der Nürnberger Nachfolge-Prozesse erklären sich aber gravierende Fehlentwicklungen:

Die Auswahl der anzuklagenden Gruppen und Personen erfolgte nicht unter dem Gesichtspunkt sorgfältig geprüfter individueller Schuld, sondern mit dem fanatisch verfolgten Ziel, die Kollektivschuld der ganzen deutschen Oberschicht an den Verbrechen des 3. Reiches zu begründen, wobei es den Anklägern offensichtlich unmöglich war, sich in die Bedingungen hineinzudenken, unter denen der nicht emigrierte Mensch in der totalitären Diktatur des 3. Reiches zu leben hatte.

Die Anklageschriften in den Wirtschaftsprozessen waren — wie weiter unten die Anklageschrift gegen die IG zeigen wird — von Haß diktiert und entfernten sich völlig irreal vom tatsächlichen Ablauf des historischen Geschehens.

Angesichts der grauenhaften Ereignisse im Dritten Reich ist all dies menschlich durchaus verständlich. Viele in der Anklagebehörde arbeitende Juden hatten Angehörige oder Freunde in den Vernichtungslagern verloren; die Emigranten waren alle persönlich durch das 3. Reich aus der Bahn geworfen worden. Und: Sie alle wußten seit Jahren über Hitlers Verbrechen Bescheid und konnten es einfach nicht glauben, daß das Netz der Geheimhaltung über diese Verbrechen innerhalb Hitlers Machtbereich so dicht gewesen war, daß die meisten Deutschen erst nach dem Krieg die schauerliche Wahrheit erfuhren. Auch mir selbst, der ich den Krieg überwiegend an der Front erlebt hatte, glaubte es keiner der Ankläger im Gespräch, daß ich nicht genau Bescheid gewußt hätte. Aus dieser Einstellung der Ankläger erklärt es sich, daß das Verhältnis zwischen Anklägern und Verteidigern in den Nachfolge-Prozessen wesentlich frostiger war, als es in einem normalen Strafprozeß der Fall zu sein braucht. Das wurde von vielen Verteidigern aufrichtig bedauert; aber für Gesten der Versöhnung war in Nürnberg die Zeit noch nicht reif.

Die Angeklagten

Im IG-Prozeß wurden insgesamt 23 Herren angeklagt: der Aufsichtsratsvorsitzende, 19 Vorstandsmitglieder (darunter Dr. Wurster) und drei Titular-Direktoren.

Die meisten der Angeklagten waren bei Prozeßbeginn bereits fast zwei Jahre in Haft, einige hatten in der Haft sehr Schweres durchgemacht. Einige der älteren Herren waren dem Psychoterror in der Haft (ständiges In-Angst-gehalten werden bei demütigender Arbeit, z. B. Toilettenreinigen im Zuchthaus) nicht gewachsen; sie unterschrieben schließlich alles, was die amerikanischen Vernehmungsbeamten ihnen vorlegten. Diese »Schuldbekenntnisse« in Form eidesstattlicher Erklärungen legte die Anklagebehörde im Prozeß vor, aber auf Antrag der Verteidigung ließ das Gericht diese Dokumente wegen der Art ihres Zustandekommens nicht als Beweismittel zu.

Die Angeklagten hatten das Recht, sich von ihren Verteidigern als Zeugen in eigener Sache unter Eid vernehmen zu lassen, sie brauchten das aber nicht zu tun. Die Angeklagten des IG-Prozesses machten von diesem Recht Gebrauch bis auf zwei Herren, die sich wegen ihres Alters und ihres Gesundheitszustandes den u. U. tagelangen Strapazen einer solchen Vernehmung einschließlich Kreuzverhör durch die Anklagebehörde nicht gewachsen fühlten. Die Behandlung der Angeklagten, die im Gerichtsgefängnis inhaftiert waren, war während des Prozesses korrekt. Sie konnten untereinander Prozeßprobleme besprechen, der Verkehr mit den Verteidigern war an sich unbehindert, jedoch vollzog er sich jeweils nach Sitzungsende im sogenannten »Gym« durch ein Sprechgitter unter Aufsicht von Militärpolizei, die aber nur darauf zu achten hatte, daß Angeklagte und Verteidiger nichts anderes als Prozeßakten austauschten.

Die Anklage im IG-Prozeß

Die den Angeklagten am 5. 5. 1947 überreichte Anklageschrift war ein umfangreiches, in fünf Hauptpunkte (I-V)
und 147 Paragraphen unterteiltes Dokument, aus dem man
den Gesamteindruck gewinnen mußte, daß die IG Farben-
industrie für die Entstehung des 3. Reiches, für den Zweiten
Weltkrieg und letzten Endes für alles, was während des 3.
Reiches an Scheußlichkeiten passierte, verantwortlich war.
Kurz zusammengefaßt beinhalteten die fünf Anklagepunkte, die undifferenziert alle Angeklagten betrafen (mit
Ausnahme von Punkt IV) folgendes:

I. Vorbereitung und Führung von Angriffskriegen

Die Angeklagten hätten ein Bündnis mit Hitler geschlossen
und wissentlich den 2. Weltkrieg mitgeplant und vorbereitet; sie hätten Hitler geldlich unterstützt, ihre gesamte industrielle Betätigung mit dem Oberkommando der Wehrmacht
abgestimmt und in Zusammenarbeit mit der Vierjahresplan-
behörde die wirtschaftliche Mobilisierung Deutschlands
vorbereitet; sie hätten insbesondere durch Schaffung der
notwendigen Großfabrikationen auf den Gebieten von
Stickstoff, Öl und Gummi Deutschland in den Stand gesetzt, einen Angriffskrieg zu führen; sie hätten Kriegs-
materialien, die für die Kriegführung unerläßlich seien (z. B.
Benzin, Nickel, Magnesium), für das Reich gehortet; sie hätten durch Abschluß internationaler Kartellverträge — teilweise schon vor 1930 — das wirtschaftliche Potential
anderer Länder, die schon damals als voraussichtliche
Kriegsgegner erkannt worden wären, bewußt geschwächt;
in der gleichen Absicht hätten sie dem Ausland vertrags-
mäßig geschuldete technische Erkenntnisse vorenthalten; sie
hätten endlich unter Benutzung ihrer ausländischen Vertre-
tungen in umfangreichem Maße Spionage zu Gunsten der
deutschen Wehrmacht getrieben.

II. Raub und Plünderung

Die Angeklagten hätten in Österreich, der Tschechoslowakei, Polen, Norwegen, Frankreich und Rußland Handlungen begangen, die als Raub und Plünderung zu bezeichnen seien; in einigen Ländern hätten diese Handlungen darin bestanden, daß die IG dort vom Deutschen Reich widerrechtlich beschlagnahmtes fremdes Eigentum durch Verträge übernommen hätte, in anderen Ländern darin, daß unter Druck privatrechtliche Verträge mit den Staatsangehörigen dieser Länder abgeschlossen worden seien, aufgrund deren Eigentumsrechte auf die IG übergegangen seien.

III. Sklavenarbeit und Massenmord

Die Angeklagten hätten sich einer Mitwirkung an dem verbrecherischen Zwangsarbeitsprogramm schuldig gemacht, in dem sie unfreiwillig nach Deutschland verbrachte ausländische Arbeiter und Insassen von Konzentrationslägern in ihren Fabriken beschäftigt und überdies Kriegsgefangene zu konventionswidrigen Arbeiten herangezogen hätten; die so beschäftigten Personen seien vorschriftswidrig behandelt worden, insbesondere was Unterbringung und Ernährung angeht.

Die Angeklagten hätten Giftgas und verschiedene tödliche Arzneimittel hergestellt und an die SS geliefert, die sie zu unerlaubten Experimenten an Konzentrationslagerhäftlingen und zur Massenvernichtung benutzt habe; auch innerhalb der IG seien unerlaubte Experimente an Menschen durchgeführt worden. Das Auschwitzer Konzentrationslager sei zu dem Hauptzweck errichtet worden, um Menschen zu vernichten. Alle nicht arbeitsfähigen Insassen seien in den Gaskammern vergast worden, fast vier Millionen Menschen habe man so umgebracht; die Leichen seien nach Entfernung der Ringe und des in ihren Zähnen befindlichen Goldes verbrannt und ihre Asche zu Düngemitteln benutzt worden; man habe auch Versuche gemacht, das Fett der Leichen zur Herstellung von Seife zu benutzen; an Insassen aus Konzentrationslagern seien zwangsweise grausamste medizinische Versuche vorgenommen worden; eine Reihe von den dazu nötigen Arzneimitteln stamme aus Betrieben der IG; der Standort der vierten Bunafabrik sei in die Nähe des Konzentrationslagers Auschwitz gelegt worden, um Arbeitskräfte aus dem Konzentrationslager zu beziehen; um solche Arbeitskräfte zu erhalten, habe die IG ein befreundetes Verhältnis zur SS angebahnt. So habe die IG 1941 eine Zuwendung an die SS von 100 000 Mark gemacht; einer der Angeklagten sei Mitglied des sogenannten »Freundeskreises« gewesen, dem u.a. Himmler, ferner der Chef aller deutschen Konzentrationsläger und einige andere schwer belastete Persönlichkeiten der SS angehört hätten. Der sogenannte Freundeskreis habe durch geldliche Zuwendungen die kriminelle Betätigung der SS gefördert. Diese kriminelle Betätigung habe u. a. in verbrecherischen Experimenten an menschlichen Wesen bestanden und solche Massenmorde eingeschlossen, wie sie bei Lidice und der Zerstörung des Warschauer Gettos vorgekommen seien. Weiterhin habe die SS die Verfolgung und Tötung von Millionen von Juden und anderen unerwünschten Personen durchgeführt.

In dem später seitens der IG im Bunawerk 4 errichteten Lager Monowitz seien die schwersten Mißstände vorgekommen; Arbeiter, die gesundheitlich nicht mehr leistungsfähig gewesen wären, seien nach Auschwitz zur Vergasung geschickt worden.

IV. Mitgliedschaft in der SS

Drei von den 23 Angeklagten seien Mitglieder der SS gewesen, einer Organisation, die vom IMT als verbrecherisch erklärt worden sei.

V. Gemeinsame Verschwörung

Alle Angeklagten seien Teilnehmer einer Verschwörung gewesen, um Verbrechen gegen den Frieden, Kriegsverbrechen und Verbrechen gegen die Menschlichkeit zu begehen.

Für jemand, der wie ich immerhin sechs Jahre (1936 bis 1942) in der IG gearbeitet hatte und die meisten der Angeklagten persönlich kannte, war diese ungeheuerliche Anklage einfach grostesk, und es schien mir unverständlich, wie jemand auf die Idee kommen konnte, diese Männer, die ich als hervorragende Unternehmer und Fachleute kannte, von denen mir aber die meisten politisch naiv erschienen, als wahre Teufel und als die letzten Urheber allen Unheils zu betrachten. Aber diese groteske Anklage war nun einmal da und mußte ernst genommen werden. Mancher renommierte deutsche Rechtsanwalt, der sich einem der Angeklagten als Verteidiger verpflichtet hatte, gab nach Durchsicht der Anklageschrift das Mandat zurück, weil er sich dem Volumen dieses Prozesses zeit- und kräftemäßig nicht gewachsen fühlte. Auch ich selbst fühlte mich durch das Volumen der Anklage anfangs irgendwie erdrückt; in den ersten Wochen der Prozeßvorbereitung nach Bekanntgabe der Anklage hatte ich das Gefühl, vor einem unübersteigbaren Gebirge zu stehen. Schließlich wurde man zwar auch mit dem Monströsen vertraut und irgendwie fertig, aber die Monate des Prozesses waren harte Arbeit.

Die Verteidigung

Jeder Angeklagte hatte das Recht, sich durch einen Hauptverteidiger und einen Assistenzverteidiger seiner Wahl verteidigen zu lassen. Zwar bedurfte jeder Verteidiger das »approval« durch das Gericht, es ist mir aber kein Fall bekannt, wo das »approval« versagt worden wäre. Eine größere Zahl jüngerer Juristen aus den verschiedenen Rechtsabteilungen der IG waren gleich mir bereit, als Assistenzverteidiger tätig zu werden; ohne ihre Mitarbeit wäre es für die Hauptverteidiger — meist selbständige Rechtsanwälte ohne jede Kenntnis der Firma und der Prozeßmaterie — kaum möglich gewesen, das Prozeßvolumen zu bewältigen, zumal die Verteidigung sich am Anfang in einem echten Beweisnotstand befand. Sämtliche wichtigen Akten der IG-

Werke und IG-Verwaltungen waren 1945 sofort beschlagnahmt und in sogenannten »document centers« konzentriert worden. Dort bereitete ein großer Stab der Anklagebehörde in zweijähriger Arbeit (1945-1947) die voluminöse Anklageschrift vor. Erst nach Prozeßbeginn erhielten auch die Verteidiger auf Grund einer Entscheidung des Gerichts Zugang zu den »document centers«, aber die außenstehenden Rechtsanwälte hätten es wohl ohne die Hilfe der aus der IG stammenden Assistenzverteidiger kaum schaffen können, sich rechtzeitig durch die Aktenberge der »document centers« durchzufinden und durchzuarbeiten.

Volumen und Ablauf des Prozesses

Der Prozeß dauerte vom 5. Mai 1947 bis zur Urteilsverkündigung am 29. und 30. Juli 1948.

Das Volumen des Prozesses war das eines wahren Monsterprozesses; wenn man einen Satz Anklagedokumente, einen Satz Verteidigungsdokumente und einen Satz Protokolle aufeinanderlegt (insgesamt über 15 000 Seiten), so ergibt das eine Papiersäule von ca. 12 m Höhe. Von Anklage und Verteidigung wurden dem Gericht 6 384 Dokumente sowie 2 813 eidesstattliche Erklärungen von Zeugen vorgelegt; 189 Zeugen wurden vor Gericht persönlich vernommen.

Da nach dem Schema des amerikanischen Strafprozesses während der ersten Monate die Anklagebehörde mit ihrem Beweisvortrag die Szene beherrschte — eine Zeit, in der die Verteidiger im wesentlichen dadurch tätig wurden, daß sie Zeugen der Anklage ins Kreuzverhör nahmen —, war für die Vorbereitung des Vortrags der Verteidigung mehr Zeit gegeben, als man zunächst gedacht hatte. Und dann ergab sich auch eine gewisse Arbeitsteilung unter den Verteidigern, obwohl kein Verteidiger das Ganze aus den Augen verlieren durfte, weil ja jeder der Angeklagten wegen aller Tatbestände der Anklageschrift angeklagt war.

Die schwersten Tage des Prozesses waren diejenigen, als die Anklagebehörde in langer Reihe Überlebende von

Auschwitz als Zeugen auftreten ließ; diese Tage waren nicht etwa deshalb so schwer, weil dabei eine Schuld der Angeklagten zutage gekommen wäre — die alleinige Verantwortung der SS kam immer klarer zutage — sondern deshalb, weil uns diese Menschen das Grauen ihrer Erlebnisse vorführten in einer Weise, die für alle Teilnehmer des Prozesses tief erschütternd war. Obwohl ich im Lazarett in Barletta fast jeden Tag in der englischen Soldatenzeitung furchtbare Enthüllungen gelesen hatte, war die unmittelbare Begegnung mit den Überlebenden dieses Infernos auch für mich eine schwere seelische Belastung.

In den langen Monaten des Prozesses wuchs langsam das Vertrauen in die Integrität und Objektivität der Richter dieses Prozesses. Im Gegensatz zu anderen Prozessen, z. B. dem Krupp-Prozeß, haben wir im IG-Prozeß keinen ernsten Konflikt zwischen Gericht und Verteidigung erlebt. Wohl aber gab es einen schweren Konflikt zwischen Anklage und Verteidigung, als die Anklagebehörde es sich erlaubte, eine Haussuchung in der Privatwohnung eines Verteidigers vorzunehmen, den sie verdächtigte, prozeßwichtige IG-Akten beiseitegebracht und im Besitz zu haben. Die Haussuchung führte zu gar nichts, und auf die Beschwerde der Verteidigung hin untersuchte das Gericht den Vorgang und erteilte dann der Anklagebehörde offiziell eine Rüge wegen ihrer »hasty and ill-conceived action«.

Die Spannung in den letzten Wochen vor der Urteilsverkündigung war kaum erträglich. Erst am Vorabend der Urteilsverkündigung sickerte durch, wie das Urteil lautete, und in die unbeschreibliche Freude über den Freispruch von Dr. Wurster und neun weiteren Herren mischte sich die Enttäuschung über das Schicksal derjenigen, die nur zu neunzig Prozent freigesprochen wurden.

Das Urteil

Das Ergebnis des Prozesses war ein Fiasko für die Anklagebehörde und wurde von deren Mitarbeitern auch als solches empfunden.

Das Urteil beinhaltete folgendes:

Anklagepunkte (aufgegliedert)	*Urteil*
a) Planung und Vorbereitung von Angriffskriegen (u. a. hervorragende Teilnahme an Aufrüstung, Spionage; Schwächung von Wirtschaft und Verteidigungskraft anderer Länder durch internationale Kartellabreden u. ä.)	Freispruch aller 23 Angeklagten
b) Führung von Angriffskriegen	Freispruch aller 23 Angeklagten
c) Teilnahme an einer Verschwörung, um Verbrechen gegen den Frieden, Kriegsverbrechen und Verbrechen gegen die Menschlichkeit zu begehen	Freispruch aller 23 Angeklagten
d) Teilnahme am Massenmord (insbesondere Mitschuld an den Vergasungen in Auschwitz und anderen Konzentrationslagern; Lieferung von Giftgas hierfür)	Freispruch aller 23 Angeklagten
e) Verbrecherische Experimente an Menschen, insbesondere Insassen von Konzentrationslagern	Freispruch aller 23 Angeklagten
f) Mitgliedschaft dreier Angeklagter bei der SS	Freispruch aller 3 Angeklagten

g) »Raub und Plünderung« (Verstöße gegen die Eigentumsgarantie der Haager Landkriegsordnung) hinsichtlich Österreich, Tschechoslowakei, Rußland und hinsichtlich der Fälle »Rhône-Poulenc« und »Diedenhofen«	Freispruch aller 23 Angeklagten
h) Verwendung und vorschriftswidrige Behandlung von Kriegsgefangenen in IG-Werken (außer »Fürstengrube«)	Freispruch aller 23 Angeklagten
i) Verwendung und vorschriftswidrige Behandlung von ausländischen Zwangsarbeitern und Häftlingen aus Konzentrationslagern in IG-Werken (außer »Buna-Werk Auschwitz« und »Fürstengrube«)	Freispruch aller 23 Angeklagten
j) Verwendung und vorschriftswidrige Behandlung von Kriegsgefangenen in der »Fürstengrube« und Verwendung von ausländischen Zwangsarbeitern und Häftlingen aus Konzentrationslagern im »Buna-Werk Auschwitz« und in der »Fürstengrube«	Freispruch von 18 Angeklagten Verurteilung von 5 Angeklagten
k) »Raub und Plünderung« in Polen, Norwegen und in den Fällen »Francolor«, »Schiltigheim« und »Farbwerke Mühlhausen«	Freispruch von 14 Angeklagten Verurteilung von 9 Angeklagten

Von den 23 Angeklagten wurden zehn Angeklagte — darunter Dr. Wurster — von allen Anklagepunkten freigesprochen. 13 Angeklagte wurden wegen einzelner Anklagepunkte (vgl. oben j und k) zu Gefängnisstrafen von eineinhalb bis acht Jahren verurteilt, auf welche die Untersuchungshaft angerechnet wurde.

Zu den o. g. Punkten h), i) und j) ist eine erläuternde Bemerkung notwendig:

Die Nürnberger Militärgerichte gingen davon aus, daß die Beschäftigung unfreiwilliger Arbeitskräfte (verschleppte Personen, Kriegsgefangene, KZ-Häftlinge) durch deutsche Unternehmen an sich einen strafbaren Tatbestand darstellt (Sklavenarbeit). Sie erkannten aber an, daß die deutschen Unternehmer unter dem Terrorsystem des 3. Reiches und unter den Zwängen der Kriegswirtschaft sich in einem Notstand befunden haben, der die Beschäftigung unfreiwilliger Arbeitskräfte entschuldigt, so daß eine Verurteilung im allgemeinen nicht möglich war. Die Gerichte gingen aber weiter davon aus, daß sich auf den Einwand des Notstandes derjenige Unternehmer nicht berufen kann, der über das bloße Befolgen obrigkeitlicher Anordnungen hinausging und durch Anforderungen bei den Behörden »eigene Initiative« zur Beschaffung unfreiwilliger Arbeitskräfte ergriffen hat. Sämtlichen Angeklagten des IG-Prozesses wurde für sämtliche IG-Werke der Einwand des Notstandes zugebilligt, mit Ausnahme derjenigen fünf Angeklagten, die mit dem »Buna-Werk Auschwitz« und der »Fürstengrube« zu tun hatten und nach Ansicht des Gerichts dort eigene Initiative durch Anforderung unfreiwilliger Arbeitskräfte entfaltet hatten. (Natürlich ist es im Grunde genommen unverständlich, gerade bei demjenigen Unternehmenskomplex, der in die höchste Dringlichkeitsstufe der Kriegswirtschaft eingestuft war, davon auszugehen, daß dort die Anforderung von Arbeitskräften — wissend, daß nur unfreiwillige Arbeitskräfte zur Verfügung stehen würden — nicht durch den Notstand gedeckt sei.)

Kritik des Prozesses

Es ist hier nicht der Platz, die rechtlichen, insbesondere die vökerrechtlichen Grundlagen der Nürnberger Prozesse zu behandeln. Die rechtliche Problematik dieser Prozesse ist heute weitgehend auch außerhalb Deutschlands erkannt. Im

IG-Prozeß wurde diese Problematik in einem großen Plädoyer von dem Generalverteidiger für alle Angeklagten, Prof. Eduard Wahl, ausführlich dargelegt und nach dem Prozeß hat sich Dr. August v. Knieriem in seinem Buch »Nürnberg« mit diesem Thema eingehend befaßt*).

Ein Gericht der Sieger über Besiegte wird immer einen Rest von Peinlichkeit behalten. Der französische Richter am IMT, Prof. Donnedieu de Fabre, hat nach dem IMT-Prozeß eine kleine Schrift publiziert, in der er versuchte, sein Erlebnis »Nürnberg« zu verarbeiten und in der sich sinngemäß der Satz findet: »Die Ruinen der altehrwürdigen Stadt Nürnberg zeigten jedem Prozeßteilnehmer täglich aufs neue, daß die Verbrechen gegen die Menschlichkeit kein Monopol des Nationalsozialismus waren.«

Trotz aller Einwände gegen ein Gericht der Sieger über die Besiegten möchte ich — auf die Gefahr hin, meinen Ruf als Jurist aufs Spiel zu setzen — mich zu der Ansicht bekennen, daß die Nürnberger Prozesse politisch auch im deutschen Interesse notwendig waren. (Das bedeutet keine Billigung aller in Nürnberger Prozessen ausgesprochener Verurteilungen, vor allem nicht eine Zustimmung zu den im IG-Prozeß ausgesprochenen Verurteilungen.) Das Geschehen im 3. Reich war in seiner Ungeheuerlichkeit einmalig in der Geschichte der Menschheit. Ohne einen Prozeß der Klärung und Reinigung gab es für die Deutschen keine Rückkehr in die Gemeinschaft der zivilisierten Völker. Unter den Verhältnissen der ersten Nachkriegsjahre wäre es auf lange Zeit ausgeschlossen gewesen, daß qualifizierte, objektive deutsche Gerichte den Reinigungsprozeß durchgeführt hätten. So war die für die zwölf Nachfolgeprozesse gefundene Lösung wahrscheinlich die einzig mögliche. In den Jahren bis 1949, da es keinen politischen Sprecher des deutschen Volkes gab,

*) Dr. v. Knieriem war der letzte Chefjurist im Vorstand der IG, war im Nürnberger Prozeß mitangeklagt und wurde freigesprochen. Sein Buch erschien in den USA in englischer Übersetzung und hat weit über unsere Grenzen hinaus wegen seiner vornehmen Objektivität große Anerkennung gefunden. Dr. v. Knieriem war dasjenige Vorstandsmitglied der IG, das mich 1936 anstellte, er war bis 1945 mein hochgeschätzter Vorgesetzter, nach 1945 bis zu seinem Tode verband mich eine enge Freundschaft mit ihm, und bei seiner Trauerfeier habe ich 1978 den Nachruf gesprochen. Dieser Nachruf ist diesem Buch als Anhang 2 beigefügt.

war Nürnberg das einzige, von der übrigen Welt registrierte Forum, von dem aus der weltweit verbreiteten Überzeugung von der Kollektivschuld des deutschen Volkes entgegengetreten werden konnte.

In den meisten der zwölf Nachfolgeprozesse wurde den amerikanischen Richtern von manchen der Angeklagten und von vielen Verteidigern attestiert, daß sie sich um eine faire Prozeßführung und um ein objektives Urteil bemüht haben.

Wenn gleichwohl hinter der Frage, ob es sich in Nürnberg um ein »fair trial« gehandelt hat, ein letztes Fragezeichen stehenbleiben muß, so liegt das nicht an den Richtern, sondern an den Spielregeln des Verfahrens, die für einen Prozeß in einem total besiegten Land völlig ungeeignet waren.

Es wurde oben als das Wesen des Nürnberger Verfahrens sein Charakter als Zweikampf zwischen Anklage und Verteidigung geschildert. Es liegt auf der Hand, daß dieses Zweikampfverfahren, das in den angelsächsischen Ländern unter normalen Verhältnissen ganz gut funktionieren mag, höchst problematisch wird, wenn die Waffengleichheit zwischen Anklage und Verteidigung in erheblichem Umfang eingeschränkt ist. Unter den Verhältnissen der Jahre 1947 und 1948 kann man sich das Mißverhältnis zwischen den Möglichkeiten der Anklage und den Möglichkeiten der Verteidigung nicht kraß genug vorstellen; dazu einige Illustrationen:

a) Die Anklagebehörde war personell, finanziell und materiell mit unbegrenzten Möglichkeiten ausgestattet. Sie hatte die Möglichkeit, über alle Nachrichtendienste der Siegerstaaten innerhalb kürzester Frist jede gewünschte Information aus aller Welt einzuholen; ihre Agenten reisten in vielen Ländern der Erde mit unbeschränkten Mitteln herum, um Zeugen und sonstige Beweismittel zu suchen.

b) Demgegenüber waren die Möglichkeiten der Verteidigung in jeder Beziehung kümmerlich. Die größte Erschwernis für ihre Tätigkeit war die Tatsache, daß kein deutscher Verteidiger während der Laufzeit der Prozesse jemals die Grenzen der vier Besatzungszonen verlassen konnte. Wenn die Angeklagebehörde Zeugen aus dem Ausland brachte, war es den deutschen Verteidigern noch nicht einmal möglich, die Identität dieser Zeugen nachzuprüfen. Die Beweglichkeit der Verteidiger war stark eingeschränkt; die meisten Verteidiger hatten kein Auto; Bahnreisen waren in der damaligen Zeit äußerst zeitraubend und beschwerlich. Die Wohn- und Lebensverhältnisse in dem total zerstörten Nürnberg waren äußerst schwierig.

Die Lage der Verteidiger war auch sonst äußerst beengt. Da war z. B. das Problem der Finanzierung. Die Vermögen der Angeklagten waren ebenso wie die Vermögen der Firmen gesperrt; Honorarzahlungen an Verteidiger konnten während des Prozesses nicht geleistet werden. In Anbetracht dieser Situation erhielt jeder Hauptverteidiger vom Gericht monatlich einen Betrag von Reichsmark 3 000,—; daraus waren sämtliche Kosten des Hauptverteidigers, des Assistenzverteidigers, der Schreibkräfte, einschließlich Quartier in Nürnberg etc. zu bestreiten, so daß unter dem Strich nichts übrig blieb, außer meist einem Defizit. (Die bessere Situation nach der Währungsreform vom 20.6.1948 kam den Verteidigern des IG-Prozesses nur noch wenige Tage zugute, weil bald darauf der Prozeß zu Ende ging.)

Die Arbeitsbedingungen der Verteidiger im Justizpalast waren miserabel. Da mehrere Nachfolgeprozesse parallel liefen, drängte sich eine große Zahl von Verteidigern im Verteidigungsflügel des Justizpalastes. Justizrat Wagner und ich arbeiteten in einem Raum, in dem außer uns fünf weitere Anwälte und noch sieben Sekretärinnen mit laut klappernden Schreibmaschinen tätig waren. Für sämtliche deutsche Verteidiger aller Prozesse gab es im Justizpalast ein einziges Telefon, von dem bekannt war, daß jedes Gespräch für die Anklagebehörde auf Band aufgenommen wurde. Der Faktor Hunger wurde gegen die Verteidiger nicht eingesetzt: jeder

Verteidiger erhielt bei den Lebensmittelkarten Schwerarbei-
terzulage, außerdem stand ihm täglich ein Mittagessen im
Justizpalast zu und schließlich erhielt jeder Verteidiger pro
Woche eine Stange amerikanischer Zigaretten, welche auf
dem Schwarzmarkt hoch im Kurs standen und die vielen
Verteidigern die Ernährung ihrer Familie während des Prozesses ermöglichten.

Selbstverständlich haben die Verteidiger wiederholt die
schrille Diskrepanz zwischen den Möglichkeiten der Anklage und den Möglichkeiten der Verteidigung dem Gericht vor
Augen geführt, ohne daß dieses sich in der Lage sah, Abhilfe
zu schaffen oder die Verfahrensregeln vom Zweikampfsy-
stem zu lösen.

Die Publizität des IG-Prozesses

Von den zwölf Nürnberger Nachfolge-Prozessen hatte der
IG-Farbenprozeß nicht nur das größte Volumen, sondern
auch die größte Publizität. Keine große Publizität erhielt be-
dauerlicherweise das Urteil des amerikanischen Militärgerichts in diesem Prozeß; die Hetzkampagne, vor allem im
Ausland, dauerte auch nach Prozeßende noch geraume Zeit
an, wobei die Feststellungen des Gerichts vielfach einfach ignoriert wurden. Was waren nun die Gründe, weshalb aus-
gerechnet die IG Farben-Industrie derart ins Rampenlicht
der Öffentlichkeit und in eine völlig schiefe Situation geriet?

Die drei Hauptgründe für die Erklärung dieses Phäno-
mens scheinen mir folgende zu sein:

a) Bekanntlich war die deutsche Wirtschaft zwischen den
   beiden Weltkriegen in sehr starkem Maße konzernmäßig
   verflochten und kartellmäßig gebunden. Konzernmäßige
   Verflechtungen und kartellähnliche Abreden auch mit
   ausländischen Firmen waren unzweifelhaft bei der IG
   Farbenindustrie recht stark entwickelt. Dies gilt auch für
   die Beziehungen zwischen der IG und amerikanischen
   Großfirmen, insbesondere der Standard Oil (Esso). Wäh-

rend des 2. Weltkriegs stürzten sich deshalb die Beamten der US-amerikanischen Antitrust-Behörde, die zu diesem Zweck stark mit deutschen Emigranten angereichert war, auf die deutschen Konzerne und insbesondere auf die IG und hier insbesondere wiederum auf deren Verbindungen mit Standard Oil. Der fast missionarischen Leidenschaft der amerikanischen Antitrust-Spezialisten fielen nicht nur die deutschen Konzerne und die IG Farben-Industrie, sondern auch deren amerikanische Partner zum Opfer. Die Esso hatte während des 2. Weltkriegs wegen ihrer Verbindungen zur IG eine außerordentlich schwierige Position; mehrere ihrer leitenden Herren mußten den Dienst quittieren. Aus dem Kreis der amerikanischen Antitrust-Experten wurde zu jener Zeit eine Reihe von haßerfüllten Büchern über die IG Farben-Industrie AG publiziert.

b) Ein weiteres Motiv war der Wunsch starker Kräfte in den USA und teilweise auch in den anderen Siegerstaaten, die deutsche Wirtschaft nachhaltig zu schwächen und insbesondere die damals größte deutsche Firma, nämlich die IG Farben-Industrie AG, vernichtend zu treffen. Bekanntlich wurde kurz nach dem Krieg der sogenannte Morgenthauplan geboren, der vorsah, daß das besiegte Nachkriegsdeutschland in den Stand eines reinen Agrarlandes zurückversetzt werden sollte, ein Plan, der zum Glück mit dem Aufkommen des Kalten Krieges bald ad acta gelegt wurde.

c) Einen starken Auftrieb erhielt die Hetzkampagne gegen die IG durch die unselige Doppelbedeutung des Wortes Auschwitz. In der Hetzkampagne — wiederum vor allem im Ausland — wurden vielfach die Dinge so dargestellt, als ob das Vernichtungslager Auschwitz und die Baustelle des Buna-Werkes Auschwitz ein und dasselbe gewesen seien; ignoriert wurden dabei folgende entscheidende Momente:

aa) Die Entscheidung für Auschwitz als Standort der vierten Buna-Anlage im luftgeschützten schlesischen Raum fiel *Anfang* 1941. Damals war in 7 km Entfernung von der Baustelle ein kleines, unbekanntes Konzentrationslager vorhanden, dessen Existenz nach Darstellung aller beteiligten Mitarbeiter der IG für die Standortwahl keine Bedeutung hatte. Die Entscheidung Hitlers, die »Endlösung der Judenfrage« durch Genozid herbeizuführen, datiert von *Ende* 1941. Bei der Wahl des Standortes Auschwitz konnte keiner der beteiligten Akteure nur im entferntesten ahnen, welche entsetzliche Bedeutung der Name Auschwitz im Zusammenhang mit dem größten Verbrechen der Menschheitsgeschichte einmal erlangen würde.

bb) Der Freispruch der Angeklagten des IG-Prozesses von einer Beteiligung am Massenmord in Auschwitz ist deshalb erfolgt, weil das Gericht ganz klar zu unterscheiden wußte zwischen der Verantwortung der IG und der Verantwortung der SS. Mit dem ab 1942 in raschem Tempo zum Vernichtungslager ausgebauten Konzentrationslager Auschwitz (sogenanntes Hauptlager, ca. 7 km vom Buna-Werk der IG entfernt) hatte die IG überhaupt nichts zu tun. Inwieweit die in Auschwitz tätigen Mitarbeiter der IG wußten, was in diesem Hauptlager an Entsetzlichem passierte, ist eine durchaus offene Frage; alle die im IG-Werk Auschwitz tätigen Mitarbeiter der IG, mit denen ich während des Nürnberger Prozesses zusammenkam und mit denen ich oft auch unter vier Augen gesprochen habe, haben mir ausnahmslos versichert, daß sie bis zum Ende des Krieges nicht wußten, was im Hauptlager Auschwitz tatsächlich vorging. Dies mag aus heutiger Sicht kaum glaubhaft klingen; man darf aber nicht vergessen, daß die Machthaber des 3. Reiches, insbesondere die SS, im Rahmen ihres Terrorsystems einen undurchdringlichen Schleier des Schweigens über alle ihre Verbrechen gebreitet haben. Die auf der Buna-Baustelle tätigen KZ-Häftlinge waren ab 1942 nicht im Hauptlager stationiert, sondern im sogenannten Außenlager Monowitz, das unmittelbar am Rande des Baugeländes der IG errichtet wurde (das Hauptlager Auschwitz hatte zahlreiche ähnliche Außenlager bei deutschen Industrieunternehmen im oberschlesischen Raum). Auch das Lager Monowitz stand ausschließlich unter der Kontrolle der SS.

cc) Die wochenlangen Beweiserhebungen im IG-Prozeß haben das Gericht zu der Überzeugung gebracht, daß keinem der Angeklagten des IG-Prozesses irgendeine Mitschuld an den Zuständen im Außenlager Monowitz oder gar an den Greueln des Vernichtungslagers Auschwitz beizumessen ist. Das Urteil enthält mit Bezug auf den Auschwitz-Komplex folgenden Satz:
»Es ist klar erwiesen, daß die IG eine menschlich unwürdige Behandlung der KZ-Häftlinge (workers) nicht beabsichtigt oder vorsätzlich gefördert hat. Tatsächlich hat die IG sogar Schritte unternommen, um die Lage der workers zu erleichtern.«

Es ist nicht weiter verwunderlich, daß die kommunistische Propaganda des Ostblocks die unselige Doppelbedeutung des Namens Auschwitz — einerseits Baustelle der IG, andererseits Vernichtungslager der SS — immer wieder in der Weise ausschlachtet, daß sie daraus Honig für ihre antiwestliche und antikapitalistische Propaganda saugt. Jahrelang nach Prozeßende haben Autoreisende an den Grenzübergangsstellen von der BRD zur DDR von den Grenzposten der DDR Pamphlete in die Hand gedrückt bekommen, in denen unter totaler Ignorierung der Feststellungen des amerikanischen Militärgerichts der IG Farbenindustrie alle mit dem Namen Auschwitz verbundenen Schandtaten des 3. Reiches angelastet wurden.

Leider erschienen auch in westlichen Ländern in den folgenden Jahren immer wieder Publikationen — teilweise von ehemaligen Mitgliedern der Anklagebehörde verfaßt —, in denen die IG weiterhin verunglimpft wurde — so, als ob es keinen Prozeß und kein richterliches Urteil gegeben hätte. Und leider sind vereinzelt auch deutsche, sonst seriöse Journalisten, die sich nicht die Mühe des Quellenstudiums machten, auf solche Publikationen hereingefallen.

Im Falle der jüngsten Publikation eines ehemaligen Mitarbeiters der amerikanischen Antitrust-Behörde erschien in der Süddeutschen Zeitung eine besonders befremdliche Besprechung der deutschen Ausgabe dieses Buches. Ich sandte folgenden Leserbrief an die Redaktion, der auch am 7. 6. 1980 korrekt veröffentlicht wurde:

»Als ehemaliger Verteidiger eines (freigesprochenen) Angeklagten im Nürnberger IG Farben-Prozeß kann ich mich nur wundern, mit welcher Einseitigkeit das Buch von Josef Borkin über die unheilige Allianz der IG Farben mit dem 3. Reich in einem erheblichen Teil der deutschen Presse besprochen wird. Dies gilt auch für die Besprechung von Thomas Sokoll in der Nr. 106 der Süddeutschen Zeitung. Herr Sokoll ist der Meinung, daß Borkins Darstellung zwar nicht ohne Fehler, aber überzeugend und beeindruckend ist. Vor dem Hintergrund der Darstellung Borkins nähme sich das Ergebnis des Nürnberger IG Farben-Prozesses einigermaßen unverständlich aus. Ich bin völlig anderer Meinung und glaube, daß umgekehrt angesichts des Urteils des amerikanischen Militärgerichts — ergangen nach einer Prozeßdauer von mehr als 14 Monaten — das Buch von Borkin und seine Besprechung durch Herrn Sokoll total unverständlich sind. Herr Sokoll erwähnt zwar, daß Herr Borkin von 1938-1946 die Ermittlungen gegen die amerikanische Tochtergesellschaft der IG Farben in den damals geführten Antitrust-Prozessen geleitet habe, er erwähnt aber nicht, daß es die von Herrn Borkin geleitete Abteilung war, die im Anschluß an den 2. Weltkrieg den Monsterprozeß gegen die IG Farben vorbereitete. Naturgemäß waren alle diejenigen amerikanischen Beamten, die mit einem riesigen Aufwand einen Prozeß starteten, in dem sie die IG Farbenindustrie mehr oder weniger für das 3. Reich und für alles, was darin geschah, verantwortlich machen wollten, aufs äußerste enttäuscht darüber, daß ihr Anklagegebäude vor Gericht völlig zusammenbrach. Das Buch von Herrn Borkin ist das Buch eines dieser Enttäuschten, der, aus welchem Grund auch immer, mehr als 30 Jahre nach Ende des Prozesses seine Enttäuschung abreagierte. Als Beleg dafür, daß Herr Borkin vor gröbsten und verleumderischen Unwahrheiten nicht zurückscheut, möchte ich nur ein besonders eklatantes Beispiel anführen:

In der amerikanischen Ausgabe seines Buches sind die mit Häftlingsnummern versehenen Fotografien zweier angeklagter Vorstandsmitglieder der IG Farbenindustrie abgedruckt, und die Unterschrift unter den Bildern besagt, daß die Vorgestellten vom amerikanischen Militärgericht wegen Massenmordes verurteilt worden seien. Dabei braucht man nur das Urteil des Militärgerichts nachzulesen, um zu sehen, daß ausnahmslos sämtliche Angeklagten des IG Farben-Prozesses von der Anklage des Massenmordes freigesprochen wurden. Ein Autor, der so mit den Tatsachen und mit der Ehre anderer Menschen umgeht, scheint mir keine klassische Quelle historischer Erkenntnis zu sein.«

Ich habe auf diesen Leserbrief weder von dem amerikanischen noch von dem deutschen Verlag noch von anderer Seite irgendeine Reaktion erhalten; es sind mir auch keine weiteren Besprechungen des Buches in deutschen Zeitungen bekannt geworden.

Exkurs: Carl Wurster in Nürnberg
und seine Rückkehr
nach Ludwigshafen

Eine Schilderung meiner Erlebnisse in Nürnberg wäre unvollkommen ohne ein Wort über Carl Wurster persönlich.
Er war nicht eine der Zentralfiguren des Prozesses, da er ja
nur unter dem Gesichtspunkt der Gesamtverantwortung des
Vorstandes angeklagt wurde. Aber er war vorbildlich in
Haltung und Würde — von allen Verteidigern anerkannt —
und eine der bedeutendsten Persönlichkeiten unter den Angeklagten des IG-Prozesses. Es ist mehr als verständlich, daß
er zunächst voll Bitterkeit war, als er in einen Monsterprozeß mit ungeheuerlichen Anklagen hineingezogen werden
sollte, vor dessen Beginn nicht ein einziger seiner Ankläger
ihn auch nur einmal gesehen hatte und vor dessen Beginn er
nicht ein einziges Mal Gelegenheit erhielt, sich zu dem zu äußern, was die Anklage ihm vorzuwerfen beabsichtigte. Die
pauschale Anklage wirkte in seinem Fall besonders absurd;
ein Beispiel: Im Jahr 1933 war Herr Wurster (Jahrgang 1900)
noch ein kleiner unbekannter Chemiker der IG, er wurde
erst am 1. 1. 1938 Vorstandsmitglied, konnte also wahrhaf-
tig an dem in der Anklage behaupteten Bündnis der IG mit
Hitler von 1933 nicht beteiligt gewesen sein. In der Tat, diese Anklage war ein Geschehen, wie es bei zivilisierten Staaten nur vorkommt, wenn Sieger über Besiegte ein Gerichts-
verfahren veranstalten. Aber nachdem Herr Wurster einmal
in Nürnberg war, fügte er sich in das Unvermeidliche mit
überlegener Gelassenheit. Die einzige Richtlinie, die er seinen beiden Verteidigern für die Verteidigung gab, war folgende: »Es kommt, wie immer die Dinge auch laufen, unter
keinen Umständen in Frage, daß zu meiner Verteidigung ir-
gendetwas vorgebracht wird, was einem meiner mitange-
klagten Kollegen schaden könnte.« Im Laufe der vielen Monate des Prozesses kehrte sogar langsam sein goldener Hu-

mor wieder und während der vielen Prozeß-Stunden, da Dinge verhandelt wurden, die ihn nicht direkt betrafen, ging manche launige Glosse in Versform zwischen ihm und mir hin und her.

Die Quelle seiner Kraft war auch in der Nürnberger Zeit seine Frau, die nie in den Gerichtssaal kam, aber während der zwei Tage der Urteilsverkündung auf dem Parkplatz vor dem Justizpalast im Auto saß, um ihm ganz nah zu sein und um ihn nach dem guten Ende in Empfang zu nehmen.

Carl Wurster hat es nie ausgesprochen, aber nach meiner Überzeugung ist er im Laufe des Prozesses zu der Erkenntnis gelangt, daß er diese schwere Zeit durchlaufen mußte; dies war die Voraussetzung dafür, daß er nach dem Freispruch zur zentralen Figur des Wiederaufbaus der BASF und zu einer der bedeutendsten, allseits anerkannten, vielfach bewunderten Unternehmerpersönlichkeiten der Nachkriegszeit werden konnte.

Als Dr. Wurster im Sommer 1947 im Krankenwagen von Ludwigshafen nach Nürnberg gebracht worden war, hatte es den einzigen Streik in der Nachkriegsgeschichte der BASF gegeben. Die ganze Belegschaft hatte als Zeichen des Protestes für eine Stunde die Arbeit niedergelegt. Kein Wunder, daß die Rückkehr Dr. Wursters von der ganzen Belegschaft ersehnt und aufs wärmste begrüßt wurde. Leider fiel ein tiefer Schatten auf das freudige Ereignis. Am Vorabend des Beginns der Urteilsverkündung in Nürnberg — am 28. 7. 1948 — ereignete sich im Werk Ludwigshafen eine furchtbare Explosion, die über 200 Menschenleben forderte und zahlreiche Verletzte zur Folge hatte. So ergab sich die makabre Situation, daß das Nürnberger Gericht am 29.7. die Urteilsverkündung mit einer Gedenkminute für die Opfer von Ludwigshafen einleitete (ich selbst habe dies nicht miterlebt, weil ich in der Nacht vom 28./29. 7. auf die Radionachrichten hin nach Ludwigshafen fuhr und erst am Abend des 29. wieder in Nürnberg zurück war). Und so ergab es sich weiter, daß Dr. Wurster, der nach seiner Rückkehr von der französischen Administration sofort wieder in seine vorige Position eingesetzt wurde, den ersten Kontakt mit den Persönlichkeiten des öffentlichen Lebens in Ludwigshafen anläßlich der großen Trauerfeier für die Opfer der Explosion aufnehmen konnte.

Die französische Seite empfand diese Explosion, bei der auch drei Angehörige der Administration ums Leben kamen, als eine ernste Warnung. Es kam hinzu, daß die französische Administration wenige Tage vor der Explosion einen folgenschweren Fehler begangen hatte, indem sie aus Gründen der Ergebnisverbesserung die Gebräudebrandversicherung des Werks annullierte und die Feuer- und Explosionsversicherung auf achtzig Prozent reduzierte, was nach der Explosion einen Ausfall an Versicherungsleistungen in Höhe von ca. 24 Mio DM (nicht RM) für das Werk bedeutete. So hat die Explosion mittelbar dazu beigetragen, daß die deutsche Position im Werk allmählich stärker wurde.

Doch bis zum 28.3.1953 — dem Tag der Entlassung der BASF aus der alliierten Kontrolle — war es noch ein langer und mühseliger Weg. Es muß allerdings gesagt werden, daß diese schwere Zeit auch ihre beglückenden Aspekte hatte. Nirgendwann sonst gab es eine solche festgeschlossene Gemeinschaft zwischen Werksleitung, Betriebsrat und Belegschaft. Jeder wußte, daß wir auf Gedeih und Verderb aufeinander angewiesen waren, da es galt, die schlimmsten Auswirkungen der von den Alliierten vorgesehenen Demontagen abzuwenden, vor allem aber, da es galt, aus den Trümmern des Krieges ein neues Werk und aus den Trümmern der IG eine neue lebensfähige Unternehmenseinheit aufzubauen. Die Seele dieser festgeschlossenen Gemeinschaft war Carl Wurster.

Bei der im nächsten Abschnitt zu schildernden Neugründung der BASF wurde Carl Wurster ihr erster Vorstandsvorsitzender. Er blieb es bis zur BASF-Hauptversammlung 1965. Nachdem er im Frühjahr 1965 noch das 100jährige Firmenjubiläum der BASF würdig gestaltet hatte, trat er Mitte 1965 in den Aufsichtsrat der BASF über, dessen Vorsitzender er bis zur Hauptversammlung 1974 blieb. Ende 1974 ist er gestorben; er hat das Ende des Jahres nicht erlebt, in dem er sich endgültig von der BASF zurückgezogen hatte. In der Geschichte der neuen BASF und in der Nachkriegsgeschichte der deutschen Wirtschaft wird sein Name fortleben; die deutsche Wissenschaft, um die er sich u. a. als Vizepräsident der Max-Planck-Gesellschaft und als höchst aktives Mitglied des Wissenschaftsrats größte Verdienste erworben hat, wird ihm ein ehrendes Andenken bewahren.

IG-Entflechtung und
Neugründung der BASF

Schon die alliierte Propaganda gegen die IG Farben-Industrie während des 2. Weltkrieges ließ erkennen, daß die Beseitigung der IG — als eines besonders starken Pfeilers der deutschen Wirtschaft*) — ein wesentliches Ziel der Alliierten in der Zeit nach Abschluß des Krieges sein würde. Während des Nürnberger IG-Prozesses wurde in Verteidigerkreisen kolportiert, es existiere ein geheimes Zusatzprotokoll zum Potsdamer Abkommen der Siegermächte von 1945, in dem die weitgehende Demontage der IG-Werke und die Überführung der nach der Demontage verbleibenden Vermögenswerte der IG in alliierten Besitz als deutsche Reparationsleistung vorgesehen worden sei. Der Nürnberger Prozeß gegen die leitenden Herren der IG sollte die Rechtfertigung dafür liefern, daß die Aktionäre der IG als Teilhaber einer Kriegsverbrecherfirma entschädigungslos enteignet würden. Inwieweit dieses Gerücht der Wahrheit entsprach, ließ sich nicht feststellen. Immerhin lassen es die Maßnahmen der Alliierten mit Bezug auf das Vermögen der IG als möglich erscheinen, daß ein derartiger Plan bestanden haben kann. Gegen keine deutsche Firma gingen die Alliierten nach 1945 so radikal vor wie gegen die IG.

Der Ausgang des Nürnberger Prozesses, der für die Anklagebehörde einem Fiasko gleichkam, war die erste Zäsur in der Enwicklung. Nachdem in diesem Prozeß zehn der 23 Angeklagten von allen Anklagepunkten und die anderen 13 Angeklagten von neunzig Prozent der Anklagepunkte freigesprochen worden waren, war es nicht mehr denkbar, die IG-Aktionäre als Teilhaber einer Kriegsverbrecherfirma zu

---

*) Die IG war im Jahre 1925 unter dem Druck der sehr schwierigen Wirtschaftslage nach dem 1. Weltkrieg durch Fusion der großen deutschen Farbstoff herstellenden Firmen (darunter BASF, Bayer und Hoechst) entstanden.

betrachten und entschädigungslos zu enteignen. Allerdings setzte sich diese Erkenntnis in Kreisen der Alliierten erst langsam durch, besonders langsam auf der französischen Seite. Justizrat Wagner und ich fertigten einige Zeit nach dem Ende des IG-Prozesses ein Gutachten an, in dem wir darauf hinwiesen, daß ein Teil der Angeklagten im Nürnberger IG-Prozeß deshalb verurteilt worden sei, weil sie die in der Haager Landkriegsordnung verbürgte Garantie des Privateigentums in einem besetzten Land angeblich nicht respektiert hätten; daraus ergebe sich, daß auch im besetzten Nachkriegsdeutschland das Privateigentum — und nach dem Ausgang des Nürnberger Prozesses auch das Privateigentum der IG-Aktionäre — respektiert werden müsse; dieses Gutachten übergaben wir der französischen Seite.

Nachdem die französische Seite erkannt hatte, daß mit einer Enteignung der IG-Werke in der französischen Zone nicht mehr gerechnet werden könne, ging ihr Bestreben dahin, den Zustand der Sequesterverwaltung möglichst lange als Dauerzustand zu erhalten. Im Herbst des Jahres 1948 versuchte die französische Seite, der französischen Sequesterverwaltung einen »Conseil« beizugeben, der aus 18 Franzosen und drei Deutschen bestehen sollte. Dabei ist interessant, daß in dem »Arrêt interministeriel« der französischen Regierung in Paris über die Errichtung dieses »Conseil« gesagt war, daß die Mitglieder des »Conseil« für die Dauer von sechs Jahren ernannt würden und daß eine Wiederwahl für abermals sechs Jahre möglich sei. Dabei hatte man französischerseits die Vorstellung, während einer möglichst langen Sequesterperiode wirtschaftliche Vorteile aus dem Werk zu ziehen, nicht nur in Form von technischen Erkenntnissen, sondern auch durch Abschöpfung von Ertrag. Bei den beiden anderen IG-Werken der französischen Zone, Rottweil und Rheinfelden, gründete man je eine Pachtgesellschaft mit französischem Kapital, die aufgrund eines Pachtvertrages mit der Sequesterverwaltung den wirtschaftlichen Ertrag der Werke Frankreich zuführen sollte. Im Fall des Werkes Ludwigshafen wagte man die Gründung einer solchen Pachtgesellschaft nicht; man versuchte aber um die Jahreswende

1948/49 denselben Zustand wie in Rheinfelden und Rottweil de facto dadurch herbeizuführen, daß man die Buchhaltung in zwei Komplexe — IG-Buchhaltung und Sequester-Buchhaltung — zerlegen wollte, und zwar in solcher Weise, daß die IG-Buchhaltung jeweils mit Verlust, die Sequester-Buchhaltung jeweils mit einem Frankreich zugute kommenden Gewinn abschließen sollte. In sehr schwierigen Verhandlungen mit der französischen Administration ist es gelungen, diesen Plan zu Fall zu bringen.

Die amerikanische und englische Besatzungszone zogen aus dem Ausgang des Nürnberger Prozesses die Konsequenz, daß nunmehr zwar das Eigentum der IG-Aktionäre respektiert werden müsse, daß aber die IG Farben-Industrie AG »zwecks Beseitigung übermäßiger Konzentration wirtschaftlicher Macht« entflochten, d. h. in zahlreiche kleinere, selbständige, konkurrierende Unternehmenseinheiten zerlegt werden müsse. Bei diesem Gedanken stand natürlich Pate die Anti-trust-Philosophie der USA. Nur langsam und zögernd schloß sich die französische Zone dieser Zielsetzung an.

Für denjenigen, der es nicht selbst erlebt hat, ist es schwer vorstellbar, wie hoch in den ersten Jahren nach 1945 die Mauern auch zwischen den drei westlichen Besatzungszonen waren, besonders was die IG betraf. Jahrelang war uns jeglicher Kontakt mit den Kollegen in den IG-Werken einer anderen Zone aufs strengste untersagt. Nur ganz heimlich, unter Anwendung größter Vorsichtsmaßnahmen, trafen sich die Herren Haberland und Silcher von Leverkusen von Zeit zu Zeit in Limburg mit Herrn Wurster und mir, um eine gewisse Abstimmung in den wichtigsten Fragen der Entflechtung im Sinne der deutschen Interessen herbeizuführen. Die deutschen Sachwalter in den Werken der amerikanischen Zone standen unter so starkem Druck des amerikanischen Control Office, daß sie lange Zeit eine Teilnahme an solchen Besprechungen einfach nicht riskieren konnten; erst in den späteren Stadien der Entflechtung wurden Dreier-Besprechungen unter Teilnahme auch der Herren Winnacker und Kaufmann von Hoechst möglich; erfreulicherweise konnten wir uns dabei eigentlich immer einigen, sogar über so diffizile Fragen wie die Aufteilung der 135 Mio DM, welche die drei großen Nachfolgegesellschaften als Kapitalausstattung aus dem Restvermögen der IG erhalten sollten. Aber damit habe ich in der Entwicklung ziemlich weit vorgegriffen.

Die zweite Zäsur in der Behandlung des IG-Komplexes bedeutete die Gründung der Bundesrepublik im Jahre 1949. Sobald sich diese Gründung in ihren Umrissen abzeichnete, kam die deutsche Werksleitung Ludwigshafen zu der Erkenntnis, daß wir die maßgebenden Politiker der werdenden Bundesrepublik alsbald auf unsere Existenz im Schatten der Alliierten und auf unsere Probleme aufmerksam machen müßten. So führte ich informatorische Gespräche in Heidelberg mit dem späteren Bundespräsidenten Theodor Heuss, in Tübingen mit dem späteren Bundeswohnungsbauminister Eberhard Wildermuth und schließlich am Tag der Wahl des ersten Bundestages mit Carlo Schmid in seinem Wahlkreis Mannheim. Nachdem die Bundesregierung etabliert war, machten wir auch den Bundeswirtschaftsminister Ludwig Erhard mit der Situation der IG-Werke bekannt; er zog daraus die Konsequenz, im Bundeswirtschaftsministerium alsbald eine Unterabteilung für die Entflechtung der IG einzurichten, die von Herrn Dr. Prentzel sehr geschickt geleitet wurde. Erhard machte auch den Versuch, die IG-Entflechtung in deutsche Zuständigkeit überzuleiten. Anfang der 50er Jahre wurden wir mit ganz kurzer Frist aufgefordert, den Entwurf eines deutschen Gesetzes zur Entflechtung der IG im Bundeswirtschaftsministerium vorzulegen. Es kam zu einer Besprechung in Bonn, an der Vertreter der Werke Ludwigshafen und Leverkusen und je ein Vertreter des Bundeskanzleramtes, des Auswärtigen Amtes und des Bundeswirtschaftsministeriums teilnahmen und die bis Mitternacht dauerte. Aufgrund der von mir geleisteten Vorarbeiten habe ich dann unter Berücksichtigung der Ergebnisse dieser Besprechung in den Nachtstunden bis zum frühen Morgen den Entwurf eines deutschen Gesetzes zur Entflechtung der IG nebst Begründung in einem Bonner Hotel herunterdiktiert; dieser Entwurf mußte Prof. Erhard durch einen Sonderboten um 9.00 Uhr an einem bestimmten Treffpunkt an der Autobahn übergeben werden. Er fuhr damit sofort auf den Petersberg zur Alliierten Hohen Kommission (die für die drei westlichen Besatzungszonen an die Stelle des geplatzten Kontrollrates getreten war) und übergab den Entwurf als deutschen Vorschlag. Die Alliierten lehnten es jedoch ab, die Zuständigkeit für die IG-Entflechtung aus ihren Händen zu geben.

Es blieb aber ein Anliegen der deutschen Seite bei der Entflechtung der IG, daß der Vorgang der Gründung der Nachfolgegesellschaften nicht mit rechtlichen Mängeln behaftet würde, die sich in der Zukunft als schädlich erweisen könnten. Dies war zu befürchten, wenn die Gründung sich nur auf Besatzungsrecht gründete. Es wurde deshalb versucht, wenigstens zu erreichen, daß die Ausgründungsvorgänge nicht ausschließlich im Wege des Besatzungsrechtes vollzogen wurden, sondern daß sie parallel dazu auch nach deutschem Recht ordnungsgemäß abgewickelt wurden. Tatsächlich gelang es dann schließlich, das Prinzip der sogenannten »Zweigleisigkeit« durchzusetzen. Die Alliierten sollten besatzungsrechtlich den jeweiligen Teil des IG-Vermögens auf eine entsprechende Nachfolgegesellschaft durch eine »transfer order« übertragen; der deutschrechtliche Parallelvorgang kam auf folgende Weise zustande: Die von den Alliierten eingesetzten deutschen Liquidatoren der IG wurden vom Amtsgericht Frankfurt/Main nach deutschem Aktienrecht zu Notliquidatoren bestellt; die auf diese Weise nach deutschem Recht legitimierten Liquidatoren der IG sollten dann im Wege eines deutschrechtlichen Einbringungsvertrages das entsprechende IG-Vermögen auf die jeweilige Nachfolgegesellschaft übertragen, die als Auffanggesellschaft jeweils von fünf Gründern nach deutschem Recht als Aktiengesellschaft mit einem Kapital von 100 000,-- DM gegründet wurde. Im Falle der BASF fand die Gründung der Auffanggesellschaft am 30. 1. 1952 statt; es dauerte aber noch bis zum 28. 3. 1953, bis alle Voraussetzungen für die »transfer order« und für den Vollzug des Einbringungsvertrages geklärt waren.

Gegen den Gedanken einer Aufteilung der IG in mehrere Nachfolgegesellschaften gab es auf deutscher Seite keine prinzipiellen Bedenken, war doch bereits der Vorstand der IG in den Jahren vor und während des Krieges zu der Erkenntnis gekommen, daß die IG Farbenindustrie AG zu groß und zu unübersichtlich geworden war, und hatte sich mit dem Gedanken einer freiwilligen Aufgliederung befaßt. In den Einzelheiten allerdings gab es ganz harte Auseinandersetzungen mit den Alliierten, was die Abgrenzung der Nachfolgegesellschaften betraf. Es war zu bedenken, daß das im Bereich der Bundesrepublik verbliebene IG-Vermögen an sich schon nur noch etwa vierzig Prozent des früheren IG-Vermögens ausmachte. Das gesamte Auslandsvermögen war, wie alles andere deutsche Auslandsvermögen, entschädigungslos für Reparationszwecke enteignet worden, sogar das in den neutralen Ländern gelegene IG-Vermögen. Die zahlreichen, im Bereich der DDR gelegenen IG-Werke wurden dort entschädigungslos in volkseigene Betriebe überführt. So erschien es der deutschen Seite als die vernünftigste Lösung, das in der Bundesrepublik verbliebene IG-Vermögen in drei Nachfolgegesellschaften aufzuteilen und zwar um die drei großen Werke Ludwigshafen, Leverkusen und Hoechst als Kern. Die Alliierten hatten aber zunächst ganz andere Vorstellungen von der Entflechtung der IG. Sie wollten aus jedem der drei großen Werke mehrere selbständige konkurrierende Nachfolgegesellschaften machen; noch im Jahr 1951 erschien eine Alliierte Kommission im Werk Ludwigshafen, um die Möglichkeiten einer Zerlegung dieses Werkes in mindestens zwei Nachfolgegesellschaften zu prüfen. Dem entschlossenen deutschen Widerstand (Bundesregierung, Werksleitung, Betriebsrat, Gewerkschaften, Schutzvereinigung der Aktionäre) ist es zu verdanken, daß dieser absurde Gedanke von den Alliierten schließlich fallen gelassen wurde und daß die ungeteilte Fortexistenz der drei großen Werke anerkannt wurde. In der Diskussion um diese Fragen wurde von deutscher Seite das Argument verwendet, daß eine Besatzungsmacht durch die Entflechtung von Großunternehmen nur dann nicht gegen die Eigentumsgarantie der Haager Landkriegsordnung verstößt, wenn die Nachfolgegesellschaften auf eine gesunde, lebensfähige Grundlage gestellt werden.

Dem von deutscher Seite vertretenen Gedanken, das gesamte restliche IG-Vermögen nur auf drei Nachfolgegesellschaften um Ludwigshafen, Leverkusen und Hoechst als Kern herum aufzuteilen, wurde von alliierter Seite bis zuletzt nicht zugestimmt; eine Annahme dieses deutschen Vorschlags hätte den Gang der Entflechtung vereinfacht und bescheunigt; sie hätte auch dazu geführt, daß der Öffentlichkeit in den späteren Jahren das Schauspiel der unerfreulichen Börsenspekulationen um die Anteilscheine am Restvermögen der IG (»Liquis«)erspart geblieben wäre. Im Bereich der BASF war einer der Hauptstreitpunkte mit den Alliierten die Frage, ob die Kohlenzeche Gewerkschaft Auguste Viktoria der neuen BASF zugeteilt werden würde; es bedurfte sehr langer und sehr harter Bemühungen, bis schließlich kurz vor dem 28. 3. 1953 diese Zuteilung von den Alliierten genehmigt wurde.

Am 26.8.1950 erließ die Alliierte Hohe Kommission das Gesetz Nr. 35 betr. Aufspaltung des Vermögens der IG Farbenindustrie AG. Diese Aufspaltung erwies sich aber als ein Vorgang von außerordentlicher Kompliziertheit. In der deutschen Rechts- und Wirtschaftsgeschichte gab es kein Vorbild für eine derartige Aufspaltung. Es kam hinzu, daß infolge der von den Alliierten seit 1945 getroffenen Maßnahmen die Unterlagen für eine rechtlich geordnete Aufspaltung weitgehend einfach nicht vorhanden waren. Durch die alliierten Maßnahmen gegen die IG nach 1945 waren nicht nur die wirtschaftlichen Zusammenhänge zwischen den einzelnen IG-Werken zerschnitten worden, es hatten auch alle zentralen Funktionen der Rechtspersönlichkeit IG Farben-Industrie AG wie Zentralbuchhaltung, Zentralsteuerabteilung, Zentralfinanzverwaltung, Zentralversicherungsabteilung aufgehört zu existieren. Nicht nur die Rechte der Aktionäre waren suspendiert, auch die Gläubiger und Pensionäre der IG hingen seit 1945 völlig in der Luft, soweit sie nicht unmittelbar einem der Werke zugehörten. Es war das erklärte Ziel der deutschen Seite, die IG-Entflechtung in rechtlich geordnete Bahnen unter Wahrung der Rechte nicht nur der Aktionäre, sondern auch der Gläubiger, Mitarbeiter und Pensionäre durchzuführen. Somit mußten die Grundlagen für eine solche Entflechtung zunächst einmal in mühsamster Kleinarbeit dadurch erarbeitet werden, daß man die IG als Buchhaltungseinheit und als einheitliches Steuersubjekt zurück bis zum Jahr 1945 rekonstruierte und in diesem Zusammenhang insbesondere auch eine DM-Eröffnungsbilanz für die IG zum Währungsstichtag 20. 6. 1948 erstellte.

Von der Mühseligkeit dieser Kleinarbeit kann sich niemand eine Vorstellung machen, der das nicht selbst miterlebt hat. Technisch wurde die Arbeit dadurch bewältigt, daß unter alliierter Oberaufsicht deutsche Sachverständigenkommissionen vor allem aus den Sachverständigen der drei großen IG-Werke gebildet wurden. Insgesamt wurden folgende Arbeitsgruppen gebildet: die juristische Gruppe, die alle grundsätzlichen und rechtlichen Fragen der Entflechtung zu behandeln hatte und der ich selbst angehörte; die Arbeitsgruppe Rechnungswesen; die Arbeitsgruppe Steuern; die Arbeitsgruppe für die Aufteilung der Patente und Warenzeichen; die Arbeitsgruppe für die Überleitung bestehender Verträge sowie die Arbeitsgruppe Schuldenprüfung und die Arbeitsgruppe Pensionen.

Dabei legten wir großen Wert darauf, daß die von der Entflechtung materiell betroffenen Personenkreise (Aktionäre, Belegschaften, Pensionäre, Gläubiger etc.) laufend Gelegenheit erhielten, zu den sie betreffenden materiellen Fragen der Entflechtung Stellung nehmen zu können. Im Bereich der BASF gründeten wir einen Betriebsausschuß, in dem Vertreter der Werksleitung und des Betriebsrates regelmäßig zur Besprechung aller aktuellen Entflechtungsfragen zusammenkamen. Zwecks Wahrung der Gläubigerrechte beriefen die Alliierten einen Gläubigerausschuß. Die Aktionäre schufen sich ihr Sprachorgan selbst in Gestalt der Schutzvereinigung für privaten Wertpapierbesitz. Für das Land Rheinland-Pfalz wurde kurz nach Beendigung des Nürnberger Prozesses unter kaschierter Mitwirkung der deutschen

Werksleitung die regionale Schutzvereinigung der Aktionäre ins Leben gerufen. Mit der zentralen Leitung der Arbeitsgemeinschaft der Schutzvereinigungen in Düsseldorf haben wir laufend Fühlung gehalten; bei der Gründung der neuen BASF trat der Leiter dieser Arbeitsgemeinschaft, Staatssekretär a.D. Schmid, in den Aufsichtsrat der BASF ein und gehörte ihm bis zu seinem Tod an.

Die fast fünf Jahre zwischen Ende des IG-Prozesses und dem 28. 3. 1953 stellten eine schwere Geduldsprobe für die auf die Beseitigung der alliierten Kontrolle wartende BASF dar. Rückblickend war es jedoch ein Segen, daß sich die Entflechtung so lange hinzog; denn je länger sie dauerte, desto wirksamer wurde die Hilfe der Bundesregierung und desto mehr gewannen die Argumente der deutschen Seite an Gewicht. So hat die Entflechtung der IG der deutschen Volkswirtschaft letzten Endes keine Wunden geschlagen. Die Nachfolgegesellschaften erwiesen sich als lebensfähig, ihr Wettbewerb beflügelte die Entwicklung der Chemie in der Bundesrepublik. Keiner der durch die Entflechtung betroffenen Personenkreise hat nach vollzogener Neugründung der Nachfolgegesellschaften Kritik an der Neuordnung geübt.

In die letzten Phasen der IG-Entflechtung spielte in sie auch noch das Problem der Mitbestimmung hinein. Bekanntlich wurde in der englischen Besatzungszone nach 1945 das Modell der sogenannten Paritätischen Mitbestimmung entwickelt, und nach Gründung der Bundesrepublik erzwangen die Gewerkschaften 1951 durch Drohung mit Generalstreik, daß der Gesetzgeber das Modell der Montanmitbestimmung für die Unternehmen der Kohle- und Stahlindustrie deutschrechtlich sanktionierte. Die Gewerkschaften waren mit diesem Erfolg nicht zufrieden und verlangten insbesondere, daß auch für die Nachfolgegesellschaften der IG das System der Montanmitbestimmung eingeführt werden sollte. Aber diesmal ließen sich Bundesregierung und Bundestag nicht einschüchtern, und auf die Nachfolgegesellschaften der IG kam nur die Mitbestimmung nach dem Betriebsverfassungsgesetz von 1952 zur Anwendung, wonach dem Aufsichtsrat jeder Nachfolgegesellschaft wie bei jeder anderen nicht zu Kohle und Stahl gehörenden deutschen Aktiengesellschaft neben zehn Aktionärsvertretern fünf von der Belegschaft unmittelbar, direkt und geheim gewählte Belegschaftsvertreter angehören sollten. Dieses Ein-Drittel-zwei-Drittel-System hielten wir bei der BASF für ein gutes System und praktizierten es in völliger Loyalität dergestalt, daß diese Regelung zur sozialen Entspannung und zur Partnerschaft zwischen Kapital und Arbeit im Unternehmen wesentlich beitrug.

Nachdem auch dieses Problem geklärt war, war es am 28. 3. 1953 endlich soweit. Die Alliierte Hohe Kommission hatte die besatzungsrechtliche »transfer order« für die BASF in Kraft gesetzt: der deutschrechtliche Einbringungsvertrag wurde am Morgen dieses Tages feierlich von den Liquidatoren der IG und dem Vorstand der bereits am 30. 1. 1952 gegründeten Auffanggesellschaft BASF unterzeichnet. Am Nachmittag dieses Tages erfolgte in einer kurzen Zeremonie in der Empfangshalle von Bau 1 (heute D 100) die Übergabe der BASF von der französischen Administration an den achtköpfigen Vorstand der neuen BASF, dessen Vorsitzender Herr Wurster war und dem ich selbst angehörte. Unter den Klängen der Marschmusik einer französischen Militärkapelle, die vor dem Bau 1 aufmarschiert war, wurde feierlich die Trikolore vor dem Bau 1 (heute D 100) eingeholt. Fast vier Jahre nach Gründung der Bundesrepublik war damit auch für uns die Besatzungszeit beendet.

Mit der französischen Administration haben wir in den acht Jahren von 1945-1953 manchen harten Strauß auszufechten gehabt, aber die Zeit der französischen Administration hat keine offenen Wunden hinterlassen. Als Zeichen der Versöhnung gehörte ein hoher Beamter der ehemaligen französischen Administration aufgrund Zuwahl durch die Aktionäre noch jahrelang dem Aufsichtsrat der BASF an.

Die neuen BASF-Aktien aus dem Ausgründungsvorgang vom 28. 3. 1953 im Nominalwert von 340 Mio DM wurden zunächst Treuhändern übertragen, bis die technischen Voraussetzungen für den sogenannten Aktienumtausch geschaffen waren. Beim Aktienumtausch erhielt jeder Inhaber einer

IG-Aktie im Nennwert von 1 000,— Reichsmark neben den entsprechenden Aktien der anderen Nachfolgegesellschaften eine neue BASF-Aktie im Nominalwert von 250,— DM. Zum Kummer der Alliierten ließ es sich nicht vermeiden, daß bei dieser Form des Aktienumtausches die Aktionärskreise der Nachfolgegesellschaften zunächst identisch waren. Aber in der Folgezeit ergab sich sehr schnell durch Tauschoperationen der ca. 120 000 Aktionäre eine Differenzierung der Aktionärskreise, die sich im Laufe der Jahre durch Kapitalerhöhungen ständig verstärkte, so daß sich in der Folgezeit ein echtes Konkurrenzverhältnis zwischen den Nachfolgegesellschaften entwickeln konnte. Nachdem der Aktienumtausch durchgeführt war, versammelten sich die neuen BASF-Aktionäre im Juli 1954 zu ihrer ersten Hauptversammlung nach über acht Jahren der Entrechtung. Der Verlauf dieser Hauptversammlung zeigte, daß die Aktionäre restlos damit zufrieden waren, wie sie »noch einmal davongekommen waren«.

Nachwort zum dritten Teil

Im dritten Teil dieses Buches habe ich denjenigen Teil der BASF-Geschichte dieser Jahre dargestellt, an dem ich selbst ganz unmittelbar beteiligt war. Aber meine Darstellung umfaßt nur gewissermaßen die politische Seite jener Jahre. Eine Unternehmensgeschichte der BASF müßte viel umfassender sein und vor allem die gewaltige technische Leistung des Wiederaufbaus von Produktion und Forschung sowie die nicht minder eindrucksvolle Leistung des Aufbaus der kaufmännischen Organisation sichtbar machen. Doch diesen Aspekt der BASF-Geschichte möchte ich berufeneren Darstellern überlassen.

Zwischenkapitel:
Die Familie in der Notzeit

Mitte 1943 wurde unsere Wohnung in Mannheim bei einem Luftangriff schwer beschädigt. Meine Frau Ruth und unsere Kinder Sigrid und Frank wurden evakuiert nach Kirchheimbolanden, einer idyllischen kleinen Kreisstadt im Herzen der Pfalz. Sie erhielten zwei Zimmer im sogenannten Schloß, das einmal bessere Zeiten gesehen hatte, aber noch immer am Rande eines herrlichen Schloßparks lag, der für die Kinder das Paradies ihrer Jugend wurde. Hier erreichte Ruth in den ersten Januartagen 1945 die Nachricht meines Abteilungskommandeurs, daß ich vermißt sei; sie enthielt den Satz: »... sodaß anzunehmen ist, daß ihr Gatte tödlich getroffen wurde«. Ein Glück, daß meine Frau von guten Freunden umgeben war!

Als die Front herannahte, faßte meine Frau den richtigen Entschluß, nicht wie viele andere auf die Landstraße nach Osten zu gehen, sondern zu bleiben. Und nach bangen Tagen in den alten Kellergewölben des Schlosses bei täglichen Tieffliegerangriffen wurden meine Frau und die Kinder überrollt, und der Krieg war auch für sie zu Ende. Aber nicht die Not. Zwar hielten ritterliche französische Offiziere ihre Hand über die Frauen und Kinder, deren Männer und Väter noch nicht heimgekommen waren, aber es kam kein Geld mehr aus Ludwigshafen und die Rationen waren Hungerrationen. Was fehlte, erarbeitete meine Frau durch Hilfe bei Bauern.

Im Mai 1945 brachte eine als Krankenschwester verkleidete Botin aus Heidelberg über die Zonengrenze die Nachricht, daß ich nicht gefallen war; im August kam aus Stuttgart die Kunde, daß ich auf dem Weg in die englische Zone sei, und am 5. Oktober waren wir alle wieder beisammen.

In den turbulenten Jahren bis 1953 normalisierte sich schrittweise das persönliche und familiäre Leben. Bis 1949

blieb die Familie in der ländlichen Idylle von Kirchheimbolanden wohnhaft und — soweit ich nicht in Nürnberg
war — führten wir ein Wochenend-Familienleben in zwei
Zimmern. Am Freitag abend kamen die »Aniliner« aus Ludwigshafen mit der Bahn, die im wesentlichen aus Güter-
wagen bestand, in Marnheim an und marschierten dann eine
Stunde lang gen »Kibo«. Am Montagfrüh ging es mit einem
Rucksack voll Kartoffeln als Wochenration auf dem Rücken
auf demselben Weg zurück nach Ludwigshafen, wo jeder
recht und schlecht die Woche über in einer »Bude« hauste.
Die Wochenenden und die Ferien waren keineswegs eitel
Muße, ein gut Teil der Zeit mußte auf Nahrungsbeschaffung
verwandt werden, denn die offiziellen Rationen schützten
noch immer nicht vor Hunger; aber mit Wochenend- und
Ferienarbeit bei Bauern in der Nachbarschaft, mit Ährenle-
sen im Herbst (nicht umsonst heißt meine Frau mit Vorna-
men Ruth), mit eigenen Hasen und Hühnern, später auch
mit einer eigenen Ziege namens »Mariechen« und mit
Tauschgeschäften kamen wir irgendwie ohne Dauerschäden
über die Runden. Und bei all dem war man dankbar, daß
wir alle alles überstanden hatten.

In vielen guten Gesprächen mit den Freunden diskutierten
wir wenig über die Unvollkommenheit der Gegenwart,
mehr über die Bewältigung der furchtbaren Vergangenheit
und noch mehr über die — vorwiegend geistigen — Grundlagen einer besseren Zukunft. Alle waren wir in der Tiefe
aufgeschlossen wie Menschen, denen das Schicksal unerwartet noch einmal eine Chance gegeben hat, und alle waren
wir bereit, das unsrige zu einer besseren Zukunft beizutragen.

Wenn an Geburtstagen oder sonstigen »Festen« einige Fla-
schen Wein organisiert werden konnten, konnten wir uns
freuen wie kaum jemals wieder in den späteren Jahren des
neuen »Wohlstands«. Daß unserem Land so bald danach
dieser Wohlstand zum neuen Problem werden könnte, lag
außerhalb unseres Vorstellungshorizonts.

Im Jahr 1949 wurde mir eine richtige schöne Wohnung in
unmittelbarer Nähe der Fabrik in Ludwigshafen zugeteilt;

die Kinder konnten den Luxus eines richtigen Badezimmers kaum begreifen, und auch die Eltern mußten sich an das Leben in geräumigen Zimmern inmitten der geretteten und nun wieder in Dienst gestellten Möbel erst gewöhnen. Der Vater konnte — sofern er nicht auf Geschäftsreise war — jeden Tag zum Mittagessen nach Hause kommen, und so hatten wir nach einer Pause von sieben Jahren wieder ein ganz normales Familienleben, das abermals etwa sieben Jahre dauerte. Dann — im Jahr 1957 — siedelten wir in ein Haus mit Garten am Schloß-Wolfsbrunnenweg in Heidelberg über, das ich 1955 mutig gekauft hatte, obwohl es noch beschlagnahmt und von einem amerikanischen General bewohnt war. Bis Ende 1956 lebte ich in banger Sorge, ob ich mich mit diesem Kauf nicht furchtbar vertan hatte, aber eines Tages im November 1956 kam ein Anruf: am nächsten Morgen um 9.00 Uhr wird das Haus freigegeben. Das war eine Freude!

In diesem Haus leben wir noch heute und sind dem Schicksal dankbar dafür, daß es uns hier hat Wurzeln schlagen lassen. Natürlich sind die Kinder bald schon ausgeflogen, aber als sie geheiratet hatten, brachten sie dann die Enkelkinder, die unseren Garten von Herzen genossen. Und für manches Familienfest — die großen Geburtstage unserer Eltern und Schwiegereltern, unsere eigenen großen Geburtstage, für die Hochzeiten der Kinder, die Taufe des einzigen Stammhalter-Enkels und andere Feste — war und ist unser Heidelberger Haus ein idealer Rahmen und Mittelpunkt der Familie inmitten eines Gartens, den die Gärtnerin Ruth im Laufe der Jahre zu einem Kleinod hat werden lassen.

Eine kleine Zeitspanne nach dem 28. März 1953, dem Tag der Selbständigkeit der BASF, dachten wir, daß unser Lebensschifflein nun in ruhigere Fahrwasser eingemündet sei. Aber das war ein gewaltiger Irrtum. Denn das Unternehmen, das da am 28. März 1953 das Licht der Welt erblickt hatte, entwickelte alsbald eine gewaltige Dynamik; es wuchs und wuchs, getragen erst von der Welle des Nachholbedarfs und des Wiederaufbaus, der allmählich in das Wirtschaftswunder überging, getragen auch von der immer wachsenden

Bedeutung der Chemie für das Leben der Menschen und schließlich beflügelt von dem Wieder-Anschluß der deutschen Wirtschaft an die Wirtschaft der Welt.

Aber hierüber möchte ich im einzelnen hier nicht berichten, denn ich kann nicht allein eine Unternehmensgeschichte schreiben. Wohl aber möchte ich in den folgenden Teilen dieses Buches berichten über meine persönlichen Erlebnisse in zwei allgemein interessierenden Bereichen, im Bereich der Gesellschafts- und Wirtschaftspolitik der Nachkriegszeit (vierter und fünfter Teil) und im Bereich der Evangelischen Kirche Deutschlands (sechster Teil).

VIERTER TEIL

Soziale Marktwirtschaft — Grundlage des materiellen Wiederaufbaus

Einleitung

Zwanzig Jahre lang war ich der Jurist im Vorstand der BASF und hatte um mich eine Gruppe hervorragender unternehmerisch denkender juristischer Mitarbeiter. Zusammen haben wir sehr intensiv an der Entwicklung des Unternehmens mitgewirkt, vor allem am Aufbau seiner weltweiten Organisation, am Abschluß vieler großer Verträge sowie an der Gründung zahlreicher Beteiligungsgesellschaften und jointventures im In- und Ausland.

Nun hat es sich so ergeben, daß ich in diesen 20 Jahren noch eine andere Funktion für die BASF ausübte; ich hatte die Aufgabe, die gesellschaftspolitische Entwicklung im Lande zu verfolgen und im Vorstand gewissermaßen der Anwalt einer gesunden Gesellschaftspolitik zu sein. So fiel mir auch die Vertretung der BASF in zahlreichen Ausschüssen und Verbänden zu, die die Gesetzgebung dieser Zeit auf dem Gebiet der Gesellschaftspolitik sowie der Wirtschafts- und Steuerpolitik beratend begleiteten. Dabei habe ich manches erlebt, was mir von allgemeinem Interesse zu sein scheint, und das ich deshalb festhalten möchte.

Daß meine Vorstandskollegen mir diese zweite Aufgabe überließen, obwohl ich nie für das Personal- und Sozial-Ressort im eigentlichen Sinne zuständig war, kam meinen persönlichen Neigungen sehr entgegen. Lange bevor ich mich 1936 der Industrietätigkeit zugewandt hatte, war mir — vor allem unter dem Eindruck des beginnenden Elends der Massenarbeitslosigkeit während meiner Berliner Studentenzeit — klar geworden, daß die »soziale Frage« die Schicksalsfrage unseres Volkes ist; ich hatte sehr viel darüber gelesen und war vor allem nachhaltig beeindruckt von August Winnigs Buch »Vom Proletariat zum Arbeitertum*)«. Auch meine christliche Grundhaltung motivierte mich in dieser Richtung.

*) 1930 erschienen bei Hanseatische Verlagsanstalt Hamburg.

Als ich 1936 nach Ludwigshafen übergesiedelt war und zum ersten Mal bei Schichtschluß das Riesenheer der Werktätigen sich von der Fabrik zum Bahnhof Ludwigshafen wälzen sah, war ich zutiefst erschüttert: Obwohl die Arbeiter der IG sicher zu den am besten gestellten in der deutschen Wirtschaft zählten, sah ich so manches verhärmte Gesicht, dessen tiefliegende Augen erkennen ließen, daß der Betreffende nicht immer satt zu essen hatte, und die zerflickte Kleidung so mancher ließ erkennen, daß die Spuren der Not in den Jahren der Wirtschaftskrise noch keineswegs überall getilgt waren. Als wir dann nach 1945 alle zusammen die Ärmel aufkrempelten und als sich langsam abzeichnete, daß der Wiederaufbau gelingen würde, war mir klar, daß dieser Wiederaufbau dahin führen müßte, der modernen Industriegesellschaft auch und besonders im Interesse des Arbeiters, christliche und humane Züge zu geben mit dem Ziel des Wohlstands in Freiheit für alle. Daß ich es miterleben durfte, daß dieses Ziel zum ersten Mal in der Geschichte der Menschheit erreicht wurde, nicht nur in Ludwigshafen, nicht nur in der Bundesrepublik, sondern in den meisten Industriestaaten der freien Welt, das scheint mir das Bedeutsamste zu sein, was sich an historischem Wandel vor meinen Augen vollzogen hat.

Bei dem bescheidenen Beitrag, den ich mich bemühte in dieser Entwicklung zu leisten, habe ich allerdings auch nie die andere Seite unserer vorgezeichneten Lage aus den Augen verloren:

Seit der russischen Revolution von 1917 zieht sich wie ein roter Faden durch die Geschichte Europas und Deutschlands die Frage, ob der Bolschewismus entsprechend seiner weltrevolutionären Zielsetzung allmählich nach Westen ausgreifen und ob seine Wellen die Länder Europas überspülen würden, oder ob es gelingen würde, in unserem Land und in Europa eine freiheitliche, auf Christentum und Humanismus gegründete, den europäischen Traditionen und der europäischen Kultur entsprechende Lebensordnung zu erhalten.

Es entbehrt nicht der Tragik, daß der gleiche Mann — nämlich Hitler —, der lautstark verkündete, es sei seine historische Aufgabe, Deutschland und Europa vor dem Bolschewismus zu retten, schließlich selbst ein politisches System errichtete, das viele Züge mit dem Bolschewismus gemein hatte, und daß derselbe Mann in dem Inferno, das er entfesselte, dem Bolschewismus die Tür in das Herz Europas bis zur Elbe öffnete.

Als 1945 das Inferno vorüber war, konnte sich Europa westlich der DDR im Schutz und mit Hilfe der USA erneut auf ein Leben, das seinen geistigen und kulturellen Traditionen entsprach, einrichten. Aber dieses Leben bedurfte ständiger Bemühung um seine Sicherung. Ein Aspekt dieser Sicherung war die Gestaltung der Lebensverhältnisse in solcher Art, daß die Menschen immun blieben gegen die ständigen subversiven Versuche der Sowjets, unser Gebäude von innen zum Einsturz zu bringen.

Alle gesellschafts-, wirtschafts- und sozialpolitischen Bemühungen der Bundesrepublik in der Nachkriegszeit habe ich immer auch in diesem großen Zusammenhang gesehen, und ich fürchte, solche Bemühungen müssen heute (1982) mehr denn je in diesem Zusammenhang gesehen werden.

Mein Weg zur Marktwirtschaft

Während meiner Tätigkeit für die IG in den Jahren 1936 bis 1939 war ich von meiner hochinteressanten internationalen Aufgabe so in Anspruch genommen, daß ich die Rahmenbedingungen der Wirtschaftsordnung, in der ich tätig war, einfach als gegeben hinnahm und kaum darüber nachdachte.

Das änderte sich in den Jahren 1940 bis 1942, als ich für die IG im wesentlichen mit den Behörden kriegswirtschaftliche Fragen zu verhandeln hatte. Diese Zeit öffnete mir die Augen dafür, was Zentralverwaltungswirtschaft bedeutete. Für die fundamentale Bedeutung der Marktwirtschaft als feiheitlichem Ordnungsprinzip wurden meine Augen erstmals geöffnet im Jahr 1946, als es bei uns noch gar keine Marktwirtschaft gab. Dies geschah bei einer mehrtägigen Konferenz, zu der die französische Militärregierung etwa 20 deutsche Professoren, Gewerkschaftsführer und Vertreter der Wirtschaft nach Forbach im Schwarzwald eingeladen hatte, und bei der über die Grundlagen eines künftigen deutschen Wettbewerbsrechts diskutiert werden sollte. Obwohl wir bei dieser Tagung fast nichts zu essen bekamen und ständig einen hungrigen Magen hatten, wurde sie zu einem unvergeßlichen Erlebnis für mich.

Hier begegnete ich zwei Männern, die zu den geistigen Vätern der sozialen Marktwirtschaft gehören, und zwar zu denjenigen, die während der letzten Zuckungen des 3. Reichs als Mitglieder des Freiburger Bonhoeffer-Kreises unter ständiger persönlicher Gefahr die Grundlagen der Nachkriegsordnung erarbeiteten: Prof. Walter Eucken und Prof. Franz Böhm*). Die Gewerkschaften waren vertreten durch den Gewerkschaftsführer der Pfalz, Herrn Ludwig, einem der gütigsten und eindruckvollsten Gewerkschaftsfüh-

*) Die Arbeit dieses Kreises wurde veröffentlicht unter dem Titel »In der Stunde Null« bei J.C.B. Mohr (Paul Siebeck), Tübingen 1979.

rer, die ich in meinem Leben kennen lernte. Der Höhepunkt der Tagung war ein Gespräch Eucken — Ludwig. Herr Ludwig trat für die Verstaatlichung der Produktionsmittel zum Wohle der Arbeiterschaft ein, und Herr Eucken erwiderte ihm sinngemäß: Er habe volles Verständnis dafür, daß sich Herr Ludwig Gedanken um das Wohl der ihm anvertrauten Arbeiter mache, aber er bitte ihn inständig zu bedenken, daß gerade die Sorge um das Wohl der Arbeiter dagegen spreche, die Produktionsmittel zu verstaatlichen; denn in einer Zentralverwaltungswirtschaft würden zwangsläufig nicht diejenigen an die Schalthebel kommen, denen das Wohl der Arbeiter am Herzen liege, sondern die eiskalten Hyänen der Macht; nur bei Aufsplitterung der wirtschaftlichen Macht im einem marktwirtschaftlichen Wettbewerbssystem sei das Optimum auch für den Arbeiter zu erwarten. Herr Eucken sprach so menschlich und so eindringlich, daß niemand sich der Ausstrahlung dieses ungewöhnlichen Mannes entziehen konnte.

Diese Tagung fand vor dem Nürnberger IG-Prozeß statt; ein Nebeneffekt dieses Prozesses für mich persönlich, der ich bis dahin ja nur ein junger Mitarbeiter der IG — einer unter mehreren hundert Prokuristen — gewesen bin, war es, daß ich hier zum ersten Mal Kenntnis von der Gesamtstruktur dieses riesigen Unternehmens und all seiner konzernmäßigen und kartellmäßigen Bindungen erhalten habe. Das Erlebnis mit Prof. Eucken im Jahr 1946 hat meinen Blick so geschärft, daß ich aus dem mir in Nürnberg zuteil gewordenen Anschauungsunterricht über Monopolstrukturen in der Wirtschaft als ein überzeugter Anhänger der auf Wettbewerb gegründeten Marktwirtschaft nach Ludwigshafen zurückkehrte. Ich bin es bis zum heutigen Tag geblieben.

Das Gesetz gegen Wettbewerbs-
beschränkungen
(Kartellgesetz) von 1957

Schon bald nach Gründung der Bundesrepublik im Jahr 1949 begann der dramatische Kampf um das sogenannte Kartellgesetz. Prof. Ludwig Erhard war ein überzeugter Anhänger der Marktwirtschaft, er hatte den Mut, sie nach der Währungsreform 1948 einfach einzuführen, und er hatte Erfolg. Als Bundeswirtschaftsminister ging er daran, das marktwirtschaftliche System durch ein Gesetz abzusichern, das wettbewerbsbeschränkende Maßnahmen der Unternehmen wie Kartellabsprachen etc. verbot. Und es trat das für mich Unbegreifliche ein: Ein großer Teil der Wirtschaft versagte sich ihm auf diesem Weg, angeführt von der Kartellabteilung des Bundesverbands der Deutschen Industrie (BDI). Jahrelang tobte ein erbitterter Kampf um folgende Prinzipienfrage: Erhard wollte ein klares Kartellverbot mit dem Vorbehalt gewisser Ausnahmen für Sondertatbestände, der BDI wollte grundsätzliche Kartellierungsfreiheit und lediglich eine Mißbrauchsaufsicht über Kartelle.

In dem Gesetz von 1957 hat sich schließlich Erhard im wesentlichen durchgesetzt, aber der jahrelange Kampf um dieses Gesetz, in aller Öffentlichkeit geführt, hat nach meiner Ansicht (sie wurde vom ganzen BASF-Vorstand und einer Minderheit in der Wirtschaft voll geteilt) dem Ansehen der deutschen Unternehmer schwer geschadet, aus folgendem Grund: Im Jahr 1945 wußte niemand, wie die künftige Wirtschaftsordnung in Deutschland aussehen würde, und viele Menschen rechneten mit irgendeiner sozialistischen oder halbsozialistischen Wirtschaftsordnung. Es war fast wie ein Wunder, daß durch die geistige Vorarbeit des Freiburger Kreises und durch Erhards Mut die deutschen Unternehmer eine einmalige Chance erhielten, die Privatwirtschaft aufrechtzuerhalten. In dieser Situation wäre es ein Gebot selbsterhaltender Klugheit gewesen, die Vorteile des Wettbewerbs als Grundprinzip der Marktwirktschaft der breitesten Öffentlickeit immer wieder und immer tiefer ins Bewußsein zu rufen; statt dessen verkündete die Öffentlichkeitsarbeit vieler Wirtschaftsverbände lautstark der Öffentlichkeit, daß es das Hauptanliegen der Unternehmer sei, ungehindert Kartelle bilden zu dürfen.

Ich habe keinen Zweifel, daß diese unglückliche Entwicklung viel dazu beigetragen hat, daß die deutschen Unternehmer trotz des von ihnen getragenen Wirtschaftswunders nie so richtig die Anerkennung der breiten Öffentlichkeit gefunden haben. Aber wer, wie ich, das alles damals offen aussprach, verfiel zeitweise fast der Verfemung. Das waren die Nachwirkungen der Weimarer Zeit, während welcher die deutsche Wirtschaft wohl die am stärksten durchkartellierte der Welt gewesen ist. Die meisten schienen völlig vergessen zu haben, daß der hohe Kartellierungsgrad der deutschen Wirtschaft in der Weimarer Zeit ein wesentlicher Grund dafür war, daß es Hitler in der Zeit des Vierjahresplans und der Kriegswirtschaft so schnell gelang, der deutschen Wirtschaft unter Beibehaltung der privatwirtschaftlichen Form das Netz der Kommandowirtschaft überzustülpen.

Mein Credo der Marktwirtschaft

Obwohl die Erfolge des Systems der Sozialen Marktwirtschaft in den Nachkriegsjahren jedem sichtbar vor Augen geführt wurden, ist das Bewußtsein von der prinzipiellen Bedeutung dieses Systems für die Sicherung des Wohlstands in einer freiheitlichen Lebensordnung nie so richtig geistiger Gemeinbesitz geworden. Es wurde bereits erwähnt, daß dafür gravierende Fehler in der Öffentlichkeitsarbeit der Wirtschaft mit ursächlich waren. Noch gravierender aber wirkte sich in dieser Richtung die Politik der Gewerkschaften aus, deren Bekenntnisse zur Marktwirtschaft höchst zurückhaltend und meist nur verbal waren und deren Ziel Nr. 1 seit Kriegsende die Durchsetzung der sogenannten Montanmitbestimmung als Organisationsform für die ganze deutsche Wirtschaft war.

Um der weit verbreiteten Uninformiertheit über das Wesen der Sozialen Marktwirtschaft entgegenzuwirken, habe ich (parallel zu den Bemühungen vieler anderer) in den Nachkriegsjahren mehrfach versucht, eine gemeinverständliche Darstellung dieser Wirtschaftsordnung zu geben. Dabei versuchte ich, das marktwirtschaftliche System durch Einbeziehung des Gedankens der Vermögensbildung in Arbeitnehmerhand, insbesondere des Gedankens einer breiten Streuung des Miteigentums an den Produktionsmitteln sowie durch den Gedanken der Chancengerechtigkeit zu einem Gesamtkonzept für die Integration der Arbeitnehmer in unsere Wirtschafts- und Gesellschaftsordnung auszubauen. Dieses Gesamtkonzept dachte ich mir als Alternative zu der gewerkschaftlichen Zielsetzung der Montanmitbestimmung. Den Anstoß zu diesen Überlegungen gab auch die Tatsache, daß von Politikern, Wissenschaftlern und Kirchen der Wirtschaft immer wieder der Vorwurf gemacht wurde, sie sage zu der gewerkschaftlichen Mitbestimmungsforderung immer nur nein, ohne eine einzige konstruktive Alternative vorweisen zu können. So kam es zu meinem Buch

»Volkskapitalismus*)«.

Da das Verständnis des marktwirtschaftlichen Prinzips für das Verständnis der folgenden Abschnitte meiner Aufzeichnungen von entscheidender Bedeutung ist, gebe ich im folgenden zunächst eine zusammenfassende Darstellung meines Credo der Marktwirtschaft. (Dies wird durch die heutigen Schwierigkeiten der Wirtschaft keineswegs abgeschwächt. Im Gegenteil: Würden die Regierungen die Rahmenbedingungen der Marktwirtschaft konsequenter absichern, so wäre nach meiner Überzeugung vieles wesentlich besser!)

Die Grundlage unserer heutigen Wirtschaftsordnung ist die Erkenntnis, daß das durch das Kartellgesetz gesicherte Prinzip des Wettbewerbs der Unternehmer und die darauf gegründete Marktwirtschaft den Verbraucher am besten bedient sowie Wirtschaftswachstum und steigenden Wohlstand für alle am besten garantiert.

Die Funktion des Wettbewerbs der Unternehmer kann man am leichtesten durch die Antithese klar machen. Der Unternehmer, wie wir ihn verstehen, ist eine Figur, welche die kommunistische Welt nicht kennt; das hat sich auch durch die neueren Reformbestrebungen in verschiedenen Ländern des Ostblocks nicht geändert.

In der kommunistischen Welt gibt es Fabrikdirektoren und Leiter von Verteilungsapparaten, die Organe der Zentralverwaltungswirtschaft, aber keine Unternehmer sind. Die kommunistische Zentralverwaltungswirtschaft ist gekennzeichnet durch die Allmacht des Staates, das Staatsmonopol auf Eigentum an den Produktionsmitteln und durch die Diktatur des Plans; der Verbraucher ist nur Objekt des Geschehens; seine Wünsche werden je nach der Staatsräson mehr oder weniger, besser oder schlechter befriedigt. In unserem System existiert keine zentrale Planung der Produktion. In der Marktwirtschaft ist der Kunde und letztlich der Verbraucher König; die Marktwirtschaft bedient sich gewissermaßen des im Wettbewerb stehenden Un-

*) Econ Verlag, Düsseldorf; 1. Aufl. 1967; 2. erweiterte Aufl. 1969.

ternehmers als Werkzeug, um optimale Erfüllung der Verbraucherbedürfnisse zu erreichen; die Produktionsplanung ist auf die große Zahl der kleineren, mittleren, großen und größten Unternehmen verlagert. Jeder einzelne Unternehmer muß sich für seinen Bereich intuitiv oder durch Marktforschung ein Bild verschaffen, welches sein optimaler Beitrag zum Gesamtwirtschaftsprozeß im Interesse der Verbraucherwünsche sein kann; er muß »auf die Signale des Marktes reagieren«.

Der Lohn für die richtige Einordnung eines Unternehmens in das Gesamtgeschehen, d. h. für die richtige Teilplanung durch den Unternehmer, ist der Gewinn, der Ertrag, die Rendite; die Strafe für falsche Teilplanung des Unternehmers ist der Verlust, im Extremfall der Konkurs. Diese Dezentralisation der Produktionsentscheidung, ihre Verteilung auf die Vielzahl der Unternehmer, deren persönliches Schicksal an Erfolg oder Mißerfolg gekoppelt ist, gibt die Erklärung dafür, daß bis jetzt das marktwirtschaftliche System in den bereits entwickelten Ländern sich jeder zentral gelenkten Wirtschaftsform im Sinne der Verbraucher als turmhoch überlegen erwiesen hat. In der Bundesrepublik haben wir rund 90 000 Unternehmen, die über den Rahmen des Handwerksbetriebes hinausgehen. Auf die leitenden Kräfte dieser 90 000 Unternehmen verteilt sich bei uns die Produktionsentscheidung, welche in einer zentral gelenkten Wirtschaft von der staatlichen Planungsbehörde getroffen wird; der entscheidende Unterschied ist der folgende: Diese 90 000 Unternehmensleitungen dürfen nicht bürokratisch denken und können sich bei Mißerfolgen nicht bürokratisch der Verantwortung entziehen; sie müssen unternehmerisch denken und sie wissen, daß ihr persönliches Wohl von Erfolg oder Mißerfolg ihres Tuns abhängt.

In der Marktwirtschaft ist nicht nur der Verbraucher König, sondern auch der Sparer, jedenfalls da, wo die Entwicklung Investitionsgrößen verlangt, die nicht mehr aus dem Unternehmen selbst finanziert werden können. Wenn der Sparer haftendes Risikokapital zur Verfügung stellt, wird er zum Teilhaber und bei der Aktiengesellschaft zum Aktionär. Den Fluß des Kapitals reguliert der Kapitalmarkt, und die Rendite ist der Orientierungspunkt für den Sparentschluß des Sparers wie auch für die volkswirtschaftlich richtige Investitionslenkung. Im marktwirtschaftlichen System soll das Sparkapital über den Kapitalmarkt dahin geführt werden, wo der Sparer die höchste Rendite erwarten kann, und die höchste Rendite erwartet ihn da, wo als Folge richtiger Investitionsentscheidungen die Wünsche der Verbraucher am besten erfüllt werden.

Wenn man die Rendite als Orientierungspunkt volkswirtschaftlich richtigen und erwünschten Geschehens bejaht, so kann man sie nicht als etwas Unmoralisches betrachten; dies gilt auch für die Rendite desjenigen Sparers, der als Aktionär haftendes Risikokapital zur Verfügung stellt, ohne selbst Unternehmer zu sein. Je größer der Kapitalbedarf eines Unternehmens, umso wichtiger wird neben dem Dienst am Kunden die Pflege der Beziehungen zum Sparer.

Es gibt kaum einen Wirtschaftszweig, an dem die Bedeutung der Kapitalmarktpflege für die Zukunft des Unternehmens so deutlich illustriert werden kann wie am Beispiel der Chemie, die nach dem Krieg, weil die Erzeugnisse der Chemie eine immer größere Rolle im Leben der Menschen spielen — einer der expansivsten Industriezweige in der ganzen Welt geworden ist. In den Jahren seit dem Abschluß der IG-Entflechtung hat sich das Eigenkapital jeder der aus der IG-Entflechtung hervorgegangenen großen Gesellschaften durch Einzahlungen der Aktionäre vervielfacht:

So hat sich z. B. das Eigenkapital der BASF-Gruppe von 500 Mio DM bei der Neugründung per 1. 1. 1952 durch Einzahlungen der Aktionäre und durch Eigenkapitalbildung aus dem Ertrag bis zum 31. 12. 1981 auf rund 7 Milliarden DM erhöht. Die Zahl der Aktionäre hat sich unter Einschluß der Belegschaftsaktionäre in dieser Zeit mehr als verdreifacht, wobei die BASF nicht einen einzigen Großaktionär hat. Ohne den starken Zufluß von haftendem Risikokapital durch die Einzahlungen eines immer größer werdenden, nach Hunderttausenden zählenden Kreises von Aktionären hätten die Firmen der deutschen Großchemie nach dem Krieg niemals den Anschluß an die höchst expansive Entwicklung der chemischen Industrie in der ganzen Welt gefunden.

Marktwirtschaft im Güter- und Kapitalbereich ist nicht denkbar ohne Privateigentum an den Produktionsmitteln. Gleichwohl wird die Frage nach Wert oder Unwert des Eigentumsgedankens immer wieder zur Diskussion gestellt. Mit Rücksicht hierauf seien im folgenden einige allgemeine Gedanken über die Funktion des Eigentums in der Wirtschaft dargelegt.

Das Eigentum hat die Funktion, die Teilung der Erde und der darauf existierenden Güter unter den menschlichen Individuen zu vollziehen, einmal als Voraussetzung für die Entfaltung des Individuums in seiner eigenen Sphäre, zum anderen als Voraussetzung für ein freies Zusammenleben der Individuen, von denen jedes nicht nur die eigene Sphäre ausfüllen, sondern auch die Sphäre des anderen respektieren soll. Die Lebensordnung der kommunistischen Welt hat ihren ideologischen Schwerpunkt nicht im Individuum, sondern im Kollektiv, und vornehmlich deshalb ist für die kommunistischen Lebensvorstellungen das private Eigentum kein Eckpfeiler der Lebensordnung. Für uns ist das Eigentum eine Voraussetzung für die Gestaltung des individuellen Lebenskreises; Eigentum erweitert bei uns die Entfaltungsmögichkeiten der Persönlichkeit; Eigentum bedeutet eine individuelle Sicherheit gegen die Fährnisse des Lebens; Eigentum zu erwerben, ist deshalb für den Einzelnen ein mächtiges Motiv, Leistungen zu erbringen. Aus guten Gründen stellt daher das Grundgesetz der Bundesrepublik das private Eigentum unter den Schutz der Verfassungsordnung, wobei es mit Recht die Garantie des Eigentums mit seiner Sozialverpflichtung verbindet.

Dies gilt nicht nur für das Eigentum an Haus und Hof, an Acker und Garten und an den Gegenständen des täglichen Lebens, es gilt auch für das Eigentum an den Produktionsmitteln. Wenn wir bejahen, daß das marktwirtschaftliche System die optimale Wirtschaftsordnung für den Verbraucher bedeutet, so müssen wir auch das Privateigentum an den Produktionsmitteln bejahen. In einzelnen Staaten des Ostblocks hat man neuerdings versucht, marktwirtschafts- und wettbewerbsähnliche Zustände zu verwirklichen, ohne vom Grundsatz des Staatseigentums an den Produktions- mitteln abzugehen. Diese Versuche waren ein Fehlschlag und mußten es sein: Solange die Investitionsentscheidung und das Investitionsrisiko beim Staat als dem allein zugelas- senen Eigentümer von Produktionsmitteln verbleibt, kann der Versuch einer marktwirtschaftlichen Ordnung nur zu ei- ner Scheinmarktwirtschaft führen. Den vollen Effekt opti- maler Bedienung des Verbrauchers kann nur die echte Marktwirtschaft erzielen; diese setzt voraus, daß die Investi- tionsentscheidungen dezentral von konkurrierenden, selbst- verantwortlichen Unternehmen getroffen werden, gleichgül- tig ob es sich um Personalunternehmen oder Publikums- aktiengesellschaften handelt, und sie setzt weiter voraus, daß das Investitionsrisiko vom Eigentümer der Produk- tionsmittel getragen wird; dabei macht es keinen prinzipiel- len Unterschied, ob es sich um einen Einzelunternehmer oder um die 100 000 Aktionäre einer Publikumsaktiengesell- schaft handelt.

Die Förderung der Aktie

Wie im vorigen Abschnitt erwähnt, stieg die Zahl der Aktionäre der BASF in den Jahren nach 1953 rasch auf über 300 000, ohne daß sich darunter ein einziger Großaktionäre befand. Daraus erklärt sich, daß die BASF mit größtem Interesse, alle gesetzgeberischen Arbeiten verfolgen mußte, welche die Rechtsstellung des Aktionärs tangierten, und zwar einerseits auf aktienrechtlichem Gebiet, andererseits im Bereich der Besteuerung.

1.

Bis zum Jahr 1965 lebten die deutschen Aktiengesellschaften noch nach dem Aktiengesetz von 1937. Die Alliierten hatten 1945 davon abgesehen, dieses Gesetz als »nationalsozialistisches Gedankengut« aufzuheben, und zwar mit gutem Grund. Ich selbst habe 1935/36 im Reichsjustizministerium die Entstehungsgeschichte dieses Gesetzes in ihren Anfängen noch miterlebt, denn sein geistiger Vater war mein damaliger Chef, Staatssekretär Schlegelberger. Durch und durch bürgerlicher Denkungsart, kam er angesichts der völlig diffusen Vorstellungen der NSDAP über Wirtschaft auf die glänzende Idee, ein neues Aktiengesetz vorzubereiten; die Unterschrift Hitlers unter ein solches Gesetz würde — so glaubte er — eine gewisse Garantie für die Fortexistenz der Privatwirtschaft darstellen; der Köder für Hitler war die — nur fakultative! — Einführung des Führerprinzips im Vorstand der Aktiengesellschaften. Das Opfer war klein und die Rechnung ging auf.

Die Zeit nach 1949 verlangte nicht nur die Ausmerzung des Führerprinzips im Vorstand (obwohl dieses Prinzip im angelsächsischen Gesellschaftsrecht die Norm darstellt!), sondern eine tiefgehende Reform und Erneuerung des Aktienwesens, waren doch die meisten Aktienbesitzer fast ein

Jahrzehnt lang entrechtet gewesen und ihrer Funktion völlig entwöhnt. Das Ziel der Reform war es einerseits, zur Finanzierung der großen Investitionsvorhaben der Wirtschaft vermehrtes Eigenkapital in Form von Aktienkapital zu mobilisieren, andererseits sollte durch die »Popularisierung der Aktie« die Möglichkeit geschaffen werden, immer breiteren Kreisen der Bevölkerung über den Aktienbesitz Zugang zum Miteigentum an den Produktionsmitteln zu eröffnen. Im Sinne dieser Zielsetzungen gründeten Banken und Industrieunternehmen den »Arbeitskreis zur Förderung der Aktie«, dessen Vorstand ich selbst viele Jahre lang für die BASF angehörte.

Die hauptsächlichen Neuerungen des Aktiengesetzes von 1965 — vom Bundestag einstimmig verabschiedet — waren starke Erweiterung der Publizität der Gesellschaften bis hin zur »gläsernen Bilanz«, Ausbau der Indiviualrechte der Aktionäre (Auskunftsrecht), Stärkung der Minderheitenrechte und eine Umgestaltung des sogenannten Depotstimmrechts der Banken dergestalt, daß hinfort in den Hauptversammlungen sich nicht Bankenmacht, sondern Aktionärsmacht auswirkte. Nach Auffassung mancher Beteiligter — auch nach meiner persönlichen Auffassung, ist das neue Aktiengesetz in manchem etwas zu weit gegangen, indem es z. B. die Unternehmen vor Mißbrauch des Auskunftsrechts der Aktionäre für sachfremde Zwecke nicht genügend schützte. Aber im ganzen hat sich das Gesetz bewährt.

Natürlich gab es bei den jahrelangen Arbeiten an diesem Gesetz auch Stockungen und Kontroversen zwischen dem federführenden Justizministerium und der Wirtschaft. Bei solch einer Stockung schlug ich dem Bundesjustizminister Schäffer anläßlich eines Abendessens, das er zugunsten seines Wahlkreises Passau gab, vor, es doch mit einem Kolloquium in kleinem Kreis in der Abgeschiedenheit von Passau zu versuchen. Er ging auf diesen Vorschlag ein, und die zweitägigen Gespräche in Passau erbrachten bei verschiedenen kontroversen Fragen ausgewogene Lösungen, wobei ein Weinabend mit fröhlichen Liedern zum gegenseitigen Verstehen beitrug.

In einem Punkt hat nach meiner persönlichen Meinung das neue Aktiengesetz eine große Chance ungenutzt gelassen, indem es darauf verzichtete, die sogenannte nennwertlose Aktie wenigstens alternativ zuzulassen. Die Aktie ist nicht ein Geldwert, sondern ein Sachwert, sie verkörpert eine Quote am Vermögen des Unternehmens, deren Geldwert sich ständig verändert. Der Nennwert der Aktie ist also völlig irreführend, er ist ein Hindernis für die Popularisierung der Aktie; der einfache Mann wird nie begreifen, warum er für eine Aktie, auf der 100,— DM aufgedruckt ist, 150,— DM oder gar 200,— DM bezahlen soll. Zwei Saarbrücker Professoren lieferten dem Justizministerium den völlig fertigen Entwurf für die Paragraphenänderungen, durch die die nennwertlose Aktie möglich geworden wäre. Aber das Justizministerium blieb unbeirrbar bei einem Nein. Im zuständigen Ausschuß des Bundestages wurde mir als Verfechter der nennwertlosen Aktie die Chance gegeben, für diese ein Plädoyer zu halten, aber nach mir kam der Vertreter des Bundesverbandes der Banken zu Wort, und er plädierte dafür, die 100-DM-Aktie durch die 50-DM-Aktie als »unechte nennwertlose Aktie« zu ersetzen und diesem Gedanken folgte das Parlament — leider!

2.

Wenn man den Aktienbesitz populär machen will, darf man nicht den Aktionär als Teilhaber einer Aktiengesellschaft steuerlich ungünstiger stellen als den Teilhaber einer Personalgesellschaft. Leider war aber zunächst nach 1949 die Aktie derjenige Teilhaber-Titel, dessen Erträge einer vollen doppelten Besteuerung unterlagen. Erst wurde der Gewinn der Aktiengesellschaft bei dieser versteuert, und was danach als Dividende ausgeschüttet werden konnte, mußte vom Aktionär nochmals als Einkommen versteuert werden. Der Gewinn des Teilhabers z. B. einer Kommanditgesellschaft wurde und wird nur einmal, und zwar beim Teilhaber besteuert. Diese absurde Diskrepanz, die Doppelbesteuerung der Aktie, wurde stufenweise in den Jahren 1953, 1955 und

1958 abgemildert, indem das Gesetz vorsah, daß der aus-
geschüttete Teil des Gewinns einer Aktiengesellschaft mit einer niedrigeren Körperschaftsteuer belegt wurde als der ein-
behaltene Gewinn. Aber dieses Modell des sogenannten »gespaltenen Körperschaftsteuersatzes« war nur ein halber und
halbherziger Schritt in der richtigen Richtung. Im Rahmen
der Körperschaftssteuerreform von 1976 hatte der Gesetzgeber dann die gute Absicht, die Doppelbesteuerung der Aktie
vollends zu beseitigen, aber er tat es in solch unglücklicher
Form, daß der psychologische Effekt einer Popularisierung
der Aktie weitgehend entfiel. Seit dieser Reform erhält nämlich der Aktionär nicht etwa mehr Dividende von seiner Gesellschaft, sondern er erhält — wenn er Inländer ist — neben
der niedrigeren Dividende vom Finanzamt eine Steuergutschrift; daß diese Steuergutschrift nicht ein Geschenk von
Vater Staat ist, sondern in Wahrheit ein Teil des von der Gesellschaft erwirtschafteten Gewinns, kommt vielen Aktionären gar nicht richtig zum Bewußtsein.

Vermögensbildung

Der Vorstand der BASF hat es von Anbeginn nach Neugründung der BASF für seine Pflicht gehalten, zur Vermögensbildung der Arbeitnehmer beizutragen. Wir führten alsbald eine Jahresprämie ein, die aus einer Treueprämie und einer Erfolgsprämie bestand; die Erfolgsprämie war ein bestimmter Prozentsatz vom Jahreseinkommen des einzelnen. In den ersten Jahren des Bestehens der neuen BASF war es möglich, als Prozentsatz der Erfolgsprämie jeweils den gleichen Prozentsatz wie für die Dividende der Aktionäre zu nehmen; es waren glückliche Jahre einer Harmonisierung der Belegschafts- und der Aktionärsinteressen: Wenn der Dividendensatz heraufging, freute sich die ganze Belegschaft in Erwartung der entsprechenden Erhöhung der Erfolgsprämie. Aber dann kam die Einführung des gespaltenen Körperschaftsteuersatzes; da die Einsparung an Körperschaftsteuer an die Aktionäre weitergegeben werden mußte, machte der Dividendenprozentsatz einen einmaligen großen Sprung, dem keine entsprechende Gewinnerhöhung zugrunde lag, sodaß der Prozentsatz der Erfolgsprämie nicht mithalten konnte und in der Folge nicht mehr mit dem Dividendenprozentsatz konform ging. Alle Beteiligten haben dies sehr bedauert.

Da wir der Überzeugung waren, daß es gesellschaftspolitisch erwünscht sei, wenn möglichst breite Schichten der Bevölkerung zu Miteigentümern an den Produktionsmitteln würden, führten wir schon bald nach 1953 die Ausgabe von Belegschaftsaktien ein: Jeder Mitarbeiter erhielt das Recht, für den Nettobetrag seiner Jahresprämie zu einem Vorzugskurs BASF-Aktien zu erwerben. Ohne Bindung an einen Fonds, ohne zeitliche Festlegung der Aktie! Natürlich hat bei dieser liberalen Regelung der eine oder andere Mitarbeiter seine Belegschaftsaktien schnell verkauft, um die Kursdifferenz rasch zu Geld zu machen, aber im großen und ganzen kann man doch wohl sagen, daß die Einrichtung der Belegschaftsaktie dem Unternehmen viele neue, treue Daueraktionäre zugeführt hat. So haben wir sicher etwas zur Popularisierung der Aktie und zur breiten Streuung des Eigentums an den Produktionsmitteln beitragen können.

Der Grundgedanke der breiten Streuung des Eigentums an den Produktonsmitteln findet sich auch in den Programmen aller drei im Bundestag vertretenen Parteien; aber wenn ich heute bundesweit den Effekt aller jahrelangen Bemühungen in dieser Richtung überschlage, so kann ich mich des Gefühls einer gewissen Enttäuschung und Resignation nicht erwehren. Ob wohl in dieser Beziehung noch eine »Wende« möglich ist?

Zu dem mageren Ergebnis bis heute haben mehrere Faktoren beigetragen: Da sind zunächst einmal die schon erwähnten Halbherzigkeiten des Gesetzgebers (Ablehnung der nennwertlosen Aktie, unvollständige Beseitigung der Doppelbesteuerung der Aktie). Aber leider ist der Gedanke der breiten Streuung des Miteigentums an den Produktionsmitteln auch von vielen Unternehmern nicht genügend ernst genommen worden. Zwar haben viele größere Aktiengesellschaften wie die BASF Belegschaftsaktien eingeführt. Auch im Bereich der mittelständischen Unternehmen gab es weitblickende Unternehmer, die ihre Mitarbeiter z. B. über Kommanditbeteiligungen zu Mitunternehmern machten; aber ihre Zahl blieb relativ klein; viel mittelständische Unternehmer erkannten entweder die Zeichen der Zeit nicht, oder sie konnten rechtliche Schwierigkeiten bei der Einführung der Mitarbeiterbeteiligung nicht überwinden; sie konnten sich aber auch nicht entschließen, ihren Mitarbeitern den Weg zum Miteigentum an den Produktionsmitteln durch deren Aktienbeteiligung an einer der Publikumsgesellschaften zu öffnen, weil sie Hemmungen hatten, dadurch »die Kapitalkraft der Großen weiter zu stärken«. So blieb es auch in der Unternehmerschaft — über die ganze Wirtschaft gesehen — bei halben Schritten.

Eine ganz entscheidende Ursache für die letztlich unbefriedigende Entwicklung aber war schließlich die Gegensteuerung der Gewerkschaften: Ihnen war mehr an kollektiver

Fondsbildung unter ihrer Kontrolle als an individueller Vermögensbildung gelegen, und statt für die breite Streuung des Eigentums an den Produktionsmitteln kämpften sie lieber für die Ausweitung der gewerkschaftlichen Macht durch Mitbestimmung. Somit muß nun als nächstes über das Problem der Mitbestimmung gesprochen werden.

FÜNFTER TEIL

Mitbestimmung.
Ein richtiges Prinzip —
insoweit, als es die Markt-
wirtschaft nicht zerstört

Vorbemerkung

Das Problem der Mitbestimmung hat schon bei der Neugründung der BASF eine Rolle gespielt. In der Folgezeit wurde es zu der am härtesten umkämpften zentralen gesell-
schaftspolitischen Kontroverse unseres Landes. Der Grund
für die Härte der Auseinandersetzung ist folgender: Mitbestimmung ist gut, soweit sie die Integration des Arbeitnehmers in die freiheitliche, marktwirtschaftliche Gesellschaftsordnung fördert: Mitbestimmung wird zu äußerster
Gefahr, wenn sie es den Gewerkschaften ermöglicht, über
die Mitbestimmung zur beherrschenden Macht in Staat und
Wirtschaft zu werden, Systemveränderung zu betreiben, das
marktwirtschaftliche System aus den Angeln zu heben und
durch ein System syndikalistischer Zentralverwaltungswirtschaft zu ersetzen; letztere könnte sich eines Tages als Vor-
stufe noch viel radikalerer Umwälzung erweisen. »Dosis fa-
cit venenum.« In meinen Publikationen zur Mitbestimmung
habe ich immer wieder versucht aufzuzeigen, wieviel Mitbestimmung mit dem System der Marktwirtschaft vereinbar
ist, und den Grenzfluß Rubikon darzustellen, der im Bereich
der Mitbestimmung das Gute vom Bösen, das Land der
Marktwirtschaft von dem Land der Zentralverwaltungswirtschaft aller Schattierungen scheidet.

Als das Mitbestimmungsgesetz von 1976 verabschiedet
wurde, sah es so aus, als ob das Problem Mitbestimmung in
unserem Land nunmehr ausgestanden sei. Aber neuerliche
Beschlüsse und Äußerungen des DGB lassen erkennen, daß
die Gewerkschaften auf diesem Gebiet weiterhin dynamisch
aktiv bleiben wollen. Deshalb scheint es mir angezeigt, im
Rahmen dieser Schrift das Problem Mitbestimmung etwas
breiter zu behandeln, zumal ich mich mit ihm jahre-, ja sogar jahrzehntelang intensiv befaßt habe.

Im Einvernehmen mit dem Vorstand der BASF, aber auch aus eigenem staatsbürgerlichen Engagement wurde die Auseinandersetzung mit diesem Problem zeitweise fast zu einem zweiten Beruf für mich. Ich war Mitglied und zeitweise Vorsitzer des Arbeitskreises Mitbestimmung der chemischen Industrie, ich war und bin heute noch Mitglied des Arbeitskreises Mitbestimmung der Bundesvereinigung der deutschen Arbeitgeberverbände, den bis zu seiner Ermordung Hanns Martin Schleyer in hervorragender Weise leitete; ich habe über das Problem publiziert (sogar eine Schrift in englischer Sprache auf Bitte des britischen Industrieverbandes); ich habe darüber Vorträge gehalten, auch vor ausländischen Unternehmern in den USA, in der Schweiz, in Großbritannien, in Frankreich; das »Management Center Europe« hat mich wiederholt als Referent zu seinen Tagungen eingeladen, schließlich habe ich auch auf internationalen Kongressen über dieses Thema teilgenommen: in Buenos Aires, in Tokio, in Oslo. Last not least war ich fast zwei Jahre lang einer der offiziellen Berater der von der Bundesregierung eingesetzten Kommission, die als Biedenkopf-Kommission bekannt ist. (Diese Kommission hat fast meine Ehe zerstört; als in den Weihnachtstagen 1969 während der Endphase der Kommissionsarbeit jeden Morgen um 8.00 Uhr der Postbote klingelte und einen Eilbrief der Kommission ablieferte, und als ich dann den Tag über die Entwürfe zum Kommissionsbericht durcharbeiten mußte, hat meine Frau zum ersten und einzigen Mal mir fast ernstlich mit Scheidung gedroht.) Kurz: Neben der BASF ist die Mitbestimmung jahrelang mein zweites Schicksal geworden; aber die fundamentale Bedeutung dieses Problems rechtfertigte das.

Man muß unterscheiden zwischen zwei Ebenen der Mitbestimmung, der sogenannten betrieblichen Mitbestimmung über Betriebsrat, Konzernbetriebsrat, Wirtschaftsausschuß etc. und der unternehmerischen Mitbestimmung über den Aufsichtsrat. Der Schwerpunkt liegt bei der letzteren Ebene, aber wegen der Kumulation der beiden Mitbestimmungselemente muß man ständig beide Ebenen im Auge behalten.

Die Mitbestimmung über den Aufsichtsrat

Warum liegt der Schwerpunkt des Problems beim Aufsichtsrat? Seit dem Aktiengesetz von 1937 ist der Aufsichtsrat in unserem Lande viel mehr, als sein Name besagt. Bis 1937 war der Aufsichtsrat seinem Namen entsprechend nur ein Kontrollorgan, das darüber zu wachen hatte, daß der Vorstand keine »Dummheiten« machte; seit 1937 ist er darüber hinaus dasjenige Organ, das dazu berufen ist, den Vorstand zu bestellen und gegebenenfalls abzuberufen; und es gibt wohl kaum eine Aufgabe von schwererem Gewicht für das Einzelunternehmen und die Gesamtwirtschaft als die Auswahl der unternehmerischen Führungskräfte.

Vom Aufsichtsrat hängt es danach ab, ob in die Leitung der großen Kapitalgesellschaften Menschen mit optimaler Qualifikation berufen werden, die den Anforderungen der Zukunft im Sinne der Selbstbehauptung unserer Wirtschaft in einer Umwelt von atemberaubender Dynamik gerecht werden können. Von der Zusammensetzung des Aufsichtsrats hängt es ab, ob bei der Auswahl von Vorstandsmitgliedern nur die unternehmerische Qualifikation oder auch sachfremde politische oder gewerkschaftliche Gesichtspunkte zum Zuge kommen. Von der Zusammensetzung des Aufsichtsrats hängt es ab, ob der Vorstand und damit auch die ganze unternehmerische Führungsgruppe ein homogener Körper bleibt, der als geschlossenes Team arbeitet, oder ob die Unternehmensleitung ein in Fraktionen zerfallendes und damit vielfach handlungsunfähiges Gebilde wird (»Proporzsystem«). Von der Zusammensetzung des Aufsichtsrats hängt es ferner ab, welches die Orientierungspunkte für das Verhalten der einzelnen Mitglieder der Unternehmensleitung sind; dabei ist es ein grundlegender Unterschied, ob die leitenden Männer einer Kapitalgesellschaft sich dem Prinzip größtmöglicher Leistung und Wirtschaftlichkeit verpflichtet fühlen, das in einer auf den Wettbewerb aufgebauten Marktwirtschaft die optimale Versorgung aller als Verbraucher garantiert, oder ob die leitenden Männer eines Unternehmens sich überwiegend dem Gruppeninteresse der Arbeitnehmer verpflichtet fühlen und auf laboristische oder syndikalistische Gedankengänge eingestellt sind. Man kann die Frage auch so formulieren: Reagiert die Unternehmensleitung auf die Signale des Marktes im Allgemeininteresse der Verbraucher, oder reagiert sie auf die Signale der Gewerkschaften im syndikalistischen Partikular-Interesse? Die Besetzung des Aufsichtsrats der Kapitalgesellschaften ist deshalb, ohne daß dies als eine Übertreibung bezeichnet werden darf, von entscheidender Bedeutung für die Wirtschaftsordnung unseres Landes und für die Fähigkeit unserer Wirtschaft, den Verbraucher optimal zu bedienen und sich im Konkurrenzkampf der Zukunft zu behaupten; sie rührt an den letzten Kern unserer Wirtschaftsverfassung.

Die drei Modelle

In unserem Lande werden heute im wesentlichen drei Modelle der Mitbestimmung auf Unternehmensebene praktiziert, die im folgenden vereinfacht dargestellt werden sollen.

1.   Die sogenannte Montanmitbestimmung (für die Unternehmen der Kohle- und Stahlindustrie). Sie ist das Produkt der Besatzungszeit nach 1945 in der englischen Besatzungszone. Die Bestätigung dieses Modells durch den Gesetzgeber der jungen Bundesrepublik im Montan-Mitbestimmungsgesetz von 1951 haben die Gewerkschaften mit dem ungewöhnlichen Mittel der Streikdrohung gegenüber dem Gesetzgeber(!) erzwungen. Das Modell besagt vereinfacht folgendes:

a)   Der Aufsichtsrat hat elf Mitglieder; fünf davon werden von der Hauptversammlung der Aktionäre gewählt, fünf werden von den Gewerkschaften nominiert; die beiden Gruppen von je fünf Mitgliedern einigen sich auf den elften Mann.

b)   Dem Vorstand muß ein Arbeitsdirektor angehören, der nur mit den Stimmen der Arbeitnehmerseite im Aufsichtsrat bestellt werden und nicht ohne deren Stimmen abberufen werden kann; dieser Arbeitsdirektor ist also in seiner beruflichen Existenz — er muß wie jedes Vorstandsmitglied spätestens alle fünf Jahre neu bestellt werden — völlig von der Arbeitsnehmerseite im Aufsichtsrat, d. h. von den Gewerkschaften abhängig.

2.   Die Mitbestimmung nach dem Betriebsverfassungsgesetz (BVG) von 1952. Sie galt bis 1976 für alle Kapitalgesellschaften außerhalb der Kohle- und Stahlindustrie (für GmbHs nur, wenn sie mehr als 500 Mitarbeiter hatten); seit 1976 gilt sie nur noch für Kapitalgesellschaften mit weniger als 2 000 Mitarbeitern. Dieses Modell bedeutet folgendes: Der Aufsichtsrat besteht zu zwei Dritteln aus Vertretern der

Anteilseigner, zu einem Drittel aus Vertretern der Arbeitnehmer, die — abweichend vom Montanmodell — nicht von der Gewerkschaft nominiert, sondern von der Belegschaft in allgemeiner, gleicher, direkter und geheimer Wahl gewählt werden. Einen Arbeitsdirektor kennt das BVG nicht.

3. Aufgrund des Gesetzes von 1976 gilt für Kapitalgesellschaften mit mehr als 2 000 Mitarbeitern folgendes Modell: Der Aufsichtsrat ist paritätisch besetzt. Bei größeren Aktiengesellschaften wie z. B. der BASF werden zehn Mitglieder von der Hauptversammlung gewählt, die zehn Arbeitnehmervertreter werden wie beim BVG-Modell nicht von den Gewerkschaften nominiert, sondern von der Belegschaft gewählt; für drei Arbeitnehmervertreter haben die Gewerkschaften ein Vorschlagsrecht; ein Arbeitnehmervertreter muß ein leitender Angestellter sein. Im Fall von Stimmengleichheit bei Abstimmungen im Aufsichtsrat gibt die Stimme des Vorsitzenden den Ausschlag; dieser wird im Normalfall von der Anteilseignerseite gestellt, während der stellvertretende Vorsitzer von der Arbeitnehmerseite gestellt wird. Das Gesetz von 1976 kennt wie das Montanmodell den Arbeitsdirektor, aber der Arbeitsdirektor des Gesetzes von 1976 ist etwas anderes als der Arbeitsdirektor des Montanmodells, weil er wie jedes andere Vorstandsmitglied bestellt und abberufen wird, also keine spezielle Gewerkschaftsabhängigkeit hat.

Mein Berufsleben hat mir umfangreiche eigene Erfahrungen mit allen drei Modellen der Mitbestimmung gebracht. Von 1953 bis 1973 habe ich als Vorstandsmitglied an allen Sitzungen des ein Drittel- : zwei Drittel-Aufsichtsrats der BASF teilgenommen und kann aus voller Überzeugung sagen, daß sich dieses Modell als ein Instrument partnerschaftlicher Zusammenarbeit zwischen Kapital und Arbeit bestens bewährt hat. In zwanzig Jahren gab es nur selten etwas anderes als einstimmige Beschlüsse des Aufsichtsrats der BASF.

Das habe ich bei allen meinen Vorträgen über Mitbestimmung immer offen ausgesprochen, auch bei meinen Vorträgen vor ausländischen Unternehmern. Dort wurde mir allerdings regelmäßig die Frage gestellt, ob das ein Drittel : zwei Drittel-Modell nicht deshalb gefährlich sei, weil es bei den Gewerkschaften zwangsläufig den Appetit nach einer weitergehenden Mitbestimmung wecke, eine Frage, die ich angesichts der Haltung der deutschen Gewerkschaften schlecht verneinen konnte.

Die »Parität« im Montanmodell

Ich habe auch das Funktionieren der Montanmitbestimmung sehr genau beobachten können, einmal an der hundertprozentigen BASF-Tochter Gewerkschaft Auguste Victoria, andererseits durch jahrelange Kontakte mit Männern der Montanindustrie, die unter diesem Modell leben mußten. Als Ergebnis kann ich es als meine felsenfeste Überzeugung aussprechen, daß bei der Montanmitbestimung der Rubikon überschritten ist, daß dieses Modell — jedenfalls dann, wenn es auf alle Branchen der deutschen Wirtschaft ausgedehnt würde — das Ende der Marktwirtschaft bedeuten würde.

In meinem bereits erwähnten Buch »Volkskapitalismus« habe ich diese Ansicht wie folgt begründet:

»Die Besetzung des Aufsichtsrats nach dem Montangesetz wird häufig als paritätisch bezeichnet, aber sie ist es nicht; denn die Institution des elften Mannes macht es möglich, daß entweder die Arbeitnehmerseite von der Aktionärseite zusammen mit der Stimme des elften Mannes überstimmt, oder aber daß die Aktionärseite von der Arbeitnehmerseite mit der Stimme des elften Mannes überstimmt werden kann. Die gravierende Tatsache, daß beim Montan-System potentiell die Eigentumsseite, das haftende Risikokapital, unter Umständen überstimmt werden kann, zeigt in voller Klarheit den Konflik zwischen Montan-Mitbestimmung und Eigentumsordnung. Die fälschlicherweise als paritätisch bezeichnete Besetzung des Aufsichtsrats nach der Montan-Mitbestimmung würde deshalb wohl auch der Zentralpunkt der Auseinandersetzung sein, wenn das Bundesverfassungsgericht eines Tages die Frage zu prüfen haben würde, inwieweit ein Gesetz, welches das Montan-Mitbestimmungssystem auf die ganze Wirtschaft übertragen würde, mit der Eigentumsgarantie unseres Grundgesetzes vereinbar wäre.

Es liegt auf der Hand, daß die — angeblich paritätische — Besetzung des Aussichtsrats nach der Montan-Mitbestimmung eine ernste Gefahr für die rasche Willensbildung im Unternehmen und für die Unternehmerinitiative ist. Die »paritätische« Aufsichtsratsbesetzung nach dem Montangesetz führt zwangsläufig zu der Tendenz, unternehmerische Entscheidungen vom Vorstand in den Aufsichtsrat zu verlagern, und diese Tendenz wird von den Gewerkschaften bewußt gefördert. Aktienrechtlich ist diese Verlagerung ohne weiteres möglich, weil der Aufsichtsrat jederzeit bestimmen kann, daß bestimmte Arten von Geschäften nur mit seiner Zustimmung vorgenommen werden dürfen, wobei der Katalog der zustimmungsbedürftigen Geschäfte beliebig weit definiert werden kann. Wenn als Folge solcher Verlagerung unternehmerische Entscheidungen nicht von einer homogenen Unternehmensleitung, sondern in einem »paritätisch« besetzten Aufsichtsrat getroffen werden, so wird bei kritischen Fragen die unternehmerische Entscheidung zu einer langwierigen Auseinandersetzung zwischen zwei zahlenmäßig gleich starken »Fraktionen«; kommt es zwischen der »Fraktion Arbeit« und der »Fraktion Kapital« zu keiner Einigung, so liegt die ganze Verantwortung bei dem elften Mann, der hier häufig um so eher überfordert sein wird, je kritischer die zur Entscheidung stehenden Frage ist.

Die Tendenz, unternehmerische Entscheidungen in den »paritätisch« besetzten Aufsichtsrat zu verlagern, ist deshalb so gefährlich, weil sie das Wesen des Unternehmertums völlig verkennt. Es ist ein fundamentaler Irrtum zu glauben, daß die bloße Addition von »Kapital« und »Arbeit« bereits ein leistungsfähiges Unternehmen abgebe. Natürlich ist der Beitrag des »Faktors Arbeit«, d. h. die Leistung der Mitarbeiter in Produktion, Verkauf, Forschung, Entwicklung und Verwaltung lebensnotwendig für Existenz und Entwicklung eines Unternehmens; ebenso lebensnotwendig ist der Einsatz der sachlichen Produktionsmittel. Aber der Beitrag des »Faktors Arbeit« und der Beitrag des »Faktors Kapital« führen erst dann zum Unternehmenserfolg, wenn sie durch die spezifische Unternehmerleistung zu einem harmonischen

Ganzen verbunden werden, wobei eine gute Unternehmensleitung im Interesse des Unternehmens stets bestrebt sein wird, beiden »Faktoren« gleichermaßen gerecht zu werden. Weil das spezifisch Unternehmerische dabei Schaden leidet, ist die Verlagerung der Unternehmensentscheidungen in ein Gremium, in dem die Sonderinteressen der beiden »Faktoren« miteinander ringen, grundsätzlich falsch, auch und gerade vom Arbeitnehmer aus gesehen, dessen Interessen am besten gedient ist, je mehr das Unternehmen floriert.

Die »paritätische« Besetzung des Aufsichtsrats nach der Montan-Mitbestimmung ist auch deshalb bedenklich, weil sie, ebenso wie die Institution des Arbeitsdirektors, die Gefahr zentraler Fernsteuerung mit sich bringt. Dies wird von Gewerkschaftsseite häufig bestritten, aber Äußerungen maßgebender Gewerkschaftler lassen keinen Zweifel daran aufkommen, daß diese Gefahr besteht. Was bedeutet es anderes als den Anspruch auf Fernsteuerung, wenn führende Gewerkschaftler — wie es mehrfach geschehen ist — sinngemäß den Ausspruch tun, daß die Gewerkschaften die Montan-Mitbestimmung als allgemeines Prinzip der Wirtschaft brauchen, »um die Investitionen in den Griff zu bekommen«. Wenn die Investitionsentscheidung nicht mehr von dem den Marktgesetzen unterworfenen Unternehmer, sondern von einer zentralen Gewerkschaftsstelle getroffen oder auch nur kontrolliert oder koordiniert wird, so bedeutet das einen Einbruch in das marktwirtschaftliche System, über dessen prinzipiellen Charakter keine noch so schönen Worte hinwegtäuschen können.«

Zehn Punkte

Im April 1966 wurde ich aufgefordert, in Duisburg bei der Jahresversammlung der Aktionsgemeinschaft für Arbeitnehmerfragen, einer Gliederung im Rahmen der Evangelischen Kirche Deutschlands, meinen Standpunkt zur Mitbestimmungsfrage als Mann der Wirtschaft darzulegen. Als Grundlage meines Referates habe ich damals zehn Punkte formuliert, die mir auch heute noch als zutreffende Beurteilung von Montan-Mitbestimmung und BVG-Mitbestimmung (ein Drittel : zwei Drittel) erscheinen, und die ich deshalb hier wiedergeben möchte*):

»1. Der Mensch in der Wirtschaft eines freien Landes darf nicht bloßes Objekt des wirtschaftlichen Geschehens sein, sondern soll teilhaben an der Gestaltung der wirtschaftlichen Dinge. Das bedeutet: Der Grundgedanke der Mitbestimmung ist richtig. Bei der in Gang befindlichen Diskussion um das Mitbestimmungsproblem geht es aber nicht um das grundsätzliche Ja oder Nein zur Mitbestimmungsidee, sondern nur um das richtige Ausmaß und die richtige Form der Mitbestimmung.

2. Das richtige Ausmaß und die richtige Form der Mitbestimmung können nicht theoretisch im luftleeren Raum festgelegt werden; die Maßstäbe hierfür können nur gewonnen werden aus einer Gesamtschau dessen, war wir Bürger unseres Landes von unserer Wirtschaft erwarten.

3. Wenn wir davon ausgehen, daß die auf den Wettbewerb der Unternehmer gegründete Marktwirtschaft (im Gegensatz zur zentral gelenkten Wirtschaft) den Verbraucher am besten bedient und Wirtschaftswachstum sowie

---

*) Diese zehn Punkte habe ich mit ausführlichen Erläuterungen erstmals als Aufsatz veröffentlicht in dem von Prof. Götz Briefs herausgegebenen Sammelband »Mitbestimmung«; Seewald Verlag, Stuttgart 1967.

steigenden Wohlstand für alle am besten garantiert, so müssen wir bei der Ausgestaltung der Mitbestimmung zwei Dinge vermeiden: die Einheit der Unternehmensleitung, die Fähigkeit zu rascher Entschlußfassung sowie die Unternehmerinitiative dürfen nicht gefährdet werden, und es darf nicht in unser Wirtschaftssystem ein der Marktwirtschaft wesensfremdes Element zentraler Fernsteuerung eingebaut werden.

4. Wenn wir für unsere großen und aus technischwirtschaftlichen Gründen zwangsläufig immer größer werdenden Unternehmenseinheiten das System des Privateigentums erhalten wollen (auch als Voraussetzung für das Funktionieren der marktwirtschaftliche Ordnung), so müssen wir auf dem Weg des Volkskapitalismus weitergehen, bei dem jeder einzelne die Möglichkeit hat, über die Aktie Miteigentum an den Produktionsmitteln zu erwerben. Wir müssen dann aber bei der Ausgestaltung der Mitbestimmung alles vermeiden, wodurch der Eigentumsgedanke und die Risikobereitschaft der potentiellen Eigentümer notleiden könnte.

5. Wenn wir erwarten, daß unsere Wirtschaft mit der unerhört raschen und dynamischen Entwicklung von Wirtschaft, Wissenschaft und Technik in der ganzen Welt Schritt halten kann, was nur unter Einsatz enormer Kapitalmittel möglich ist, dann müssen wir bei der Ausgestaltung der Mitbestimmung alles vermeiden, wodurch der innerdeutsche Sparer mit seinen Spargeldern ins Ausland vertrieben und der außerdeutsche Sparer von der Geldanlage in Aktien deutscher Unternehmen abgeschreckt werden könnte.

6. Das für die ganze deutsche Wirtschaft geltende Betriebsverfassungsgesetz und die darin enthaltene ein Drittel : zwei Drittel-Regelung der Mitbestimmung vermeidet die in den Punkten 3, 4 und 5 aufgezeigten Gefahren. Die Mitbestimmung nach dem Betriebsverfassungsgesetz erfüllt aber zugleich bei richtiger Handhabung in vollem Umfang das berechtigte Anliegen der Arbeitnehmer — einerseits über Be-

triebsrat und Wirtschaftsausschuß, andererseits durch die vollverantwortliche Mitarbeit der Belegschaftsvertreter im Aufsichsrat —, am gesamten Unternehmensgeschehen mitzuwirken, und zwar in einer Weise, wie dies in keinem anderen Land der Fall ist.

7. Bei einer Übertragung der »paritätischen« Montan-Mitbestimmung auf die ganze Wirtschaft werden die in den Punkten 3, 4 und 5 dargelegten Gefahren akut; hier kann im Aufsichsrat das Eigentum durch die Stimmen der Arbeitnehmervertreter zusammen mit der Stimme des elften Mannes überstimmt werden. Im Vorstand ist der Arbeitsdirektor — in seiner Existenz einseitig von den Gewerkschaften abhängig — eine systemwidrige Einrichtung; die Besetzung des Aufsichsrats und die Institution des Arbeitsdirektors eröffnen die Möglichkeit gewerkschaftlicher Fernsteuerung der Unternehmen.

8. Es ist ein Irrtum zu glauben, daß die ein Drittel- : zwei Drittel-Besetzung des Aufsichsrats nach dem Betriebsverfassungsgesetz eine Disparität zwischen Kapital und Arbeit bedeute. Das zahlenmäßige Übergewicht der Aktionärseite im Aufsichsrat nach dem Betriebsverfassungsgesetz ist nur ein berechtigter Ausgleich dafür, daß außerhalb des Aufsichsrats die Arbeitnehmerseite nach unserer Sozialordnung eindeutig ein Übergewicht hat — man denke nur an die Rechte des Betriebsrats und des Wirtschaftsausschusses sowie an die »gewerkschaftlichen Kampfmittel« —, ein Übergewicht, für das es auf der Aktionärseite kein Äquivalent gibt. Die ein Drittel- : zwei Drittel-Regelung beim Aufsichsrat schafft deshalb keinen Zustand der Disparität, sondern stellt in Wahrheit einen Zustand echten Gleichgewichts zwischen Kapital und Arbeit im Gesamtablauf des Unternehmensgeschehens her.

9. Somit ist das Betriebsverfassungsgesetz die optimale Synthese zwischen Marktwirtschaft, Eigentumsordnung und Mitbestimmung.

10. Aktiengesetz, Betriebsverfassungsgesetz und Kartellgesetz, aber auch die unerhörte Härte des nationalen und internationalen Wettbewerbs auf den Warenmärkten und auf dem Kapitalmarkt stellen mehr als ausreichende Sicherheiten gegen etwaiges mißbräuchliches Verhalten von Unternehmensleitungen dar. Es besteht deshalb kein Grund zur Einführung einer zusätzlichen zentralen Kontrolle durch die Gewerkschaften im Sinne der Montan-Mitbestimmung, zumal die Gewerkschaften zwar legitime Vertreter eines Gruppeninteresses, aber nicht legitimierte Hüter des Allgemeininteresses sind.«

Bevor ich nun auf die Frage eingehe, wie das Mitbestimmungsgesetz 1976 zu beurteilen ist, möchte ich einiges aus der langen harten Auseinandersetzung um die Mitbestimmung in der Zeit zwischen den beiden Gesetzen von 1951/52 und dem Gesetz von 1976 berichten. Eine auch nur halbwegs vollständige Darstellung ist völlig unmöglich, sie würde ein mindestens zweibändiges Werk erfordern.

Die Biedenkopf-Kommission

Ein wichtiger Meilenstein in dieser Auseinandersetzung war die sogenannte Biedenkopf-Kommission. Sie wurde von der Regierung der großen Koalition unter Bundeskanzler Kiesinger berufen und hat sich am 24. 1. 68 konstituiert. Im Januar 1970 hat sie ihren Bericht dem Bundeskanzler Brandt überreicht. Ihre Mitglieder waren neun Universitätsprofessoren, die alle Schattierungen der politischen Landschaft repräsentierten. Als ständige Berater der Kommission (ohne Stimmrecht) berief die Bundesregierung drei Vertreter der Wirtschaft*) und drei Vertreter der Gewerkschaften. Vorsitzender war Prof. Biedenkopf, der diese Aufgabe sehr gut löste. Rückblickend erscheint es mir fast wie eine Wunder, daß eine so heterogen zusammengesetzte Kommission sich auf einen einstimmig verabschiedeten Bericht einigen konnte.

In einem Vortrag »Wirtschaftsverfassung und Mitbestimmung«, den ich am 11. 11. 1970 vor der Juristischen Studiengesellschaft in Karlsruhe gehalten habe**), habe ich auch über die Biedenkopf-Kommission berichtet und dabei auch meine kritischen Anmerkungen zur Tätigkeit der Kommission und ihrem Bericht wie folgt zur Sprache gebracht:

»Die Kommission geht von einer Analyse des Aufsichtsratsmodells der Montanmitbestimmung aus und kommt dabei zu folgendem Ergebnis:

Ein paritätisch besetzter Aufsichtsrat mit elf Mann ist eine unglückliche Konstruktion, weil der elfte Mann in kritischen Konfliktsituationen im allgemeinen überfordert ist; einen paritätisch besetzten Aufsichtsrat ohne elften Mann lehnt

---

*) Dies waren Herr Dr. Kley, Vorstandsmitglied der Fa. Siemens, Herr Dr. Erdmann, Hauptgeschäftsführer der Bundesvereinigung der deutschen Arbeitgeberverbände, und ich selbst.

**) Veröffentlicht als Heft 99 der Schriftenreihe der Jur. Studiengesellschaft Karlsruhe im Verlag C.F. Müller, Karlsruhe 1971.

die Kommission ab, weil hier in kritischen Konfliktfällen eine Pattsituation entsteht, die für das Unternehmen u. U. tödlich sein kann; also — so sagt die Kommission — bleibt nur übrig, einer der beiden Gruppen im Aufsichtsrat ein Übergewicht zu geben. Dabei spricht sich die Kommission dafür aus, den Vertretern der Kapitalseite eine Mehrheit im Aufsichtsrat zuzuweisen, weil »das Rentabilitätsinteresse nach der Auffassung der Kommission tendenziell stärker von den Anteilseignern als von den Arbeitnehmervertretern im Aufsichtsrat geltend gemacht werden wird«.

Die Kommission spricht sich also in ihrem Modellvorschlag für eine Mehrheit der Anteilseignervertreter im Aufsichtsrat aus. Gleichwohl können Zweifel nicht unterdrückt werden, ob die Kommissionsvorschläge hinsichtlich des Aufsichtsrats, wenn man sie in ihrer Gesamtheit betrachtet, nicht doch bereits den Rubikon überschreiten und damit die Gefahr einer Abkehr von unserer marktwirtschaftlichen Wirtschaftsverfassung bedeuten. Die Gründe für diese Zweifel sind folgende:

a) Die Kommission spricht sich nicht wie das BVG für eine gewichtige Mehrheit der Anteilseignerseite im Aufsichtsrat aus, sondern nur für ein geringes Übergewicht. Das könnte vielleicht hingenommen werden mit der Überlegung: Übergewicht ist Übergewicht; bedenklich ist jedoch, daß das Übergewicht der Anteilseignerseite nicht eindeutig und nicht absolut gesichert ist. Wenn nach den Vorschlägen der Kommission sechs Aufsichtsratsmitglieder von der Anteilseignerseite und vier von der Arbeitnehmerseite gewählt werden und wenn die beiden fehlenden Aufsichtsratsmitglieder, die an sich kooptiert werden sollen, im Fall der Nichteinigung durch den Registerrichter ernannt werden, so kann das Ergebnis dieser Prozedur die de-facto-Parität im Aufsichtsrat sein.

b) Die Kommission spricht sich zwar für die Mehrheit der Kapitalseite im Aufsichtsrat aus, allerdings »unter Bedingungen, die eine Überstimmung der Vertreter der Arbeitneh-

mer im Aufsichtsrat nachhaltig erschweren und deshalb nur
für solche Situationen ermöglichen sollen, in denen eine
Durchsetzung der von den Anteilseignervertretern für unerläßlich gehaltenen Entscheidungen möglich bleiben muß«.
Hier stellt sich die ernsthafte Frage, ob die von der Kommission vorgeschlagenen Erschwerungen für die Ausübung der
Majoritätsrechte der Anteileignerseite nicht so gewichtig
sind, daß sie nicht eine Kompensation, sondern eine Überkompensation des geringen Übergewichts der Anteilseignerseite darstellen. Unter den von der Kommission vorgeschlagenen erschwerenden Bedingungen ist in dieser Richtung besonders gefährlich die sogenannte Konfliktspublizität; sie
bedeutet, daß die überstimmten Arbeitnehmervertreter im
Aufsichtsrat von ihrer Verschwiegenheitspflicht als Aufsichtsratsmitglied zugunsten der Möglichkeit einer Bericht-
erstattung an die Arbeitnehmer des Unternehmens entbun-
den werden. Jeder Praktiker kann klar voraussehen, was
diese Konfliktspublizität im Ergebnis bedeuten kann. Sie
kann zur Folge haben, daß wegen der Öffnung der Publizi-
tätschance Konflikte entstehen, d. h. geschaffen werden, die
ohne die Möglichkeit der Publizität überhaupt nicht entstehen würden. Sie kann bedeuten, daß durch Mobilisierung
der öffentlichen Meinung und der Arbeitnehmerschaft die
Position der Arbeitnehmerseite im Aufsichtsrat so verstärkt
wird, daß de facto die Anteilseignerseite von der Möglichkeit des Mehrheitsbeschlusses keinen Gebrauch mehr machen kann und sich dem Diktat der Minderheit beugen muß.
Wir dürfen in diesem Zusammenhang nicht davon ausgehen, daß der heute im allgemeinen vorherrschende Typ des
Arbeitnehmervertreters im Aufsichtsrat für alle Zeiten vor-
herrschend bleiben wird, sondern müssen angesichts der
sichtbaren Radikalisierung gewichtiger Kreise in unserem
Lande auch die Möglichkeit einkalkulieren, daß eines Tages
ein anderer Typ in den Aufsichtsräten der Aktiengesellschaften auftauchen wird, wobei ein einziger radikaler De-
magoge unter Umständen des Kräftefeld im Unternehmensgeschehen über die Konfliktspublizität völlig verändern
kann.

c) Die Kommission geht mit Recht davon aus, daß die Frage nach dem richtigen Maß der Mitbestimmung nicht isoliert und punktuell mit Bezug auf den Aufsichtsrat beantwortet werden darf, sondern daß es darauf ankommt, die Gesamtheit aller bestehenden und empfohlenen institutionellen Einzelregelungen der Mitbestimmung so zu synthetisieren, daß kein »Zustand der Unausgewogenheit« entsteht. Der Kommission schwebt also als Endziel ein das marktwirtschaftliche Geschehen nicht beeinträchtigender Zustand der Ausgewogenheit vor, wobei sie mit Recht die Gewichtsverteilung innerhalb und außerhalb des Aufsichtsrats als einen Gesamtkomplex sieht. Nun besteht bereits nach dem Betriebsverfassungsgesetz außerhalb des Aufsichtsrats ganz klar ein Zustand des Übergewichts der Arbeitnehmerseite, welcher durch das Zwei-Drittel-Übergewicht der Anteilseigner im Aufsichtsrat bestenfalls kompensiert, aber keinesfalls überkompensiert wird. Es ist deshalb nicht einzusehen, weshalb die auf Ausgewogenheit bedachte Kommission das Gewicht der Anteilseignerseite im Aufsichtsrat gegenüber dem Betriebsverfassungsgesetz vermindern will. Auf jeden Fall aber ist der Kommission bei der ihren Vorschlägen zugrundeliegenden neuen »Gewichtung« der Kräfte insofern ein gravierender Irrtum unterlaufen, als sie das Moment gewerkschaftlicher Fernsteuerung des Unternehmensgeschehens über gewerkschaftsabhängige Aufsichtsratsmitglieder eklatant unterschätzt hat.

Die fundamentale Bedeutung der Frage der Fernsteuerung läßt sich kurz wie folgt formulieren: Wenn ein gewichtiger Teil der Aufsichtsratsmitglieder auf die Signale gewerkschaftlicher Fernlenkung ausgerichtet ist, so wird dadurch die Bereitschaft und Fähigkeit des Unternehmens, auf die Signale des Marktes zu reagieren, entscheidend beeinträchtigt. Die Kommission stellt in ihrem Bericht fest, daß sie — von zwei Einzelfällen abgesehen — keine Anzeichen gewerkschaftlicher Fernsteuerung über Arbeitnehmervertreter in den Aufsichtsräten hätte finden können. Diese Auführungen im Kommissionsbericht sind für viele, die das wirtschaftliche Geschehen aus der Nähe und von innen kennen, überraschend, zumal leitende Persönlichkeiten der Gewerkschaften in der Vergangenheit ganz offen zugegeben haben, daß man die Fernsteuerung anstrebt; ich darf nur an den bekannten Ausspruch des Vorsitzenden einer großen Industriegewerkschaft erinnern, daß man die paritätische Mitbestimmung für die ganze Wirtschaft erstrebe, weil nur so die Gewerkschaften die »Investitionen in den Griff bekommen könnten«.

Wenn ich die Ausführungen der Kommission zur Frage der Fernsteuerung als einen Irrtum bezeichne, so soll das aber kein Vorwurf gegen die Kommission und keine Herabsetzung ihrer ganz hervorragenden wissenschaftlichen Leistung sein; Adressat der Kritik sind vielmehr jene Stellen, welche die Kommission mit völlig unzureichenden Instrumenten der Wahrheitsfindung ausgestattet haben. Während in Ländern mit alter demokratischer Tradition eine Regierungskommission dieser Art mit hoheitlichen Befugnissen ausgestattet wird derart, daß sie das Erscheinen von Zeugen erzwingen und Zeugen vereidigen kann, war die Biedenkopf-Kommission auf den guten Willen der Personen angewiesen, die sie anhören wollte. Um die Chancen zu vergrößern, die Wahrheit ans Tageslicht zu bringen, hat die Kommission allen befragten Personen strengste Geheimhaltung ihrer Aussagen zugesichert, dergestalt, daß auch die offiziellen Berater der Kommission bis zum heutigen Tage nicht wissen, wer was worüber vor der Kommission ausgesagt hat. Die Zusicherung absoluter Geheimhaltung mag zur Folge gehabt haben, daß manche der befragten Personen sich freier vor der Kommission ausgesprochen haben, als dies ohne solche Zusicherung der Fall gewesen wäre; solche Zusicherung hat aber andererseits die in den angelsächsischen Ländern übliche Veröffentlichung der Aussage unmöglich gemacht, womit jede Möglichkeit einer Nachprüfung der vor der Kommission gemachten Aussagen auf Richtigkeit und Vollständigkeit entfiel.

Ich möchte es ganz klar aussprechen: In der Frage der Fernsteuerung ist nach meiner Überzeugung der Kommission die Wahrheitsfindung nicht gelungen, zwar aus Gründen, die sie nicht zu vertreten hat, aber doch mit der Folge, daß die Gewichtung des Gesamtkräftefelds des Unternehmens, welche die Kommission ihren Vorschlägen zugrunde gelegt hat, nicht ohne Vorbehalt aufgenommen werden kann.«

Den Ausführungen in meinem Karlsruher Vortrag ist aus heutiger Sicht folgendes hinzuzufügen:

1. Bei den Verhandlungen über das Mitbestimmungsgesetz 1976 haben leitende Herren der Montanindustrie als Zeugen vor dem zuständigen Bundestagsausschuß ausgepackt und den wahren Charakter der Montanmitbestimmung offen dargelegt. Hätten dieselben Herren mit derselben Offenheit schon vor der Biedenkopf-Kommission ausgesagt, so wäre der Bericht dieser Kommission in mancher Hinsicht anders ausgefallen.

2. Im Bericht der Biedenkopf-Kommission*) finden sich auf Seite 175 folgende Ausführungen:
»Die Empfehlungen der Kommission gehen ... von einer Ausgewogenheit bestehender und empfohlener institutioneller Einzelregelungen aus. Eine nachträgliche Änderung einzelner Regelungen, wie des Betriebsverfassungsgesetzes ... würde, wenn sie das relative Verhältnis der beteiligten Gruppen tangiert, auch diese Ausgewogenheit stören. ...Die von der Kommission vorgenommenen Bewertungen, die ihren Empfehlungen zugrunde liegen, wären im Falle weiterer derartiger Änderungen nicht länger ohne weiteres gültig. Sie müßten erneut überprüft werden.«

Änderungen des Kräftefeldes im Unternehmen, wie sie die Kommission hiernach antizipiert, sind nun tatsächlich kurz nach der Fertigstellung des Kommissionsberichts eingetreten, nämlich durch des neue *Betriebsverfassungsgesetz* von 1972, das die Rechte der Arbeitnehmer im Betrieb weiter beträchtlich ausgeweitet hat. Angesichts dieser weiteren Ver-

---

*) Veröffentlicht 1970 im Kohlhammer-Verlag Stuttgart unter dem Titel »Mitbestimmung im Unternehmen, Bericht der Sachverständigenkommission«.

schiebung der Kräfteverteilung im Unternehmen zugunsten des Faktors Arbeit sind also die von der Kommission in ihrem Bericht für den Aufsichtsrat gemachten Vorschläge bereits seit 1972 überholt, und die Kommission würde wohl seit 1972 für mehr als nur ein »geringes« Übergewicht der Anteilseignerseite im Aufsichtsrat eintreten müssen.

Das Gesetz von 1976 —
am Ufer des Rubikon

Nun zur Bewertung der Mitbestimmung nach dem Gesetz von 1976. Sie wird in der BASF seit der Hauptversammlung 1978 praktiziert, und als Mitglied des Aufsichtsrats hatte ich seither Gelegenheit, auch dieses Mitbestimmungsmodell in der Praxis zu beobachten. Die Zeit der Anwendung des Gesetzes von 1976 ist nun allerdings so kurz, daß seine abschließende Beurteilung aus der Praxis noch nicht möglich erscheint; auch muß ich Rücksicht auf meine Verpflichtung zur Verschwiegenheit als Aufsichtsratsmitglied nehmen. Einige mehr theoretische Anmerkungen zu dem Gesetz möchte ich aber doch machen. In der Regierungserklärung der sozial-liberalen Koalition von 1973 wurde als Mitbestimmungsmodell eine Regelung vorschattiert, welche die totale Parität im Aufsichtsrat vorsah, aber auf jeden Mechanismus der Patt-Auflösung verzichtete. Eine Verwirklichung dieses Gedankens wäre die schlechteste aller schlechten Lösungen und viel schlimmer als die Montanmitbestimmung gewesen; hätte sie doch den Gewerkschaften jede Möglichkeit eröffnet, durch völlige Blockierung notwendiger Unternehmensentscheidungen dem Arbeitnehmerinteresse im Unternehmen brutal die höchste Priorität — zum Nachteil des Unternehmens, seiner Kapitalgeber und nicht zuletzt der Verbraucher — zu geben. Gemessen hieran ist die Regelung des Gesetzes von 1976, bei der der von der Anteilseignerseite kommende Aufsichtsrats-Vorsitzer im Patt-Fall eine Zweitstimme hat, zweifellos die bessere Lösung; sie stellt das Gesetz von 1976 in der Bewertung irgendwo zwischen Montanmitbestimmung und BVG-Mitbestimmung.

Mit der BVG-Mitbestimmung hat das Gesetz von 1976 gemein, daß die Anteilseignerseite ein Übergewicht hat; aber dieses Übergewicht — durch die Zweitstimme des Aufsichtsratsvorsitzenden — ist im Gesetz 76 so minimal, daß es in der Praxis sehr leicht zum Kippen kommen kann. Wenn ein Anteilseignervertreter im Aufsichtsrat auf der Fahrt zur Aufsichtsratssitzung verunglückt und im Krankenhaus landet, ist das Stimmverhältnis in der Aufsichtsratssitzung zehn zu neun zugunsten der Arbeitnehmerseite; da hilft auch die Zweitstimme des Vorsitzenden nicht, denn zehn zu neun ist ja keine Stimmgleichheit; also Mehrheit der Arbeitnehmerseite! Eine Abhilfe könnte darin bestehen, daß jedes Aufsichtsratsmitglied einem andern Mitglied eine generelle Vertretungsvollmacht erteilt; aber das läßt das Aktiengesetz nicht zu. Möglich ist nach dem Gesetz nur, daß ein Aufsichtsratsmitglied für ein anderes Mitglied das schriftliche Votum für einen bestimmten Abstimmungspunkt überreicht; aber ein solches schriftliches Votum kann vor der Sitzung nur für solche Punkte vorbereitet werden, von denen bekannt ist, daß sie zur Abstimmung kommen werden. Bei vorher unbekannten Punkten der Abstimmung bleibt es bei der Zufallsmehrheit der Arbeitnehmerseite, wenn ein Anteilseigner im letzten Moment ausfällt. Man kann nicht behaupten, daß ein Gesetz, das solche Zufallsergebnisse möglich macht, der Weisheit letzter Schluß sei. Richtig und systemkonform ist nur eine klare Mehrheit der Anteilseignerseite, wie sie die ein Drittel : zwei Drittel-Regelung des BVG vorsieht.

Das Bundesverfassungsgericht zum Gesetz von 1976

Nun wurde das Gesetz von 1976 vom Bundesverfassungsgericht (BVerfG) auf seine Vereinbarkeit mit dem Grundgesetz geprüft. Das BVerfG hat die Verfassungsmäßigkeit des
Gesetzes zwar bejaht, aber nur unter gewissen
Voraussetzungen*). Das BVerfG führt aus, daß der Gesetzgeber bei seiner Prognose über die Auswirkungen des Gesetzes von 1976 davon ausgegangen sei, daß das Gesetz sich als
ein Instrument sozialer Harmonisierung erweisen und insbesondere die Funktionsfähigkeit der Unternehmen, auf deren
Erhaltung des BVerfG entscheidenden Wert legt, nicht gefährden werde. Sollte sich diese Prognose durch die Entwicklung in der Praxis als falsch erweisen, so sei »der Gesetzgeber zur Korrektur verpflichtet«.

Diese Ausführungen des BVerfG sind von größter Bedeutung für die Handhabung des Gesetzes von 1976 in der Praxis. Sie bedeuten zunächst einen klaren Appell an alle, die
in Aufsichtsräten tätig sind — Anteilseigner und Arbeitnehmer — die neue Regelung als ein Instrument sozialer Harmonisierung und partnerschaftlicher Zusammenarbeit zu betrachten. Sie bedeuten einen solchen Appell auch an die
Adresse der Aufsichtsratsvorsitzer, denen die Aufgabe der
Integrierung der beiden Gruppen im Aufsichtsrat zufällt und
von deren Persönlichkeit deshalb eine besondere Integra-
tionskraft erwartet wird; in gleicher Weise wird allerdings
von dem Aufsichtsratsvorsitzer auch ein hohes Maß an
Standfestigkeit und persönlichem Mut erwartet, denn das
BVerfG fordert den Aufsichtsratsvorsitzer mit klaren Worten auf, ohne Scheu notfalls die Zweitstimme einzusetzen,
wenn nur so das übergeordnete Unternehmensinteresse

---

*) Die vollständige Entscheidung ist veröffentlicht in Beilage Nr. 2 / 79 des
»Betriebsberater«.

gegenüber dem Partikularinteresse der Arbeitnehmer gewahrt werden kann.

Die Ausführungen des BVerfG eröffnen im übrigen höchst interessante Aspekte für die Reaktion des Gesetzgebers auf die neuerlichen Forderungen der Gewerkschaften in Richtung Ausdehnung der Montan-Mitbestimmung auf praktisch alle größeren Unternehmen der deutschen Wirtschaft. Bis jetzt ist die Frage, ob die Montanmitbestimmung mit dem Grundgesetz vereinbar ist oder nicht, vom BVerfG noch nie entschieden worden; auch bei seiner Beurteilung des Gesetzes vom 1976 geht das BVerfG auf diese Frage nicht ein. Man kann aber wohl, ohne den Dingen Gewalt anzutun, folgendes sagen: Wenn das BVerfG schon die weniger weitgehende Mitbestimmung nach dem Gesetz von 1976 nur unter bestimmten Voraussetzungen als grundgesetzkonform akzeptiert, kann mit erheblicher Wahrscheinlichkeit angenommen werden, daß es die sehr viel weitergehende Montanmitbestimmung, wenn sie als allgemeines Prinzip auf *alle* größeren Unternehmen der Bundesrepublik erstreckt würde, nicht als verfassungskonform erklären würde.

Ausblick

So wird denn hoffentlich nicht kommen, was nicht kommen darf, wenn wir unsere freiheitliche Ordnung bewahren wollen: Die Montanmitbestimmung als Modell für alle größeren Unternehmen in der Bundesrepublik. Sie wäre nicht nur das Ende der Funktionsfähigkeit der Unternehmen, sie wäre auch das Ende der Funktionsfähigkeit unserer Wirtschaft, sie wäre das Ende der Marktwirtschaft, sie wäre der Übergang zum Gewerkschaftsstaat — der Rubikon wäre unwiderruflich überschritten.

SECHSTER TEIL

Die evangelische Kirche und der geistige Wiederaufbau

Vorbemerkung

In unserer Wohnung hängt das Bild meines Ur-Urgroßvaters
Andreas Heintzeler, der 40 Jahre lang Pfarrer in Suppingen
und Seißen auf der Schwäbischen Alb gewesen ist und dem
die dankbare Gemeinde als Grabstein eine große Gedenk-
platte in die Außenmauer ihrer Kirche eingebaut hat. Meine
Großmutter hätte es sehr gern gesehen, wenn auch mein Vater — ihr Oskar — Pfarrer geworden wäre, aber er zog es
vor, Jurist und Rechtsanwalt zu werden. Mir selbst hat niemand nahegelegt, Theologe zu werden, und ich habe auch
selbst nie daran gedacht; ich hätte es auch nie werden können, weil ich für die Theologie im engeren Sinn sicherlich
nicht ausreichend begabt bin. Das Schwanken und Ringen
um Religion und Weltanschauung, dem sich wohl kein denkender Mensch in unserem Jahrhundert entziehen kann, ist
auch mir nicht erspart geblieben, aber ich war mir in jeder
Phase meines Lebens bewußt, daß das Christentum zu den
tragenden Säulen unserer abendländischen Kultur gehört
und daß die christliche Religion die unserem Wesen am meisten entsprechende Offenbarung des Transzendenten in der
Geschichte der Menschheit darstellt, zugleich auch den besten Ratgeber für das Verhalten des Menschen und die
größte Hoffnung der Menschheit in der Richtung, daß
schließlich doch ein gewaltloses Zusammenleben aller in
Verstehen und Eintracht möglich sein wird. Mein Christentum ist also in gewissem Sinn ein naives, ein praktisches und
zugleich ein tolerantes, tolerant gegenüber allen echten
Manifestationen des Transzendenten, intolerant gegenüber
allem Unechten, wie es zum Beispiel die Organisation der
sogenannten Deutschen Christen im 3. Reich war. Bei dieser
meiner Grundhaltung war es nicht ohne weiteres zu erwarten, daß von meinem sechsten Lebensjahrzehnt an die Tätigkeit im kirchlichen Raum eine zunehmende Bedeutung in
meinem Leben erlangen würde. Daß es dennoch geschah,
hängt mit dem Arbeitskreis Evangelischer Unternehmer in
der Bundesrepublik Deutschland (AEU) zusammen.

Der Arbeitskreis Evangelischer Unternehmer (AEU)

Walter Bauer, Textilunternehmer in Fulda, war eines der Mitglieder des bereits erwähnten Bonhoeffer-Kreises in Freiburg während des 2. Weltkriegs, er war deshalb gegen Ende des Krieges verhaftet und in höchster Lebensgefahr, eine bedeutende Persönlichkeit von tiefer Gläubigkeit. Er war im Jahr 1966 einer der Initiatoren für die Gründung des AEU. Er hatte das richtige Gefühl, daß ein Kreis evangelischer Christen unter den deutschen Unternehmern sich zusammenschließen sollte, um inmitten des explodierenden Wirtschaftswunders dafür zu sorgen, daß christliches Denken und Handeln in der Wirtschaft nicht vergessen wird und um zugleich der evangelischen Kirche auf allen Ebenen einen Gesprächspartner für wirtschaftliche und soziale Fragen anbieten zu können. Ich wurde aufgefordert, Mitglied zu werden, und ich nahm an, mit Billigung meiner Vorstandskollegen in der BASF, aber doch mit dem klaren Verständnis, daß mein ganzes Engagement im kirchlichen Raum höchstpersönlicher Natur und von meinen BASF-Funktionen völlig losgelöst sein würde.

Von der absoluten Notwendigkeit der Gründung dieses Arbeitskreises war ich völlig überzeugt — als Teilstück einer allgemeinen religiösen Erneuerung. Mir war klar, daß bei dem rasanten materiellen Wiederaufbau in der Bundesrepublik der geistige Wiederaufbau zu kurz zu kommen drohte. Das geistige und seelische Vakuum, das als Folge der Säkularisierung des Menschen zur Zeit des Kaiserreiches und der Weimarer Republik so viele Menschen quälte und in das der Nationalsozialismus mit seiner »Weltanschauung« so leicht hineingestoßen war, war nach dem Ende des »Dritten Reichs« durch die Hingabe an den materiellen Wiederaufbau zunächst verdeckt worden, wurde aber umso deutlicher wieder spürbar, je weiter der materielle Wiederaufbau fortschritt. Die christliche Religion erschien mir als diejenige geistige Kraft, die das Vakuum füllen und eine echte Alternative zu dem Andrängen von Nihilismus, Materialismus, Determinismus, Kommunismus darstellen konnte. Auch war ich überzeugt, daß nur eine breite Wiedergeburt transzendent begründeter Ethik, wie sie vom Christentum und ähnlich auch von anderen Weltreligionen vertreten wird, die geistige Grundlage für das Zusammenwachsen der Völker dieser Erde zu »one world« schaffen könnte, ein Zusammenwachsen, das mir angesichts der atomaren Entwicklung so notwendig erschien wie nie in der Geschichte zuvor.

Bei der Gründung des AEU wurde Walter Bauer sein 1. Vorsitzender; er blieb es bis zu seinem allzu frühen Tod. Geschäftsführendes Vorstandsmitglied und unser hochgeschätzter theologischer Berater wurde und ist bis heute Pfarrer Dr. Wolfgang Böhme, Akademiedirektor in Herrenalb.

Solange ich aktives Vorstandsmitglied der BASF war, litt meine Tätigkeit im AEU — wie bei den meisten aktiven Unternehmern — daran, daß ich nicht immer die erforderliche Zeit zur Verfügung hatte. Das änderte sich mit meiner Pensionierung.

Zunächst wurde ich stellvertretender Vorsitzender des AEU, während mein Freund Gisbert Kley, ehemaliges Vorstandsmitglied von Siemens, den Vorsitz übernahm. Als Gisbert Kley sich dem 75. Lebensjahr näherte, erklärte er, auf keinen Fall über seinen 75. Geburtstag hinaus Vorsitzender des AEU bleiben zu wollen. Mindestens ein Jahr lang suchten wir verzweifelt, einen aktiven Unternehmer im Alter zwischen 50 und 60 Jahren für den Vorsitz zu gewinnen, aber es scheiterte überall an der Zeitfrage. So kam es, daß der AEU den »Generationenwechsel« im Vorsitz im Jahr 1979 nur in der Form vollziehen konnte, daß an Stelle des 75jährigen Herrn Kley der damals 71jährige Herr Heintzeler trat, als Übergangslösung!

Ich glaube, daß heute auch von kirchlicher Seite anerkannt wird, daß der AEU, weit davon entfernt, eine Interessenvertretung zu sein, im kirchlichen Raum seinen Platz hat und eine auch für die Kirche dienliche Funktion erfüllt. In zahlreichen Publikationen hat der AEU unternehmerische Probleme unter christlichen Aspekten behandelt, in vielen Veranstaltungen und Gesprächen hat der AEU erreicht, daß man in der Wirtschaft die Kirche und in der Kirche die Wirtschaft (wieder?) ernst nimmt. Besonders intensiv hat sich die Zusammenarbeit Kirche/AEU in sozialpolitischen Fragen, aber auch in dem großen Komplex der Entwicklungsländer gestaltet. Daß es in einzelnen Bereichen (z. B. Südafrika) auch zu scharfen Kontroversen zwischen AEU und nicht »der« Kirche, sondern einzelnen Gruppen in der Kirche gekommen ist, vermag am positiven Gesamtbild der Zusammenarbeit Kirche/AEU nichts zu ändern.

Uniapac

Als Mitglied des Vorstandes des AEU und als Sachverständiger für Mitbestimmungsfragen war ich im Jahr 1971 eingeladen worden, am Weltkongreß der Uniapac (Union Internationale Chrétienne des dirigeants d'entreprise) in Buenos Aires teilzunehmen. In Verbindung mit einer Geschäftsreise nach Lateinamerika konnte ich zusagen. Die Uniapac ist ein internationaler Dachverband, dem 27 nationale Verbände christlicher Unternehmer — zehn in Europa, zwölf in Lateinamerika, drei in Afrika und zwei in Ostasien — angehören. Im Jahre 1931 gegründet, war Uniapac ursprünglich katholisch geprägt, sie vollzog aber Anfang der 70er Jahre eine entscheidende Wendung zur ökumenischen Öffnung. Der Kongreß in Buenos Aires, auf dem ich über deutsche Mitbestimmungsfragen referierte,. machte auf mich einen hervorragenden Eindruck. Während auf so manchem internationalen Kongreß, an dem ich teilnahm, die genießenden Weltenbummler überwogen, bot der Uniapac-Kongreß das Bild einer Versammlung ernst engagierter, nach dem richtigen Weg suchender, echt christlicher Unternehmer.

Der Kontakt zwischen AEU und Uniapac riß in der Folge nicht mehr ab und im Jahr 1979 wurde der AEU aufgefordert, Mitglied der Uniapac zu werden. Wir nahmen an. Da nach den Satzungen der Uniapac von jedem Land nur *ein* Mitgliedsverband zugelassen ist und da für die Bundesrepublik der Bund katholischer Unternehmer (BKU) schon jahrelang Uniapac-Mitglied war, wurde der Beitritt des AEU in der Form vollzogen, daß BKU und AEU eine Arbeitsgemeinschaft Christlicher Unternehmer (ACU) bildeten und daß ACU die Uniapac-Mitgliedschaft des BKU übernahm. Ich selbst wurde Mitglied des Executive Comittee der Uniapac für ACU. Nach Buenos Aires habe ich an mehreren Uniapac-Kongressen teilgenommen (Zürich, München, Abidjan) und kam jedesmal mit neuen Impulsen bereichert nachhause.

Besonders hervorheben möchte ich den Kongreß in München im Jahr 1980, bei dem ACU und Uniapac in einem Kreis von Kirchenvertretern, Theologen, Unternehmern, Naturwissenschaftlern, Geisteswissenschaftlern u. a. das Thema »Energieversorgung der Zukunft — das christliche Gewissen vor einer Lebensfrage« zur Diskussion stellten.*)

Auch sonst hat sich die Zusammenarbeit BKU/AEU in ökumenischem Geist sehr konstruktiv gestaltet, wovon mehrere Publikationen des ACU Zeugnis ablegen.

*) Ein Bericht über diesen Kongreß wurde veröffentlicht von Heintzeler-Werhahn (Hrsg.) unter dem Titel »Energie und Gewissen« im Seewald Verlag, Stuttgart 1981

Synode der EKD

Die Synode der EKD besteht aus 120 Mitgliedern, von denen jedes einen ersten und einen weiteren Stellvertreter hat. 100 Mitglieder und ihre Stellvertreter werden von den Synoden der Landeskirchen gewählt, 20 Mitglieder und ihre Stellvertreter werden vom Rat der EKD berufen. Unter den 20 finden sich Vertreter fast aller relevanten politischen und gesellschaftlichen Gruppen. Im Jahr 1972 wurde ich als 1. Stellvertreter von Professor Hansen in die Synode berufen; Professor Hansen konnte aber während der sechsjährigen Legislaturperiode der Synode kaum an den Beratungen teilnehmen, so daß ich in der Praxis wie ein Hauptsynodaler tätig werden mußte. Im Jahr 1978 verzichtete Prof. Hansen auf eine erneute Berufung, und ich wurde für die nächsten 6 Jahre Hauptsynodaler. Dies verdanke ich meiner Tätigkeit im AEU.

Die Mitgliedschaft in der Synode bereichert mein Leben; ihr verdanke ich bewegende Erlebnisse zunächst dadurch, daß ich Einblick in die großartigen Einrichtungen der Diakonie — Bethel, Johannesstift Spandau, Karlshöhe Ludwigsburg — erhielt, von denen ich bisher nicht allzuviel wußte. Hier, wo christlicher Glaube täglich in christliches, aufopferndes Handeln umgesetzt wird, spürte ich den Pulsschlag der christlichen Religion ganz unmittelbar. Der Mitgliedschaft in der Synode verdanke ich auch die Bekanntschaft und teilweise enge Verbindung mit vielen wertvollen Menschen, seien es Mit-Synodale, Bischöfe oder sonstige Vertreter der Kirche. Trotzdem empfinde ich die Mitgliedschaft in der Synode als Bürde und Verantwortung, denn erst durch sie ist mir die Lage und die Krise des deutschen Protestantismus so richtig klar geworden, ohne daß ich das Gefühl habe, zur Überwindung dieser Krise viel beitragen zu können. Fast von jeder Synodaltagung bin ich aufgewühlt und manchmal tief unglücklich nach Hause gekommen. Das hat — von speziellen Problemen abgesehen — mehrere allgemeine Gründe.

1) Die Synode tagt im allgemeinen nur einmal im Jahr eine Woche lang. Das bedeutet, daß sie ständig überfrachtet ist. Das Hauptthema kommt meistens viel zu kurz und wird überlagert von zahlreichen anderen Problemen, die dieser oder jener Synodale unbedingt glaubt, nach vorn schieben zu müssen.

2) Der Nachteil, daß die Synode nur einmal im Jahr tagt, soll dadurch ausgeglichen werden, daß die ständigen Ausschüsse der Synode zwischendurch tagen und u. a. die Entscheidungen der Synode vorbereiten. Aber diese Ausschußtagungen sind meist sehr schwach besucht, manchmal nur von 1/3 der Mitglieder des betreffenden Ausschusses und meist ungleichgewichtig, so daß häufig das, was ein ständiger Ausschuß vorbereitet hat, von der Gesamtsynode beiseitegeschoben wird.

3) Die Synode hat ständig das Bedürfnis, Beschlüsse, Kundgebungen und Verlautbarungen zu endlos vielen Themen zu verabschieden, mit der Folge, daß in der Öffentlichkeit das meiste untergeht. In den Gemeinden kommt von der Arbeit der Synode sehr wenig an.

4) Unverkennbar ist eine gewisse Politisierung der Synode, eine Folge der Tatsache, daß offenbar die Säkularisierung des Menschen vor der Kirche nicht haltgemacht hat. Manche Synodalen erscheinen nur dann, wenn sie den Wunsch haben, die Kirche als Vorspann für politische oder soziale Forderungen ihrer Organisation zu gewinnen, um nicht zu sagen zu mißbrauchen.

5) Vor manchen brennenden Grundfragen unseres christlichen Selbstverständnisses verschließt die Synode konsequent die Augen. So wird zwar häufig die Säkularisierung des Menschen beklagt, aber die Frage nach den Ursachen der Säkularisierung, z. B. die Frage nach der Bedeutung der Naturwissenschaften für das Selbstverständnis des Menschen, wagt man nicht anzugehen.

6) In manchen Dingen ist eine gewisse Einseitigkeit unverkennbar. Von den ständig anwesenden Jugendvertretern werden zwar unablässig Fragen der Wehrdienstverweigerung vorgebracht, aber ich habe es noch nie er-

lebt, daß in der Synode ein Vertreter der jungen Generation zu Wort gekommen ist, der als evangelischer Christ
den Friedendienst *mit* der Waffe bejaht.

7) Die äußerst schwierige föderative Struktur der EKD
   wirkt sich auf die EKD-Synode oft frustrierend aus. Besonders deutlich trat dies in Erscheinung, als nach jahre-
   langer intensiver Arbeit der Synode die neue Grundordnung der EKD am Widerspruch einiger weniger Landessynoden endgültig scheiterte.

8) Die Stellung der Synode in der Kirche sollte zwar der
   Stellung des Parlaments im Staat entsprechen. In der Praxis aber ist die Stellung der Synode sehr viel schwächer.
   Ihre wichtigste Funktion ist neben der Genehmigung des
   Etats die Wahl des Rats für 6 Jahre; aber ist der Rat einmal gewählt, so ist seine Stellung im Verein mit Kirchen-
   kanzlei und Außenamt der Synode gegenüber im Ergebnis doch sehr souverän.

   Besonders deutlich trat dies in Erscheinung, als 1981
   bei der Synode in Fellbach die Friedensdenkschrift der
   EKD — im Auftrag des Rats von der Kammer für öffentliche Verantwortung ausgearbeitet und vom Rat genehmigt — vom Rat mitten während der Synodaltagung der
   Öffentlichkeit übergeben wurde, ohne daß die Synode
   vorher auch nur Kenntnis vom Inhalt der Denkschrift bekam. Für dieses Vorgehen gab es sicher triftige Gründe;
   aber zur Hebung des Selbstbewußtseins des Parlaments
   der Kirche hat dieser Vorgang sicher nicht beigetragen.

9) Schließlich scheint es mir eine Schwäche der Synode, daß
   in ihr das Laienelement nicht stark genug vertreten ist.
   Damit will ich nicht sagen, daß die Mitgliedschaft von
   Pfarrern, Dekanen, Oberkirchenräten, Superintenden-
   ten, Theologieprofessoren in der Synode nicht höchst erwünscht, ja lebensnotwendig wäre, aber man wird verstehen, was ich meine, wenn ich darauf hinweise, daß
   nur ein einziger der 120 Synodalen ein Arbeitnehmer im
   eigentlichen Sinn ist.

10) Mancher Leser wird sich wundern, warum in dieser Auf-
    führung der schwachen Punkte der Synode die theologi-

sche Zerstrittenheit der EKD bisher nicht erwähnt wurde. In der Tat tritt dieser Gesichtspunkt in der Praxis an Bedeutung zurück gegenüber den anderen erwähnten Punkten. Grund: Die Synode ist nicht mehr der Ort, wo um die geistige Integrierung der verschiedenen Strömungen im deutschen Protestantismus im Sinne einer für alle akzeptablen gemeinsamen Linie gerungen wird. Ich wüßte aber auch nicht zu sagen, wo sonst dieser Ort zu finden wäre. So bleibt es bei der Zerstrittenheit, welche die Synode am Ende der Freiburger Tagung 1978 nach einer an der äußersten Oberfläche gebliebenen Behandlung des Themas »Volkskirche« freimütig in einer an die Gemeinden gerichteten »Aufforderung zum Gespräch« bekannt hat.

Der Ökumenische Rat
der Kirchen (ÖRK)

Der ÖRK (auch Weltkirchenrat genannt) mit Sitz in Genf ist ein Zusammenschluß fast aller christlichen Kirchen auf der Erde (insgesamt etwas mehr als 300); wichtigster Außenseiter ist die katholische Kirche, die dem ÖRK wohl deshalb fernblieb, weil man sich über die Stellung des Papstes nicht einigen konnte; die katholische Kirche hat aber beim ÖRK Beobachterstatus und nimmt an vielen seiner Arbeiten teil.

Meine erste Berührung mit dem ÖRK hatte ich im Jahre 1975 in Nairobi anläßlich des dort abgehaltenen Kongresses des ÖRK. Ich war aus anderem Anlaß in Kenia und konnte dank der freundlichen Vermittlung der EKD-Delegation an der großen Eröffnungsfeier und am ersten Tag des Kongresses als Gast teilnehmen. Die Eröffnungsfeier war ein großes Erlebnis, man spürte die Völker und Rassen verbindende geistige Kraft des Christentums ganz unmittelbar. Als ich später mit der tiefen Problematik des heutigen ÖRK vertraut wurde, hat mich die Erinnerung an das Erlebnis in Nairobi bisher immer von Kurzschlußreaktionen in Richtung »Austreten« abgehalten, und dazu habe ich mich auch in der Synode offen bekannt.

Die Problematik des ÖRK ist vergleichbar der Problematik der UNO. In beiden Fällen hat die Dritte Welt, die farbige Welt, die Majorität. Darauf müssen die Organe des ÖRK, insbesondere der Genfer Stab, die periodisch wiedergewählt werden, natürlich Rücksicht nehmen. Ich meine allerdings, daß diese Rücksichtnahme häufig zu einseitiger Haltung und zu Fehlentwicklungen führt (z. B. Sonderfonds zur Bekämpfung des Rassismus). Manche Beobachter gehen so weit, dem ÖRK und besonders dem Genfer Stab vorzuwerfen, sie seien kommunistisch unterwandert. Dieser Vorwurf ist in seiner Absolutheit meines Erachtens unbegründet; ich möchte aber nicht ausschließen, daß es im ÖRK Kräfte und

Personen gibt, für welche die christliche Motivation weniger ausschlaggebend ist als eine politische Linksorientierung. Ich habe selbst den Vortrag eines hochgestellten Vertreters des ÖRK miterlebt, in dem der Redner darlegte, daß Christentum und Marxismus eng verwandt, nur Spielarten desselben geistigen Prinzips, gewissermaßen zwei Blüten an demselben Stengel seien. Ich fragte ihn nach seinem Vortrag, ob er schon einmal etwas von der marxistischen Lehre gehört habe, daß jede Religion »Opium für das Volk« sei und daß »kraft Naturgesetz Kirchen und Religionen zum Absterben verurteilt« seien; seine Antwort war ausweichend und unbefriedigend.

Den ersten unmittelbaren Kontakt mit Vertretern des Weltkirchenrates bekam ich auf folgende Weise: Im Jahre 1978 hielt die Uniapac ihren Weltkongreß in Zürich ab. Bei dieser Gelegenheit war der Generalsekretär des Weltkirchenrates, Dr. Potter, gebeten worden, in einer der großen Züricher Kirchen vor den Teilnehmern des Kongresses eine Predigt zu halten. Diese Predigt enthielt einige ganz scharfe Angriffe auf Unternehmer, insbesondere auf die in multinationalen Unternehmen tätigen Kräfte. Letztere wurden im Anschluß an ein Bibelzitat als Räuber, Mörder, Ausbeuter etc. bezeichnet. Ein nicht kleiner Teil der Kongreßteilnehmer aus aller Welt verließ als Zeichen des Protestes ostentativ vor dem Ende der Predigt die Kirche. Da Uniapac zu jener Zeit noch stärker katholisch orientiert war als heute, fühlten wir im AEU als Protestanten die Verpflichtung, Herrn Dr. Potter auf diese Predigt anzusprechen. Er erklärte sich zu einem zweitägigen Gespräch bereit, das im Studienzentrum des Weltkirchenrates in Bossey am Genfer See stattfand. Das Gespräch führte natürlich nicht zu einem offiziellen Widerruf, aber doch zu einer gewissen Klärung der Atmosphäre.

Die Predigt von Dr. Potter in Zürich fiel in eine Zeit, wo der Weltkirchenrat den Kampf gegen die multinationalen Unternehmen ganz groß auf seine Fahnen geschrieben hatte: Protokolle über Anhörungen, die der Weltkirchenrat in einer Veranstaltung in Cartigny durchgeführt hatte, wurden vom Weltkirchenrat als »Material« breit gestreut; da die gehörten Personen teilweise unerhörte globale Beschuldigungen gegen die multinationalen Unternehmen vorgebracht hatten und der Weltkirchenrat bei der Verteilung dieser Protokolle sich vom Inhalt dieser Aussagen mit keinem Wort distanzierte, gab es große Erregung in der Wirtschaft sowohl innerhalb wie außerhalb der Bundesrepublik. Der AEU hatte deshalb im Jahr 1980 ein weiteres Zweitagesgespräch mit Dr. Potter und seinen Mitarbeitern in Zürich, bei dem speziell das Problem der multinationalen Unternehmen behandelt wurde. Dabei gelang es uns, die Herren des Weltkirchenrates zu überzeugen, daß zumindest eine undifferenzierte, globale Verteufelung der transnationalen Unternehmen völlig ungerechtfertigt sei; auf unsere ganz präzise Frage, ob beim Weltkirchenrat irgendwelche Klagen aus der Dritten Welt gegen bundesdeutsche multinationale Unternehmen vorlägen, hat Herr Dr. Potter mit einem klaren Nein geantwortet.

Das Thema »Kirche und transnationale Unternehmen« war auch Gegenstand von vier Symposien, welche die Uniapac in zweijährigem Turnus 1975 und 1977 in Fontainebleau sowie 1979 und 1981 in Wolfsberg/Schweiz durchführte, und bei denen jeweils etwa 80 Teilnehmer zusammentrafen, von denen ungefähr die Hälfte europäische Kirchen, die andere Hälfte die europäische Wirtschaft vertraten, und bei denen neben Vertretern des Vatikans auch leitende Herren des Weltkirchenrats teilnahmen. Diese Symposien erwiesen sich als sehr wertvolle Veranstaltungen, die — insbesondere auch durch die dabei sich bietenden persönlichen Kontakte — sicher viel dazu beitrugen, Vorurteile und Mißtrauen abzubauen sowie das gegenseitige Verstehen zu fördern. Bemerkenswert ist, daß in einem Bericht, den der Stab des Weltkirchenrats im Sommer 1982 dem Zentralausschuß zum Thema »Transnationale Unternehmen« vorlegte, die Veranstaltungen der Uniapac mit einem eher positiven Vorzeichen ausdrücklich erwähnt wurden.

Das bedeutsamste Erlebnis, das ich dem ÖRK verdanke, ist der im Sommer 1979 in Cambridge/USA veranstaltete

Weltkongreß über »Glaube, Wissenschaft und die Zukunft«. An diesem zwei Wochen dauernden Kongreß nahm ich als Beobachter der Uniapac teil. Zu diesem Kongreß hatte der Weltkirchenrat rund 600 Personen eingeladen, davon etwa 200 bedeutende Naturwissenschaftler aus aller Welt und ungefähr 200 Theologen aus aller Welt, unter denen sich auch einzelne Vertreter anderer Weltreligionen befanden. Dieser Kongreß war ganz außerordentlich interessant. Während seiner ersten Phase hörte man höchst bedeutsame Referate von Naturwissenschaftlern und Theologen. Von der zweiten Phase wurde die große Synthese von Religion und Naturwissenschaft zum Zweck der gemeinsamen Bewältigung der Zukunft erwartet. Aber hier setzte die Enttäuschung ein. Es zeigte sich, daß die Naturwissenschaftler und die Theologen hoffnungslos aneinander vorbeiredeten und daß die große Synthese noch nicht einmal in Umrissen sichtbar wurde.

Unter dem Eindruck dieses Kongreßverlaufs habe ich mich entschlossen, als Beitrag zum Brückenschlag zwischen Religion und Naturwissenschaft ein Buch zu veröffentlichen, das ich in den Jahren meines Ruhestands geschrieben hatte und das ich ursprünglich nur für meine Familie und meine Freunde gedacht hatte. Es trägt den Titel »Der Mensch im Kosmos — Krone der Schöpfung oder Zufallsprodukt? Ein Gespräch über das Selbstverständnis des Menchen im Spannungsfeld zwischen Naturwissenschaft und Religion«. Es ist 1981 im Seewald Verlag Stuttgart erschienen.

Der AEU hat dieses Buch vielen leitenden Herren der EKD und allen Mitgliedern der Synode zugeleitet. Einige Reaktionen waren sehr zurückhaltend; ein von mir sehr geschätzter Pfarrer schrieb mir dem Sinne nach: »Was wollen Sie eigentlich mit dem Buch? — Es steht doch alles in der Bibel.« Aber weit überwiegend waren die zustimmenden Reaktionen, die bei einigen Laien-Mitgliedern der Synode besonders positiv ausfielen.

Aus der Kirche austreten? Nein!

Es ist kein Geheimnis, daß die EKD in den letzten Jahren immer mehr in eine umstrittene Position geraten ist. Anlaß hierfür waren Anzeichen für eine zunehmende politische Linksentwicklung gewisser Kreise in der Kirche, Befürchtungen, daß die Kirche die Bestrebungen, sie zu einem Stoßtrupp des Marxismus umzufunktionieren, nicht klar genug erkenne und ihnen nicht entschieden genug entgegentrete, einseitige, zum Teil unsachliche politische Stellungnahmen einzelner Gremien oder einzelner Pfarrer und ähnliche Dinge mehr. Es ist auch kein Geheimnis, daß sich angesichts solcher Fehlentwicklungen bei Teilen der EKD (in Verbindung mit Fehlentwicklungen bei ÖRK; Sonderfonds zur Bekämpfung des Rassismus!) immer mehr Kirchenmitglieder fragen, ob sie nicht austreten und die ersparte Kirchensteuer auf andere Weise für gemeinnützige Zwecke verwenden sollen, oder ob sie, wenn auch grollend, weiter in der Kirche verbleiben wollen. Auch ich selbst habe mir diese Frage schon gestellt und habe mich am Ende mancher Synodaltagung gefragt, ob es nicht die letzte war, an der ich teilnahm. Aber letzten Endes siegte bei mir immer wieder die Überzeugung, daß es völlig verfehlt wäre, der Kirche den Rücken zu kehren. Maßgebend waren dabei folgende Überlegungen:

1) Der Schmollwinkel ist die schlechteste Position, von der aus man Dinge verhindern kann, die man mißbilligt, oder Dinge fördern kann, die man für wünschenswert hält.

2) Jeder Kirchenaustritt aus Groll über abwegige Tendenzen bedeutet einen Sieg für diejenigen, welche die EKD zielstrebig unter Berufung auf das Evangelium im Sinne dieser Tendenzen umfunktionieren wollen.

3) Man muß sich immer wieder vor Augen halten, daß die EKD keine hierarchisch durchgebildete, einheitliche Struktur hat, sondern ein meinungspluralistisches föderalistisches Gebilde ist, und daß ihr Erscheinungsbild von allen, die ihr angehören, mitgeprägt wird. Austritt bedeutet deshalb Verzicht auf Mitgestaltung.

Also: sich engagieren!

Das Verbleiben in der Kirche hat allerdings nur dann einen Sinn, wenn man nicht nur zähneknirschend die Kirchensteuer weiterzahlt, sondern wenn man sich aktiv innerhalb der Kirche für das einsetzt, was man als den richtigen Weg der Kirche im Sinne des Evangeliums betrachtet. Die Möglichkeit dazu hat jeder: Im Gespräch mit Pfarrer und Gemeinde, im Gespräch mit der Jugend, durch Teilnahme an Veranstaltungen z. B. der evangelischen Akademien, durch Briefe an kirchenleitende Stellen, durch Leserbriefe(!), durch Publikationen in kirchlichen und anderen Publikationsorganen u. a. m.

Vor allem aber sollte jedes Mitglied der Kirche daran denken, daß die Organe der Kirche auf dem Weg von demokratischen Wahlen gebildet werden. Im allgemeinen ist die Wahlbeteiligung außerordentlich schwach; vielfach beträgt sie nicht mehr als 20-25 Prozent. Durch Ausübung des Wahlrechts kann jedes Mitglied der Kirche seine Stimme dafür einsetzen, daß die von ihm gewünschten Persönlichkeiten in Gemeinderäte, Kreissynoden, Landessynoden und schließlich in die Synode der EKD einrücken, welch letztere den Rat der EKD zu wählen hat. Wer von diesem Wahlrecht keinen Gebrauch macht, darf unerfreuliche Erscheinungen im kirchlichen Leben ebensowenig kritisieren wie im staatlichen Bereich derjenige keine Kritik üben sollte, der von seinem Wahlrecht zu Gemeinderäten, Landtagen und zum Bundestag keinen Gebrauch macht.

Mein eigenes Engagement

Wenn ich somit anderen empfehle, sich mehr als bisher im kirchlichen Raum zu engagieren, fühle ich mich meinerseits verpflichtet, Rechenschaft darüber abzulegen, was ich selbst getan habe oder tue. Es würde zu weit führen, wenn ich diese Rechenschaft auf den Beginn meiner Tätigkeit im AEU zurückbeziehen wollte, aber ich möchte hier über vier Vorgänge berichten und vier von mir verfaßte Dokumente wiedergeben, die neueren Datums sind und alle aus den Jahren 1981 und 1982 stammen. Zusammen ergeben sie, glaube ich, ein gutes Bild dessen, was ich für meine Person in der Kirche vertrete.

Referat vor Vertretern des Rats der EKD am 19. 3. 1981

Bei einer Zusammenkunft des Vorstandes des AEU mit Mitgliedern des Rats der EKD und anderen Persönlichkeiten der Kirche habe ich am 19. 3. 1981 für die evangelischen Unternehmer folgende Ansprache gehalten:

»Im Namen des Vorstands des Arbeitskreises Evangelischer Unternehmer darf ich Ihnen aufrichtig dafür danken, daß Sie sich trotz aller sonstigen Belastungen zu dem heutigen Gespräch bereit erklärt haben. Unser Anliegen ist es, aus der Sicht evangelischer, der Kirche verbundener Unternehmer mit Ihnen Probleme der Zukunft sowie unsere Sorgen um die Zukunft zu besprechen und mit Ihnen gemeinsam zu überlegen, was im Bereich Kirche/Wirtschaft getan werden kann, um dem Übel zu wehren.

Dabei setze ich voraus, daß Ihnen aus Gesprächen mit anderen Organisationen der Wirtschaft die ökonomischen Daten der derzeitigen Wirtschaftslage vertraut sind, und verzichte deshalb darauf, auf die Stichworte Stillstand des

Wachstums, Rückgang der Produktivität, Verschuldung der öffentlichen Hand, Defizit bei der Leistungsbilanz, japanische Herausforderung usw. einzugehen, obwohl diese Stichworte natürlich den sehr ernsten Hintergrund für die folgenden Überlegungen abgeben.

In den Mittelpunkt meiner Betrachtung stelle ich die Frage, was der AEU als die wichtigsten Pflichten des evangelischen Unternehmers und darüber hinaus überhaupt des Unternehmers in der jetzigen Krise ansieht und wo wir die Unterstützung unserer Kirche in der Erfüllung dieser Pflichten erhoffen.

Die vornehmste Pflicht des Unternehmers bezieht sich heute auf das Phänomen der Arbeitslosigkeit, dessen Ernst nicht dadurch gemildert wird, daß, wie alle wissen, in den offiziellen Zahlen eine gewisse Quote unechter Arbeitslosigkeit steckt. Das, was nach Bereinigung als echte Arbeitslosigkeit, insbesondere auch bei der Jugend, übrigbleibt, und die Gefahr zusätzlicher Arbeitslosigkeit in der Zukunft ist ernst genug.

Diesem Phänomen gegenüber scheint uns folgendes die Pflicht des Unternehmers zu sein:

1) Das Übel der Arbeitslosigkeit nicht zu mehren. Dieses Gebot ist nicht so selbstverständlich, wie es klingt. Wir müssen uns darüber im klaren sein, daß sehr viele Unternehmen heute ohne weiteres auf einen nicht kleinen Prozentsatz ihrer Mitarbeiter verzichten könnten, ohne daß deshalb auch nur ein Kilo weniger produziert oder verkauft würde. Natürlich findet die Möglichkeit, die vorhandene Belegschaft ohne Entlassungen und ohne Kurzarbeit durchzuhalten, ihre Grenzen in dem finanziellen Spielraum eines Unternehmens, denn mit einem bankrotten Unternehmen ist ja letztlich niemand gedient.

2) Es müssen so viel als möglich Ausbildungsplätze für Jugendliche geschaffen werden; wenn man in den Tageszeitungen die lange Reihe der Annoncen liest, mit denen Unternehmen um Fachkräfte werben, so wird evident, welche Bedeutung der Ausbildung zukommt.

3) Schließlich ist es von entscheidender Bedeutung für die Zukunft, daß zusätzliche Arbeitsplätze durch Investitionen geschaffen werden. Man sagt gelegentlich, daß der kluge und weitsichtige Unternehmer sich in der Krise für die nächste Konjunktur vorbereitet.

Das alles klingt ziemlich selbstverständlich; aber ich muß doch mit großem Ernst darauf aufmerksam machen, daß die Bereitschaft des Unternehmers zu solchem wünschenswerten Verhalten an gewisse psychologische Voraussetzungen geknüpft ist. Viele von Ihnen werden im persönlichen Gespräch mit einzelnen Unternehmern in letzter Zeit die Erfahrung gemacht haben, daß es gar nicht so sehr die negative Konjunkturbeurteilung in ökonomischer Hinsicht ist, die auf den Schwung und die Risikobereitschaft des Unternehmers lähmend wirken, sondern der Zweifel daran, ob nicht unsere ganze in der Nachkriegszeit geschaffene Welt — die Welt der Freiheit und des Wohlstands für alle — im Begriff ist, sich allmählich aufzulösen. Woher kommt dieser Pessimismus, der manchmal an Defaitismus grenzt? Ich will diejenigen psychologischen Faktoren, die uns hier als die wichtigsten erscheinen, mit großer Offenheit ansprechen.

a) In weiten Teilen unserer Bevölkerung und leider auch bei manchen Gliedern unserer Kirche — besonders bei der jungen Pfarrergeneration — fehlt immer mehr das Verständnis dafür, daß all das nicht selbstverständlich ist, was wirtschaftlich in den Jahren seit 1948 für und durch die deutsche Bevölkerung erreicht wurde. Dieses fehlende Verständnis gefährdet in zunehmendem Maße die Erhaltung des Erreichten. Gestatten Sie mir, an einen Vergleich anzuknüpfen. Im letzten Jahr bin ich einige Wochen in Rotchina gewesen, dessen sozialistische Revolution nach Krieg und Bürgerkrieg sich fast genau um dieselbe Zeit — nämlich 1949 — vollendete, da die Bundesrepublik sich an den Wiederaufbau ihrer Existenz machte. In den Jahren seit 1949 ist die chinesische Bevölkerung kaum über das Existenzminimum hinausgekommen, gerüchtweise soll selbst dieses Existenzminimum in einigen Provinzen neuerdings durch Mißernten gefährdet sein. Der kaum zu begreifende Unterschied in der wirtschaftlichen Entwicklung Chinas einerseits und der Bundesrepublik andererseits in den Jahren seit 1948/49 kommt nicht daher, daß etwa die Chinesen weniger intelligent oder weniger fleißig wären als die Deutschen; die Chinesen sind auch nicht ärmer an natürlichen Ressourcen als wir, sondern eher reicher. Der eklatante Unterschied kommt ausschließlich von der Verschiedenheit der politischen und wirtschaftlichen Systeme. Man sollte denken, daß wir Deutschen Dankbarkeit darüber empfinden, daß es uns vergönnt war, unser System zu verwirklichen. Aber was erleben wir in Wahrheit?

Unser System der Freiheit in der parlamentarischen Demokratie wird mehr und mehr zerredet, unser System der Sozialen Marktwirtschaft, beruhend auf dem Wettbewerb selbstverantwortlicher und risikotragender Unternehmer, wird diffamiert, der Unternehmergewinn — Gradmesser der wirtschaftlichen Effizienz eines Unternehmens und Voraussetzung jeder Innovation in einer schnellebigen Welt — wird verteufelt. Der Leistungswille — das Fundament für die Sicherung der Existenz eines dicht bevölkerten, auf Gedeih und Verderb in die Weltwirtschaft integrierten Landes — wird abgebaut; aber in demselben Maße, wie die Bereitschaft zur Leistung disqualifiziert wird, wachsen die Ansprüche an das Sozialprodukt, wobei auch die vielfach übersteigerten Anforderungen an den im Prinzip notwendigen Umweltschutz nicht vergessen werden dürfen. Und als Symbolfigur für alles Böse gilt vielfach der Unternehmer, den es durch Systemveränderung zu beseitigen gilt. Leider kann man all dies auch innerhalb unserer Kirchen erleben, ja sogar von der Kanzel hören. Hierzu eine kleine Illustration. Bei einer großen Trauerfeier für einen leitenden Ingenieur eines großen Bauunternehmens habe ich im vergangenen Jahr selbst miterlebt, daß der junge Vikar, der anstelle des erkrankten Gemeindepfarrers die Trauerrede hielt, seine ganze Predigt unter das Motto stellte, wie tief bedauerlich es sei, daß der Verstorbene sein ganzes Leben unter ein so völlig verfehltes Prinzip wie das Leistungsprinzip gestellt habe. Ich weiß nicht, wie viele Kirchenaustritte die Folge dieser »Trauerpredigt« waren, einige waren es bestimmt.

b) Wir leben nicht nur in einer Zeit der ständigen Bedrohung unserer wirtschaftlichen Existenz, wir leben auch in einer Zeit ständiger Bedrohung unserer äußeren Sicherheit. Seit Afghanistan müßte das eigentlich jedem klar sein. Und es müßte auch jedem klar sein, was zu tun ist, wenn man den Frieden sichern will. Gleichwohl erleben wir in zunehmendem Maße eine Spaltung in der Öffentlichkeit und leider auch in unserer Kirche; die eine Richtung sieht die Sicherung des Friedens in der Erhaltung des militärischen Gleichgewichts, die andere Richtung gibt die Parole aus: »Den Frieden schaffen ohne Waffen.« Ich schneide dieses Thema hier an, weil es mehr und mehr auch die psychologischen Voraussetzungen der wirtschaftlichen Zukunft tangiert und weil mir die Haltung der Kirche in dieser sich zuspitzenden Diskussion von entscheidender Bedeutung zu sein scheint.

Mit großer Erleichterung und Genugtuung haben wir aus der Presse entnommen, daß ganz maßgebende Vertreter unserer Kirche Formeln wie »Frieden schaffen ohne Waffen« als »politisch sehr naiv« qualifiziert haben. Aber dem stehen ganz andere Äußerungen von beamteten Vertretern unserer Kirche gegenüber.

Ein Beispiel: Anläßlich einer Diskussion in offiziellem kirchlichem Rahmen unter Beteiligung von Jugendlichen hat ein hoher Beamter der Kirche sinngemäß folgende Ansicht vertreten: »Als Christen haben wir die Pflicht, im Falle eines russischen Angriffs auf unser Land unter Verzicht auf Gewalt das Schicksal über uns ergehen zu lassen; danach allerdings haben wir die Pflicht, uns unsere Freiheit durch zivilen Ungehorsam wieder zu erkämpfen.« Wir sind uns in diesem Kreis wohl darüber einig, daß der Hinweis auf den zivilen Ungehorsam der Inder gegenüber der Kolonialmacht England vollständig fehlgeht, weil er ignoriert, daß das Verhältnis des sowjetischen Eroberers zur unterworfenen deutschen Bevölkerung ein total anderes sein würde als das Verhältnis England/Indien. Wir wollen uns doch nichts vormachen. Nach einer kampflosen russischen Besetzung unseres Landes werden sehr viele aus purem Selbsterhaltungstrieb sich anpassen, und die wenigen, die als gläubige Christen versuchen sollten, die Fahne des zivilen Ungehorsams zu hissen, werden dazu nur wenige Stunden Zeit haben, ehe sie in einem sibirischen GULAG verschwinden oder sonstwie ihr Leben beenden, ohne daß die Mitwelt oder die Nachwelt Gelegenheit bekommt, von ihrem Märtyrertum auch nur Kenntnis zu nehmen. Ich bin kein Theologe. Aber als gläubiger Laie ist es mir unmöglich zu verstehen, wie es mit den Geboten unseres Glaubens vereinbar sein soll, die Christus-feindlichste Macht dieser Erde durch Verzicht auf Bewaffnung geradezu einzuladen, sich risikolos unseres Landes zu bemächtigen und dort die Spuren unserer Religion restlos auszutilgen.

Ich bitte, es mir abzunehmen, daß das Durchsickern von Äußerungen kirchlicher Vertreter von der Art, wie ich sie eben zitiert habe, in verheerender Weise demoralisierend auf ͵den Zukunftsglauben und die Risikobereitschaft vieler Menschen, insbesondere vieler Unternehmer wirken und damit zwangsläufig auch die Überwindung unserer wirtschaftlichen Schwierigkeiten hemmen muß.

Bei alledem, was ich Ihnen hier vorgetragen habe, bewegt uns als christliche Unternehmer die Frage: Was können und müssen wir tun, um Zukunftsglauben und Risikobereitschaft des Unternehmers zu erhalten, ohne welche die wirtschaftliche Krise nicht zu überwinden sein wird?«

An mein Referat schloß sich eine mehrstündige, sehr inhaltsreiche Diskussion in guter Atmosphäre an; es wurde aber verabredet, hierüber nichts zu publizieren, und daran möchte ich mich halten.

Brief an das Evangelische
Missionswerk vom 31. 8. 1981

Das Evangelische Missionswerk e.V. (EMW) ist eine Organisation, die alle selbständigen Missionsgesellschaften und -werke zusammenfaßt und in welcher die EKD ein Mitglied unter vielen ist. In der jährlichen Mitgliederversammlung des Missionswerks ist die EKD-Synode durch fünf Synodale vertreten; zu diesen fünf Vertretern gehöre ich für die Periode 1979—1984.

Bei der Synodaltagung 1979 wurde ein Bericht der Geschäftsführung des EMW verlesen, der alsbald heftige ablehnende Reaktionen bei der Mehrheit der Synodalen auslöste. Der Bericht enthielt wenig Theologisches, dafür umso mehr Sozial-Revolutionäres in der Sprache der Neuen Linken. Die Aufregung nahm zu, als sich herausstellte, daß der Bericht der Synode vorgelegt worden war, ohne daß er vom Vorstand des EMW oder von dessen Vorsitzendem, dem Bischof einer norddeutschen Kirche, abgesegnet worden war. Das Wort vom »langen Marsch durch die Institutionen« ging in der Synode um. Der Bischof stellte sein Amt als Vorsitzender des EMW zur Verfügung.

Es folgte eine Periode langer Verhandlungen zwischen EKD und EMW zur Beilegung des Konflikts. Das Ergebnis war ein Positionspapier, das auf der Mitgliederversammlung 1980 des EMW und auf der EKD-Synodaltagung 1980 angenommen wurde.

An der Mitgliederversammlung des EMW 1980 in Neuendettelsau habe ich teilgenommen. Dabei habe ich versucht, mit möglichst vielen Menschen Gespräche zu führen. Es war das erste Mal in meinem Leben, daß ich mit Menschen in Berührung kam, die jahre- oder jahrzehntelang als Missionare in afrikanischen oder asiatischen Urwäldern tätig gewesen waren. Der Eindruck, den diese Missionare auf mich machten, war stark und nachhaltig; selten bin ich Menschen begegnet, die eine solche Glaubenskraft, innere Sicherheit und Klarheit ausstrahlten. In den Gesprächen mit ihnen wurde mir auch klar, daß die Not der Dritten Welt, die sie zum Teil in erschütternder Weise miterlebt und miterlitten hatten, sie innerlich verpflichtete, aufrüttelnd in ihrer gesättigten Heimat zu wirken, wobei die Motivation eindeutig christlicher und nicht marxistischer Natur war.

Umso mehr war ich enttäuscht und überrascht, als ich vor der Mitgliederversammlung des EMW 1981 vorbereitende Papiere erhielt, unter denen sich ein Arbeitspapier »Arme und Reiche in der Mission« befand, das eine theologische Kommission des EMW ausgearbeitet hatte.

Dieses Papier gab nach meiner Auffassung in manchen Teilen Anlaß zu ernstesten Bedenken. Da ich unglücklicherweise an der Mitgliederversammlung 1981 nicht teilnehmen konnte, teilte ich dem Vorstand des Missionswerks meine Bedenken in folgendem Brief vom 31. 8. 1981 mit (der Brief ist so formuliert, daß er auch ohne Wiedergabe des beanstandeten Arbeitspapiers aus sich heraus verständlich ist):

»Das Arbeitspapier »Arme und Reiche in der Mission« vom Mai 1981, das der Einladung zur Mitgliederversammlung beilag, habe ich mit großem Interesse gelesen. Das Studium von Teil 1 dieses Papiers habe ich als großen Gewinn empfunden. Ich möchte aber nicht versäumen, in kurzen Zügen zum Ausdruck zu bringen, daß gegen die späteren Ausführungen in dem Papier aus meiner persönlichen Sicht — der Sicht eines in der Wirtschaft tätigen Nicht-Theologen — ganz erhebliche Bedenken anzumelden sind.

1. Soweit in dem Bericht das sogenannte Nord-Süd-Problem angesprochen wird, scheint mir das nicht in ausgewogener Form zu geschehen. Der Bericht beginnt bereits auf Seite 1 mit der Feststellung, daß die Minderheit des reichen Nordens »objektiv auf Kosten der armen Mehrheit« lebe. Dies scheint mir einfach nicht richtig zu sein; die Wahrheit ist doch wohl die, daß die Armut in der 3. Welt sehr viel größer wäre, wenn die 3. Welt, ganz auf sich selbst gestellt, keinerlei wirtschaftliche Verbindungen zum reichen Norden hätte. M. E. sollte man auch

nicht unterdrücken, daß der reiche Norden in den letzten Jahren doch eine ganze Menge — wenn auch immer noch nicht genügend — zur Entwicklung der 3. Welt beigetragen hat. Wenn trotzdem die Zunahme des Lebensstandards in vielen Ländern der 3. Welt stagniert, so scheint mir das weitgehend auf das Konto der im OPEC-Kartell zusammengeschlossenen erdölproduzierenden Länder zu gehen, die ihre Monopolsituation auch vielen Entwicklungsländern gegenüber in einer nicht vertretbaren Weise rücksichtslos ausspielen.

2. Soweit sich der Bericht mit der *materiellen* Situation der Menschen in den entwickelten Ländern, insbesondere in der Bundesrepublik, befaßt, scheint er mir völlig einseitig und der wahren Sachlage in keiner Weise entsprechend. Man kann sich des Eindrucks nicht erwehren, daß sich hier eine theologische Kommission mit wirtschaftlichen Tatbeständen befaßt hat, ohne ausreichende lebensnahe Kenntnis von den Realitäten des Wirtschaftslebens zu haben. Besonders gravierend sind diese Bedenken mit Bezug auf die Ausführungen des Berichts auf Seite 15, die ich wie folgt im Wortlaut zitieren möchte:

»Die Industrialisierung hat einen sozialen Wandel bewirkt, der sich in einer Umstrukturierung der Lebensverhältnisse und der Verhaltenserwartungen niedergeschlagen hat. Die industrielle Arbeit führte durch den Einsatz von Maschinen zu einer enormen Steigerung der Produktivität. Mit ihr ist ein starkes Anwachsen der Arbeitsamkeit der Menschen verbunden (Hungar) und damit ein hoher Disziplinierungsdruck. Obwohl die weitere Entwicklung in vielen Arbeitsbereichen Erleichterungen für die körperlich Arbeitenden gebracht hat, ist aber andererseits aufgrund von Rationalisierung und Automatisierung der psychische Druck durch Monotonie und hohes Arbeitstempo außerordentlich verstärkt worden. Eine hohe Zahl von Unfällen am Arbeitsplatz sowie Berufskrankheiten sind die Folge von steigender Arbeitsintensität, Akkordhetze, Unfallgefährdung und

Vernachlässigung des Gesundheits- und Unfallschutzes (Roth, 17).
Die maximale Ausnutzung der menschlichen Arbeitskraft durch Akkord- und Überstundenarbeit trägt ebenso zu diesem Verschleißprozeß bei wie die unnatürliche und erzwungene Anpassung der arbeitenden Menschen an die Maschinen zu deren optimaler Ausnutzung; Fließbandarbeit, Schichtarbeit, Arbeit in Dreck, Lärm und Hitze verursachen bei den Arbeitern auf Dauer gesundheitliche Schäden.«

Hier hat man nicht den Eindruck, daß diese Ausführungen von einer theologischen Kommission stammen; sie könnten genauso einer Gewerkschaftspublikation aus den Zeiten des Klassenkampfes entnommen sein. Die Tatsachen sind doch folgende:

a) In den Jahrzehnten nach dem 2. Weltkrieg ist es in den meisten Industrieländern und besonders in der Bundesrepublik gelungen, *zum ersten Mal in der Geschichte der Menschheit* den Lebensstandard der breiten Masse weit über das Existenzminimum hinaus zu steigern. Diese in der Geschichte der Menschheit einmalige Leistung scheint in dem Bewußtsein der Verfasser des Berichtes überhaupt nicht zu existieren. Die überwältigende Mehrheit der Menschen in unserem Land und auch die überwältigende Mehrheit der Arbeitnehmer wird nicht auf den Gedanken kommen zu bestreiten, daß das Leben der allermeisten Menschen in unserem Land durch die wirtschaftliche Leistung der letzten Jahrzehnte sehr viel leichter und sehr viel schöner geworden ist.

b) Es läßt sich doch wohl auch nicht bestreiten, daß die sozialen Verhältnisse in den allermeisten Betrieben der Bundesrepublik auch im internationalen Vergleich teilweise vorbildlich sind. Die Bemühungen um die Humanisierung der Arbeit sind in der deutschen Wirtschaft nicht nur ein Schlagwort; Gesundheitsschutz und Unfallverhütung sind in den meisten Betrieben ausgezeichnet.

c) Die ständige Verkürzung der Arbeitszeit bei vollem Lohnausgleich hat dazu geführt, daß der »Verschleißprozeß« bei den Arbeitnehmern gegenüber früheren Zeiten, wenn überhaupt, dann nur noch ein Bruchteil dessen ist, was er früher einmal war. Der zunehmende Verschleiß existiert heute in dem Kreise derer, die diesen ganzen positiven Entwicklungsprozeß in Gang halten, nämlich in den Kreisen der leitenden Unternehmer, Ingenieure, Physiker, Chemiker und Kaufleute. Dieses sehr ernste Problem findet in dem Bericht überhaupt keine Erwähnung.

Natürlich gibt es auch in der Bundesrepublik leider immer noch vereinzelte Arbeitsplätze, die aus christlicher Sicht nicht gebilligt werden können; aber auch in dem Bericht einer theologischen Kommission sollten nicht die Ausnahmen als Regel behandelt werden und sollte die wirtschaftliche Wirklichkeit nicht so dargestellt werden, wie man sie vielleicht im Jahr 1890 hätte darstellen können.

Was die Armut in unserem Lande betrifft, so bin ich selbstverständlich nicht blind gegen die Tatsache, daß es auch in unserem Land leider immer noch Stellen der Armut gibt. Ich vermisse aber in dem Bericht ein differenziertes Eingehen auf die Frage, was denn die Ursachen solcher recht selten gewordener materieller Armut sind. Wenn man dieser Frage nachgeht, so wird man feststellen, daß es tatsächlich trotz der außergewöhnlichen Dichte unseres sozialen Sicherungsnetzes immer noch vereinzelt schicksalhafte Armut gibt, bei der der Christ helfend eingreifen muß. Man sollte aber die Augen nicht davor verschließen, daß es auch selbstverschuldete Armut von Menschen gibt, die ein faules Leben in Armut jeder eigenen Anstrengung vorziehen; in letzterem Fall hilft nur ein Appell an die menschliche Einsicht, daß zunächst einmal jeder für sich selbst verantwortlich ist.

3. Die von mir oben zitierten Ausführungen von Seite 15 des Berichtes stehen in dem Bericht unter der Überschrift

»Psychosoziale Verelendung«. Mit den Ausführungen unter Ziffer 2 dieses Schreibens versuchte ich darzulegen, daß es einfach falsch ist, davon zu reden, daß sich die Gesamtheit oder auch nur der größere Teil der Bundesrepublik materiell in einem fortschreitenden Verelendungsprozeß befindet. Es gibt ja bekanntlich auch manche kirchlichen Äußerungen, in denen festgestellt wird, daß unsere Gesellschaft nicht an der materiellen Verelendung, sondern am Wohlstand kranke.

Dies bedeutet allerdings nicht, daß man nicht auch in der Bundesrepublik von einer *psychischen* Verelendung sprechen kann. Das Problem dieser psychischen Verelendung ist aber kein spezielles Problem der industriellen Arbeitnehmerschaft, sondern ein ganz allgemeines Problem unserer Gesellschaft. Es hängt zusammen mit der immer weiter fortschreitenden Säkularisierung des Menschen, die zu immer größerer Orientierungslosigkeit, zu psychischem Ungleichgewicht bis hin zu psychischen Krankheiten führt. Die meisten Menschen von heute finden keine Antwort mehr auf die Sinnfrage. Hier zu helfen ist m. E. die zentrale Aufgabe der Kirche, die in dem Bericht der theologischen Kommission vor lauter sozioökonomischen Betrachtungen, Umverteilungsüberlegungen und Klagen über die gesellschaftliche Verelendung restlos zu kurz kommt. Was die Menschen in unserem Lande von der Kirche erwarten, ist in erster Linie nicht ein Einsatz der Kirche auf der materiellen Ebene — dafür sind schließlich die Gewerkschaften da —, sondern eine *geistige* Orientierung als Lebenshilfe. In dieser Beziehung tut sich unsere Kirche außerordentlich schwer, was ich auf mancher Synodaltagung unmittelbar miterlebt habe, wo Versuche, eine klare kirchliche Antwort auf die Sinnfrage zu geben, über höchst fragmentarische Ansätze nicht hinauskamen.

4. Die vorstehenden Äußerungen bedeuten nicht, daß ich die Augen davor verschließe, daß auch in unserem Land vieles verbesserungsbedürftig ist, daß besonders wir Christen zu solchen Verbesserungen tatkräftig beitragen müssen. Mir geht es darum, daß die Kirche und damit

auch die Mission den Schwerpunkt ihrer Überlegungen nicht auf ökonomische und gesellschaftliche Probleme legen sollte, über die man ohne fundierte Kenntnisse über die Realitäten des Wirtschaftslebens schwer etwas Überzeugendes aussagen kann; vielmehr sollte ein kirchliches Dokument von der Art des Berichtes der theologischen Kommission den Schwerpunkt auf die geistige Verelendung unserer Zeit und auf die neue geistige Orientierung legen, welche viele Menschen unserer Zeit fast verzweifelt suchen. Diese Suche konzentriert sich mehr und mehr auf Bewegungen und Organisationen außerhalb der Kirche, weil die Kirche diesem Urbedürfnis der Menschen nicht gerecht zu werden vermag. Ein hoher Beamter der EKD hat in einem Gespräch, an dem ich vor einiger Zeit teilgenommen habe, den Ausspruch getan: »Wir wissen es wohl: Die Menschen werden immer religiöser; die Kirchen werden immer leerer.« Der endgültige Bericht der theologischen Kommission des Missionswerkes könnte ein Beitrag dazu werden, die Menschen zur Kirche zurückzuführen, indem er schwerpunktmäßig die geistigen Nöte unserer Zeit anspricht.

Soweit es geschäftsordnungsmäßig zulässig ist, bitte ich den Herrn Vorsitzenden des Vorstandes des Missionswerkes, der Mitgliederversammlung meinen hiermit gestellten Antrag vorzulegen, den Bericht der theologischen Kommission zu überarbeiten und dabei auch die Gesichtspunkte dieses meines Schreibens zu berücksichtigen.«

Die Geschäftsführung des Missionswerks teilte mir nach der Mitgliederversammlung schriftlich mit, daß mein Brief allen Teilnehmern als Arbeitsunterlage ausgehändigt worden sei. In der Synodaltagung im November 1981 berichtete der Geschäftsführer des Missionswerks in seinem Referat, daß die Mitgliederversammlung des EMW das fragliche Arbeitspapier der theologischen Kommission als »Diskussionsgrundlage« akzeptiert habe. Mein Brief wurde nicht erwähnt; ich habe deshalb in der Plenarsitzung darauf hingewiesen, daß es meines Erachtens wenig Sinn habe, ohne vorherige Berichtigung ein Arbeitspapier zur Grundlage weiterer Diskussionen zu machen, das nachweisbar im Bereich des *Faktischen* eklatante Unrichtigkeiten enthalte.

Im Oktober 1982 habe ich wiederum an der Mitgliederversammlung des EMW teilgenommen. Sie fand in einer entspannten Atmosphäre statt. Der Bericht der theologischen Kommission vom Vorjahr wurde nicht weiter behandelt. Der Geschäftsführer des EMW erstattete ein theologisches Grundsatzreferat, das beeindruckend war und dem ich voll und ganz zustimmen konnte. Von vielen Teilnehmern wurde ich auf meinen Brief vom Vorjahr angesprochen, teilweise kritisch, überwiegend aber im positiven Sinn. Mein Brief hatte manchen Teilnehmer zum Nachdenken angeregt — und das war ja schließlich auch sein Zweck.

Stellungnahme zur Friedensdenkschrift der EKD vom 8. 12. 1981

Ich habe oben bereits die Friedensdenkschrift der EKD erwähnt, die während der Synodaltagung 1981 der Öffentlichkeit übergeben wurde. Zu dieser Denkschrift habe ich als Synodaler in einem Brief vom 8. 12. 1981 an Professor Rendtorff, den Vorsitzenden der Kammer für öffentliche Verantwortung, welche die Denkschrift ausarbeitete, wie folgt Stellung genommen (auch dieser Brief ist so formuliert, daß er ohne vorherige Lektüre der Friedensdenkschrift aus sich heraus verständlich ist):

»Sehr geehrter Herr Professor Rendtorff!
Wie ich Ihnen bereits am Schluß der Synodaltagung in Fellbach ankündigte, habe ich das Bedürfnis, Ihnen gegenüber zu der neuen EKD-Denkschrift »Frieden wahren, fördern

und erneuern« Stellung zu nehmen, da Sie Vorsitzender der Kammer für öffentliche Verantwortung sind, welche die Denkschrift ausgearbeitet hat. Dieses mein Bedürfnis erklärt sich daraus, daß — nach meiner Meinung unglücklicherweise — die Denkschrift während der Synodaltagung in Fellbach vom Rat der EKD der Öffentlichkeit übergeben wurde; daraus ist in der Öffentlichkeit vielfach der Schluß gezogen worden, daß die Synode mit dieser Denkschrift irgend etwas zu tun hätte; das ist aber nun tatsächlich nicht der Fall, da die Synode von der Denkschrift nur als von einem fait accompli erfuhr und keine Möglichkeit hatte, sich konstruktiv oder kritisch mit dem Inhalt der Denkschrift auseinanderzusetzen.

Meine nachfolgenden Bemerkungen zu der Denkschrift sind zum Teil ergänzender, zum Teil kritischer Natur, wobei ich aber vorausschicken möchte, daß ich die große geistige Leistung, welche die Kammer unter Ihrem Vorsitz in so kurzer Zeit vollbracht hat, mit größtem Respekt zu würdigen weiß. Vor allem begrüße ich es, daß die Denkschrift am Gedanken der Gleichwertigkeit des Friedensdienstes mit der Waffe und des Friedensdienstes ohne Waffen festhält.

Die Denkschrift versucht, die verschiedenen Positionen, die in unserem Lande und speziell in unserer Kirche hinsichtlich der Friedensfrage vertreten werden, darzustellen. Doch ist ihr das nur unvollkommen gelungen, denn meine eigene, im folgenden beschriebene Position fand ich in der Denkschrift vielleicht an verstreuten Stellen angedeutet, aber nicht als ein geschlossenes Ganzes dargestellt. Zahlreiche Gespräche mit evangelischen Freunden lassen mich vermuten, daß ich als Laie unter Laien mit meiner Position in der evangelischen Kirche keineswegs allein stehe.

Meine Hauptgesichtspunkte sind folgende:

1. Die Denkschrift nimmt gegenüber den beiden Supermächten eine Position des »Über-den-Dingen-Stehens« ein; man hat den Eindruck, daß Lob und Tadel möglichst gleichmäßig verteilt werden soll. M. E. hätten in der Denkschrift Roß und Reiter wesentlich deutlicher beim

Namen genannt werden sollen. Auf S. 48 wird ausgeführt: »Die Konflikte unter den Völkern beruhen auf sozialen Spannungen und ökonomischen Interessen, auf der Unterschiedlichkeit und Gegensätzlichkeit moralischer, politischer und religiöser Überzeugung.« Kein Wort davon, daß Konflikte unter den Völkern auch auf machtpolitischen Ambitionen, auf Hegemonialstreben und Expansionswillen beruhen können. In der Realität unserer Gegenwart sind es aber gerade diese letztgenannten Motive, die letztlich den entscheidenden Faktor für die Konfliktsituation ausmachen. Dies ergibt eine zusammenfassende Analyse jeder der beiden Supermächte, die ich in der Denkschrift vermisse und die ich wie folgt umschreiben möchte:

a) Das Gesetz, unter dem die Sowjetunion in die Weltgeschichte eingetreten ist, ist das der Weltrevolution. Nichts spricht dafür, daß die führenden Kreise der Sowjetunion das Fernziel der Weltrevolution im kommunistischen Sinne aufgegeben haben; es gibt genügend Äußerungen der Nachfolger Lenins, die erkennen lassen, daß man die Periode der Entspannung und der friedlichen Koexistenz immer nur als eine zeitbedingte und zweckbedingte Zwischenepisode betrachtet hat. Die weltanschauliche Grundlage der Sowjetunion ist der Marxismus und damit der dialektische Materialismus. In diesem System ist kein Raum für eine im Transzendenten wurzelnde Ethik, das menschliche Verhalten und damit auch das der Politik wird ausschließlich von Zweckmäßigkeitsgesichtspunkten diktiert. Die Einstellung der Sowjetunion zur Religion ist klar: Kirche und Religion sind Dinge, die »kraft Naturgesetz zum Absterben verurteilt sind«. Dieser inneren Einstellung entspricht das außenpolitische Verhalten der Sowjetunion: die Niederschlagung des Aufstandes in der DDR und in Ungarn, der Einmarsch in die Tschechoslowakei, die subversiven Tätigkeiten der kommunistischen Partei in vielen Teilen der Welt, der Zynismus, mit dem die Sowjetunion die Jahre der Entspannungspolitik zu gigantischer Aufrüstung genutzt hat, und schließlich der Einmarsch in Afghanistan.

Ich gebe zu, daß es nicht unmöglich erscheint, daß sich im Laufe der Zeit die Einstellung der sowjetrussischen Bevölkerung grundlegend ändert und daß dann allmählich ein anderes Verhalten der Regierung in außenpolitischen Fragen von der Basis her erzwungen wird. Was in Polen geschehen ist, daß nämlich von der Basis her eine Änderung der Dinge eingeleitet wird, kann irgendwann einmal auch in der Sowjetunion passieren. Aber auf solche künftigen Möglichkeiten kann heute das praktische politische Verhalten des Westens nicht ausgerichtet werden. Heute muß man die Sowjetunion als das einschätzen, was sie ist, nämlich als ein Machtgebilde, das jede Gelegenheit ausnutzen wird, um bei kalkulierbarem Risiko ihre Machtsphäre auszudehnen, auch und besonders in Richtung Bundesrepublik und übriges Europa.

b) Auch das Bild, das in der Denkschrift von den USA aufleuchtet, ist unvollkommen. Zunächst einmal ist festzustellen, daß die USA ein überwiegend christliches Land sind. Jeder, der die Lebendigkeit des christlichen Gemeindelebens in den USA einmal aus der Nähe kennengelernt hat, muß davon beeindruckt sein. Als Folge dieser Situation muß jede Regierung der USA bei ihrer Politik nicht nur Zweckmäßigkeitserwägungen, sondern auch ethische Maßstäbe berücksichtigen. Dies hat sich in einem ganz entscheidenden Punkt der Nachkriegsgeschichte in besonders eindrucksvoller Weise gezeigt: Ungefähr zehn Jahre lang nach dem 2. Weltkrieg besaßen die Vereinigten Staaten das absolute Monopol der Atombombe auf dieser Erde, und sie haben diese Position nicht dazu genutzt, um ihre Weltherrschaft zu etablieren, was sie ohne weiteres hätten tun können. Getragen vom Grundkonsens der amerikanischen Bevölkerung haben die amerikanischen Politiker aus ethischer Verantwortung davon abgesehen, das Monopol der Atombombe als Mittel der Außenpolitik einzusetzen, und zwar nicht einmal dann, als sich die Sowjetunion anschickte, ebenfalls Atommacht zu werden. In der öffentlichen Diskussion wird dieser Tatbestand viel zu wenig beachtet; leider, denn er beweist wie kaum etwas anderes, daß die Verantwortung für das gigantische Wettrüsten in dieser Welt nicht etwa gleichmäßig in die Verantwortung beider Supermächte fällt, sondern eindeutig durch das Verhalten der Sowjetunion, seitdem auch sie Atommacht geworden ist, ausgelöst wurde.

2. Wenn man den unter 1. dargelegten Gesichtspunkten zustimmt, so wird man zu dem Ergebnis kommen, daß der Schlüssel zu globaler Abrüstung als Voraussetzung eines dauerhaften Friedens in Moskau liegt. Dann aber erscheint als die entscheidende Frage der Friedenssicherung folgende: Wie ist es möglich, die Führung der Sowjetunion davon zu überzeugen, daß, was immer sie auch unternehmen mag, sie niemals eine Chance bekommen wird, ohne die Gefahr der Selbstvernichtung ihren Herrschaftsbereich auf weitere Teile der Welt, insbesondere auf Westeuropa, auszudehnen? Wie kann die Sowjetunion zu der Einsicht gebracht werden, daß ihr die übrige Welt niemals gestatten wird, zur Hegemonialmacht zu werden, und daß es deshalb auch für sie ein Irrsinn ist, einen hohen Prozentsatz ihres Sozialprodukts zur Erzeugung von Rüstungsgütern einzusetzen?
Ich halte absolut nichts davon, auf das Bedrohtheitsgefühl der Sowjetunion Rücksicht zu nehmen (S. 60 der Denkschrift), denn dieses Bedrohtheitsgefühl existiert nach meiner Überzeugung nur in der sowjetischen Propaganda. In camera caritatis sind sich die sowjetischen Führer darüber im klaren, daß eine Gefahr für die Sicherheit der Sowjetunion nur dann entstehen kann, wenn sich die Sowjetunion selbst in ihrem Expansionsstreben zu weit vorwagt; und ob das geschieht oder nicht, haben die

Sowjetführer ja selbst in der Hand. Auf Seite 15 der Denkschrift ist erwähnt, daß »die Erfahrungen des 2. Weltkrieges das Sicherheitsbedürfnis der Sowjetunion verstärkt haben«; an anderer Stelle ist auf die potentielle Bedrohung der Sowjetunion durch die USA, Westeuropa, China und Japan (»Einkreisung« Seite 10) hingewiesen. Diese Ausführungen bedürfen einer näheren Betrachtung. Zunächst scheint mir Japan als ein Land, das Bedrohtheitsgefühle in Moskau auslösen könnte, völlig auszuscheiden, denn die militärischen Anstrengungen dieses Landes in der Zeit seit dem 2. Weltkrieg sind minimal. Was China betrifft, so ist nicht auszuschließen, daß es irgendwann einmal in ferner Zukunft zu einer echten Gefahr für die Sowjetunion wird, aber heute und auf absehbare Zeit ist es völlig undenkbar, daß China etwa die Sowjetunion angreifen könnte. Daß die derzeitige chinesische Führung für ihr Volk, das heute ungefähr ein Viertel der ganzen Menschheit darstellt, keine Expansionsgelüste hat, beweist die neueste Politik der Familienplanung in China: Erklärtes Ziel dieser Familienplanung ist es nicht nur, ein weiteres Wachstum der chinesischen Bevölkerung zu verhindern, sondern die vorhandene Bevölkerung drastisch zu reduzieren. Was Westeuropa betrifft, so ist einzusehen, daß sich Rußland an den Hitlerschen Überfall mit Schrecken erinnert, aber diese Erinnerung dürfte, jedenfalls bei den politisch Führenden, die Erkenntnis nicht ausschließen, daß die Bundesrepublik — isoliert betrachtet — als Bedrohungsfaktor für die Sowjetunion eine absolute »quantité négligeable« darstellt. Daß die Sowjetführung ernstlich an eine Bedrohung durch die übrigen europäischen Mächte glauben könnte, erscheint mir so gut wie ausgeschlossen. Bleiben die USA, und im Verhältnis zu diesem Land können die Erfahrungen des 2. Weltkrieges eigentlich keine Bedrohungsgefühle auslösen; schließlich und endlich waren es die amerikanischen Rüstungslieferungen und das Eingreifen der USA in Europa, die Rußland zum Überleben und schließlich zum Sieg verhalfen. Was die Nachkriegszeit betrifft, so sei nochmals daran erinnert, daß die USA zehn Jahre lang das Monopol der Atombombe auf dieser Welt besessen haben. Daß dieses Land gleichwohl heute militärisch aggressiv und expansiv geworden sein könnte, ist durch nichts belegt und angesichts der allgemeinen Grundhaltung dieses Landes praktisch ausgeschlossen. Wo die USA in den Nachkriegsjahren militärisch aktiv geworden sind, war es in Abwehr sowjetrussischer Expansion und Subversion.

3. Ich bleibe also dabei, daß es nicht darauf ankommt, sowjetrussische Bedrohtheitsgefühle durch Wohlverhalten und »vertrauensbildende Maßnahmen« abzubauen, sondern daß es ausschließlich darauf ankommt, die Sowjetunion davon zu überzeugen, daß sie ihre expansiven weltrevolutionären Ziele niemals ohne das Risiko der Selbstvernichtung erreichen kann. Dazu ist folgendes nötig:

a) Es darf bei den verantwortlichen Politikern der Sowjetunion nicht der leiseste Zweifel belassen werden, daß, was immer die Sowjetunion an Rüstungsanstrengungen unternimmt, die westliche Allianz gleichziehen wird. Es darf in der Sowjetunion auch nicht der Eindruck entstehen, daß der Westen nicht etwa fest entschlossen wäre, gegebenenfalls seine Freiheit tatsächlich zu verteidigen. Deshalb erscheinen mir alle Bestrebungen, die in Richtung »ohne Rüstung leben« gehen oder die auch nur eine einseitige Abrüstungsvorleistung des Westens als »vertrauenbildende Maßnahme« propagieren, für die Sache des Friedens nicht förderlich, sondern höchst gefährlich. Bei den führenden Politikern der Sowjetunion, die in einem unerhört harten Ausleseprozeß im Geiste des dialektischen Materialismus groß geworden sind, werden diese im Westen vertretenen Parolen intern nur mit zynischem Hohn registriert werden und die Hoffnung aufrechterhalten, daß die Sowjetunion vielleicht doch die Chance der Expansion ohne das Risiko der Selbstvernichtung eines Tages bekommen könnte.

b) In psychologischer Hinsicht müssen die europäischen Länder und ganz besonders die Bundesrepublik der Sowjetunion jede Hoffnung nehmen, daß sie durch innere Zersetzung und Demoralisierung dieser Länder eines Tages einen Zustand erreichen könnte, wo diese Länder der Sowjetunion wie ein reifer (oder fauler) Apfel in den Schoß fallen, ohne daß der amerikanische Verbündete den mürbe gewordenen europäischen Verbündeten gegenüber seine Bündnispflicht erfüllen würde. Daraus folgt: Wir müssen alles tun, um der Destabilisierung und der Demoralisierung unseres Landes entgegenzuwirken, und ich meine, in dieser Richtung ist verdammt viel zu tun. In diesem Zusammenhang ein Wort zur sogenannten »Friedensbewegung«. Ich bedaure es zutiefst, daß wir so instinktlos geworden sind, das wunderbare Wort »Friedensbewegung« als Etikett ganz bestimmter begrenzter Gruppierungen anzuerkennen. Das erweckt die Vorstellung, daß »die anderen« eine Art Kriegspartei darstellen, während es in Wahrheit doch in unserem Land niemand gibt, dessen alles überragender Wunsch nicht der Friede wäre. Ich verkenne nicht, daß das, was man heute als »Friedensbewegung« bezeichnet, bei vielen, insbesondere jungen Menschen unseres Landes ein echtes, aus ihnen selbst kommendes Anliegen ist, weil sie das Gefühl des Ausgeliefertseins an unheimliche Mächte in ihrem Lebensnerv trifft; aber ebenso sicher ist, daß diese Bewegung manchmal in die Nachbarschaft von anderen Kräften gerät, die ganz anders bewertet werden müssen. Ein Beispiel von vielen: Am vorletzten Tag des Evangelischen Kirchentages 1981 in Hamburg habe ich die Demonstration der 60 000 über eine Stunde lang an der Lombardsbrücke an mir vorbeiziehen lassen. Was sich hier zu gemeinsamem Demonstrieren zusammengefunden hatte, verschlug mir den Atem. Eingerahmt von Atomwaffengegnern,

Kernkraftgegnern, Kommunisten, homosexuellen Lehrern (»wir sind Schwule — auch in der Schule«), Lesbierinnen sah man immer wieder auch kleinere Gruppen des Christlichen Vereins Junger Männer, und in der Demonstration marschierten drei Mitglieder des Präsidiums des Evangelischen Kirchentags, darunter der nachmalige Präsident, mit. Die Einseitigkeit dieser Demonstration wurde dem Beschauer in äußerst eindringlicher Weise vorgeführt: Während die Demonstration dahinzog, ertönte plötzlich ein Hornsignal ähnlich dem Notsignal der Polizei, und wie ein Mann sanken alle Teilnehmer der Demonstration auf der Straße in die Knie; sodann wurde aus der Demonstration heraus durch Lautsprecher bekannt gegeben, daß die Demonstration jetzt eben eine Gedenkminute für die Opfer von Hiroshima einlege. Gut, nichts dagegen einzuwenden, daß man der Opfer von Hiroshima gedenkt. Aber für den Rest der Demonstration wartete ich vergeblich auf ein zweites Hornsignal und ein zweites Niederknien, um der Opfer in Afghanistan zu gedenken. Sinnfälliger hätte die einseitige Ausrichtung dieser Demonstration nicht veranschaulicht werden können.

Die Demonstration der über 250 000 in Bonn konnte ich persönlich nicht beobachten, aber es scheint mir evident, daß sich auch hier höchst heterogene Kräfte zusammengefunden hatten, von denen es nur einem Teil echt um die Sache des Friedens ging, während andere Teile ganz andere Ziele verfolgten.

4. Obwohl ich kein Theologe bin, scheint es mir notwendig, im Zusammenhang mit der EKD-Denkschrift auch auf die Bedeutung der Bergpredigt für die Friedensfrage einzugehen. Bismarck hat bekanntlich in seiner manchmal etwas zynischen Art das Wort geprägt, daß man mit der Bergpredigt keine Politik machen könne. Ich persönlich stimme diesem Wort nur mit zwei Einschränkungen zu: Zum ersten: Ich lasse dieses Wort nur solange gelten, als

in den Staaten, deren außenpolitisches Verhalten für das Schicksal des eigenen Landes relevant ist, ebenfalls die Bergpredigt nicht zur Richtschnur der Politik genommen wird. Zum zweiten: Jeder christliche Politiker sollte bei seiner Politik durchaus das Fernziel im Auge haben, daß eines Tages eine politische Ordnung auf dieser Erde entsteht, innerhalb derer *alle* Staaten sich bei ihrem politischen Verhalten an der Bergpredigt orientieren. Aber solange das nicht der Fall ist, meine ich, daß es zu den Pflichten auch eines christlichen Politikers gehört, entsprechend den Spielregeln, die von anderen Staaten angewandt werden, für die Sicherheit, die Freiheit und die Menschenwürde der Angehörigen des eigenen Landes als den nächstliegenden »Nächsten« zu sorgen. Sicherlich hat jeder Mensch für seine eigene Person das Recht, für das Prinzip des zivilen Ungehorsams nach widerstandslos erfolgter Besetzung des eigenen Landes zu plädieren und damit für das Märtyrertum zu optieren. Es gehört aber nicht zu den Pflichten oder Rechten eines christlichen Politikers, durch eine Politik der Selbstaufgabe die ihm anvertrauten »Nächsten« in seinem Land zu einem von ihnen nicht gewollten Märtyrertum zu verurteilen.

5. Ich verkenne keineswegs, daß die Gesamtaspekte unseres Lebens wahrscheinlich noch für keine Generation in der Geschichte der Menschheit so bedrückend waren wie heute. Bevölkerungsexplosion, Umweltprobleme, früher nicht denkbare technische Entwicklungen, nicht nur im Bereich des Atoms, sondern auch im Bereich der Molekularbiologie, haben ein Höchstmaß von Unsicherheit unter den Menschen erzeugt, und ich verstehe durchaus, daß ein großer Teil unserer Jugend sich durch diese unheimlichen und unüberblickbaren Probleme und Entwicklungen in ihrem Lebensgefühl tief beeinträchtigt fühlt und daß besonders viele junge Menschen (und nicht nur junge) in ständiger Angst leben. Nur meine ich, daß in der Denkschrift diejenigen Betrachtungen etwas zu kurz gekommen sind, die den Menschen helfen, mit der

Angst fertig zu werden. Der Leitsatz des Kirchentages 1981 war nicht ohne Grund das Wort »Fürchtet Euch nicht«. Aber mit diesem Wort allein ist es nicht getan. Zwei Dinge scheinen mir wichtig, um der um sich greifenden Angst zu begegnen: zum einen der Hinweis darauf, daß die Menschheit schon immer mit der Angst als einem Faktor ihres Lebens rechnen mußte. Der primitive Höhlenmensch wird bei einem gewaltigen Gewitter oder Erdbeben, von dessen Ursache er keine Ahnung hatte, nicht weniger Angst verspürt haben, als sie heute manche Menschen gegenüber der Möglichkeit eines Unglücks in einem Atomkraftwerk haben. Oder: Wenn im Mittelalter die Pest oder die Cholera durch die Lande zog und die Bevölkerung dezimierte, ging das Entsetzen der Menschen sicher auch an die Wurzeln ihres Lebensgefühls. Aber gegenüber der Angst gab es immer wieder den Mut, der letzten Endes aus der Erkenntnis erwuchs, daß Angst den schlechtesten Ratgeber für das Verhalten der Menschen darstellt. Und ich meine, gerade wir Christen sollten an den Mut der Menschen stärker appellieren, als dies zur Zeit geschieht. Es wird uns das umso leichter gelingen, je mehr wir in den Menschen die Überzeugung lebendig erhalten, daß sich die menschliche Existenz nicht im Diesseitigen erschöpft, sondern daß dem Menschen im Gegensatz zur übrigen Kreatur etwas Zeitloses und Transzendentes zu eigen ist.«

Herr Professor Rendtorff hat mir unter dem 10.2.1982 wie folgt geantwortet:

»Sehr geehrter Herr Heintzeler,
Ihre ausführliche und inhaltsreiche Stellungnahme zur Denkschrift der EKD »Frieden wahren, fördern und erneuern«, harrt noch immer einer angemessenen Antwort. Ich bitte das zu entschuldigen. Nach der Synode in Fellbach mußte ich mich erst einmal wieder meinen unmittelbaren akademischen und wissenschaftlichen Verpflichtungen zuwenden, die ich in dem Jahr, in dem wir intensiv an der

Denkschrift gearbeitet haben, über Gebühr vernachlässigt hatte. Die Vielzahl der Zuschriften und Bitten um Stellungnahmen, die nach der Veröffentlichung eintrafen und unter denen Ihr Schreiben das wohl gewichtigste war, habe ich darum etwas beiseite geschoben.

Sie monieren, daß die Synodalen keine Möglichkeit der öffentlichen Stellungnahme hatten. Das trifft zu. Der Rat der EKD hat diese Denkschrift in eigener Verantwortung veröffentlicht. Der Zeitpunkt der Fertigstellung der Denkschrift fiel mit der Synode so sehr zusammen, daß im Rat ausführlich darüber diskutiert wurde, wie das offenkundige Dilemma behandelt werden sollte. Da es nicht tunlich erschien, die Existenz der Denkschrift zu verheimlichen, um sie erst nach der Synode zu publizieren, andererseits aber sehr viele Synodale signalisiert hatten, daß sie bei dem Bibelthema nicht eine Beeinträchtigung durch eine Diskussion der Denkschrift wünschten, hat der Rat diesen Weg gewählt, den Sie erlebt haben. Insgesamt ist die Denkschrift nicht auf einen unmittelbaren Effekt angelegt, sondern soll — vor allem in der Kirche — eine Langzeitwirkung haben. Die zentrale Intention der Denkschrift ist es, aus der Analyse der politischen Gesamtsituation heraus für eine Wiedergewinnung der politischen Dimension im Ost-West-Verhältnis einzutreten. Dabei spielt natürlich eine ganz entscheidende Rolle, wie man die politische Qualität dieses Verhältnisses einschätzt.

Nach meinem Urteil muß man drei Ebenen der heutigen Friedensdiskussion unterscheiden. Die eine ist die Ebene der militärischen Rüstung, vor allem der nuklearen Rüstung. Von ihr gilt, daß sie kraft der technologischen Entwicklung in einem zunehmend disproportionalen Verhältnis zu den politischen Zwecken steht, die beide Seiten damit verbinden. Das Eintreten für Abrüstung oder Umrüstung hat darum allein deswegen einen guten Sinn, weil die Abschreckung und die Sicherheit im Verhältnis der großen gegnerischen Lager faktisch auch auf einer sehr viel niedrigeren Stufe der Rüstung effektiv und unbeeinträchtigt aufrechterhalten werden können. Das Ziel einer Eindämmung der sowjetischen Expansionsbestrebungen könnte auch sehr viel »konventioneller« geschehen — wenn sich die gegnerischen Parteien auf eine Abrüstung einigen könnten.

Die andere Ebene betrifft die politische Gestaltung des Ost-West-Verhältnisses. Hier ist ja die große Frage, mit welchen Zielen der Westen eine Durchdringung des sowjetischen Imperiums mit Aussicht auf langfristigen Erfolg verfolgt. Das Beispiel Polen zeigt sowohl die Wirkungen solcher Durchdringung wie die Grenzen, an denen der Bestand des Ostblocks in Rede steht. »Eindämmung« und »Durchdringung« aber finden wir heute, wie alle Experten bestätigen, nicht in einem ausgewogenen politischen Gesamtkonzept vereinigt.

Wenn wir dafür plädieren, daß nicht die Waffen, sondern die Politik das entscheidende Kriterium zu sein habe, dann ist das eben der Punkt, an dem heute nicht ohne Grund eine gewisse Irritation entstanden ist.

Die dritte Ebene betrifft die kirchliche Situation. Hier scheint es mir außerordentlich wichtig zu sein, daß die Kirche weder den Weg eines radikalen Pazifismus geht, noch allein sich auf die Frage der Atomwaffen hin orientiert, sondern überhaupt einmal den Versuch unternimmt, für sich und ihre vielen Gruppen das Bewährtsein für die Eigenständigkeit der politischen Dimension zu wecken. Dazu gehört auch, daß wir Protestanten unser Verhältnis einer freiheitlichen, christlichen Demokratie genau und präzise bestimmen. Das ist eine weiterführende Aufgabe, die sich aus der Denkschrift ergibt.

Ihre Überlegungen und Argumente, sehr geehrter Herr Heintzeler, werden in der weiteren Nacharbeit der Kammer sicher eine Rolle spielen. Ich bitte Sie darum, diese meine Bemerkungen als eine sachbezogene Reaktion entgegenzunehmen, auch wenn ich nicht auf alle Punkte eingegangen bin. Ich bin Ihnen in jedem Falle sehr dankbar, daß Sie sich die Mühe zu dieser ausführlichen Stellungnahme gemacht haben.«

Der Briefwechsel zwischen Prof. Rendtorff und mir wurde

im gegenseitigen Einvernehmen leicht gekürzt von der Zeitschrift Idea-Spectrum am 31. 3. 1982 veröffentlicht.

EKD-Synode 1982:
Kirche und Arbeitswelt

Für die Tagung der EKD-Synode 1982 wurde das Thema »Kirche und Arbeitswelt« gewählt, das die EKD-Synode letztmals bei der Tagung in Espelkamp im Jahr 1955 behandelt hatte. Es war vorauszusehen, daß bei der Behandlung des gewählten Themas Spannungen und Gegensätze hervortreten würden. Diese traten bereits bei der Berufung des Vorbereitungsausschusses in Erscheinung. Der Rat der EKD und das Präsidium der Synode verfügten, daß der Stellvertreter des DGB-Vorsitzenden in der Synode den Vorsitz im Vorbereitungsausschuß übernehmen sollte. Als Mitglied des Ausschusses richtete ich je einen Brief an den Ratsvorsitzenden und an den Präses der Synode, in dem ich den Standpunkt vertrat, daß es der Neutralität der Kirche zwischen den Sozialpartnern besser entsprechen würde, wenn den Vorsitz im Vorbereitungsausschuß ein Universitätsprofessor oder ein Akademiedirektor übernehmen würde; es war jedoch am fait accompli nichts mehr zu ändern. Zu meiner angenehmen Überraschung verliefen dann aber die Arbeiten des Vorbereitungsausschusses in einer recht sachlichen Atmosphäre.

Der Vorbereitungsausschuß beschloß, daß als Arbeitsunterlagen der Synode von drei Organisationen Papiere vorgelegt werden sollten, nämlich von
— der Kammer der EKD für Soziale Verantwortung,
— dem Kirchlichen Dienst in der Arbeitswelt (KDA),
— dem Arbeitskreis Evangelischer Unternehmer (AEU).

Der Vorstand des AEU erarbeitete für die Synode eine Denkschrift »Die Verantwortung des Unternehmers, insbesondere für die Schaffung, Erhaltung und Gestaltung von Arbeitsplätzen«. Diese Denkschrift ist inhaltlich eine Gemeinschaftsarbeit des gesamten AEU-Vorstands; mit dessen Zustimmung ist diese Denkschrift als Anhang 3 diesem Buch beigefügt.

Brisanz kam in die Vorbereitungsarbeiten durch das, was KDA zur Vorbereitung der Synodaltagung veröffentlichte. Im Evangelischen Pressedienst — Dokumentation — wurden vom KDA — einer Vereinigung von Industriepfarrern, Sozialpfarrern, Sozialsekretären usw. — in drei Teilen umfangreiche Papiere unter dem Titel »Jenseits der Vollbeschäftigung — Über die Zukunft der Arbeitswelt« publiziert. Während Teil 1 und Teil 2 Beiträge einzelner Verfasser enthielten, die nur von diesen selbst zu verantworten waren, wurde Teil 3*) der Öffentlichkeit als ein vom KDA-Vorstand als solchem verantwortetes Papier übergeben. Bei näherem Hinsehen erwies sich Teil 3 als eine Arbeit mit vornehmlich soziologischem, systemveränderndem, teilweise neomarxistisch-revolutionärem und teilweise utopischem Inhalt. Anläßlich der gemeinsamen Tagung des Vorbereitungsausschusses und des ständigen Synodalausschusses »Kirche, Gesellschaft und Staat« am 17. / 18. 9. 1982 in Bonn kam auch »Teil 3« zur Sprache. Ich hatte meine Stellungnahme dazu schriftlich vorbereitet und habe sie jedem anwesenden Mitglied der beiden Ausschüsse am Abend des 17. 9. übergeben. Es würde den Rahmen des vorliegenden Erlebnisberichts sprengen, wenn hier Teil 3 des KDA-Papiers vollinhaltlich wiedergegeben würde; die gravierendsten Stellen sind aber in meiner im folgenden wiedergegebenen Stellungnahme so zitiert, daß der Leser durch deren Lektüre ein ausreichend klares Bild von der Tendenz des »Teil 3« bekommt.

Stellungnahme zu den KDA-Papieren

1.-2. (Vorbemerkungen)
3. Bei meinen Bemühungen, dem KDA-Papier Teil 3 nicht Unrecht zu tun, habe ich ein weiteres Papier zu Rate ge-

---

*) Nr. 33/82 der epd-Dokumentation vom 26. 7. 1982

zogen, nämlich eine im Vorbereitungsausschuß verteilte Ausarbeitung von Herrn Dr. S., dem Vorsitzenden des KDA, mit dem Titel »Kirchlicher Dienst in der Arbeitswelt, Erfahrungen in einem gesellschaftlichen Konfliktfeld.« Hier scheint mir die Aufgabe der KDA auf Seite 7 prägnant definiert mit dem Satz: »Kirchliche Industrie- und Sozialarbeit ist ihrem Wesen nach kirchliches *Handeln* in einem zentralen gesellschaftlichen Konfliktfeld«.

An diesem Satz ist mir klar geworden, was ich zentral an Teil 3 vermisse: eine Beschreibung des *Handelns* des KDA, und zwar an den Menschen der Arbeitswelt, nicht im Raum der soziologisch-theologisch-futurologischen Theorie. Auf Seite 6 seines Papiers berichtet Herr Dr. S., daß der KDA immer wieder gefragt werde: »Wieviel Arbeiter habt Ihr denn in die Gottesdienste zurückgeholt? Wie haltet Ihr es bei Euren Veranstaltungen mit Bibelarbeit, Andacht und Gebet? Was merkt man von Eurer Wirksamkeit in der Arbeitswelt? Hinterlaßt Ihr Spuren, Spuren von Kirchlichkeit, vestigia Christi?« Herr Dr. S. gibt keine Antwort auf diese Fragen, und auch Teil 3 gibt sie nicht. Aber von einem Papier, das KDA einer Synode »Kirche und Arbeitswelt« vorlegt, hätte ich gerade ein Eingehen auf diese Fragen erwartet. Dabei wäre es nach meiner Auffassung durchaus nicht notwendig gewesen, daß sich KDA »an den traditionellen Maßstäben kirchlichen Erfolgs mißt« (Papier Dr. S. Seite 6); der Schwerpunkt hätte durchaus bei einer Darstellung dessen liegen können, welchen Schwierigkeiten KDA bei seinem »kirchlichen Handeln« begegnet, nicht so sehr in dem offenbar etwas gestörten Verhältnis zur Amtskirche als im Verhältnis zu den Menschen, um die sich KDA kümmert. Und an diese Darstellung hätten sich Überlegungen knüpfen können, was die Synode tun oder beschließen kann, um KDA bei der Bewältigung seiner Schwierigkeiten zu helfen. Nichts von all dem finde ich in Teil 3.

4. Statt dessen ergeht sich Teil 3 in soziologischen Zukunftsbetrachtungen, die über weite Strecken mit christlicher Theologie kaum mehr etwas zu tun haben und allzu sehr

an Papiere erinnern, wie sie im politischen Tageskampf von der Linken am laufenden Band produziert werden. Dabei scheinen mir folgendes die hauptsächlichen sachlichen Schwächen von Teil 3 zu sein, wenn man sich schon vor den Problemen des Heute und Jetzt in die Futurologie flüchtet:

a) Teil 3 ignoriert fundamentale Realitäten auf dieser Erde von heute.

Wo bleibt die kritische Auseinandersetzung mit der atemberaubenden Zunahme der Zahl der Menschen, mit der Notwendigkeit der Familienplanung vor allem in den Entwicklungsländern?

Wo bleibt die Erkenntnis, daß die rasch wachsende Menschheit von heute 4 Milliarden und im Jahr 2000 vielleicht 6 Milliarden mit einer Gartenlaubenwirtschaft (vgl. die Verherrlichung der »Arche« auf S. 4 linke Spalte) einfach nicht zu versorgen ist? Wie kann man die »wachsende Chemisierung der landwirtschaftlichen Produktion« einseitig bedauern (S. 6 linke Spalte), wo es doch sonnenklar ist, daß mindestens ein Drittel der heutigen Menschheit zum sofortigen Hungertod verurteilt wäre, wenn es plötzlich keine Produktionsanlagen mehr gäbe, die Kunstdünger und Pflanzenschutzmittel (S. 6 rechte Spalte) herstellen?

Wo bleibt der Hinweis darauf, daß die bedauerliche Stagnation in den Entwicklungsländern nicht die Folge der Ausbeutung durch die Industrieländer ist (S. 8 rechte Spalte), sondern in sehr vielen Ländern eine Folge der unerhörten Kartell-Preis-Politik von OPEC?

b) Die Verfasser von Teil 3 scheinen mit der Marktwirtschaft auf Kriegsfuß zu leben.

Zunächst gefühlsmäßig:

Dem gelegentlichen Lippenbekenntnis zur Marktwirtschaft stehen z. T. haßerfüllte Ausführungen über die Marktwirtschaft gegenüber. Beispiel: Seite 11 rechte Spalte Mitte:

»Wir haben aber zu widerstehen, wenn eine geschichtlich gewordene und darum ebenso wieder vergehende Wirtschaftsordnung sich absolut setzt und damit an die Stelle Gottes tritt.«

Ist eine solche Aussage nicht an der Grenze zur Blasphemie?

Aber auch gedanklich:

»Planung der Versorgungsziele bei marktwirtschaftlicher Durchführung« (S. 9 rechte Spalte Absatz 2) ist ein Widerspruch in sich. In der Marktwirtschaft werden die Versorgungsziele vom Bedarf der Menschen, von ihrer Nachfrage bestimmt, nicht »geplant«.

»Kontrolle und Lenkung der entscheidenden Investionen« (an derselben Stelle) ist das schiere Gegenteil von Marktwirtschaft. Im übrigen: Wer soll denn die entscheidenden Investitionen »kontrollieren und lenken«? Eine staatliche Superbürokratie? Eine gewerkschaftliche Superbürokratie? Wer sonst?

»Wie und was hergestellt wird«, wird in der Marktwirtschaft nicht durch »Mitbestimmung am Arbeitsplatz« entschieden, sondern mindestens das »Was« durch den Bedarf der Verbraucher (S. 4 rechte Spalte).

c) Teil 3 enthält ausgesprochen klassenkämpferische Gedanken; Beispiel: Seite 7 linke Spalte unten:

»Es geht also für uns heute um Aufhebung der Trennung von Produzenten und Produktionsmitteln. Es geht um Rückgängigmachen der Konzentration der Produktionsmittel in den Händen feudaler und oligopolistischer Gruppen.«

d) Eine große Rolle spielt in Teil 3 das bekannte Schlagwort von der Umverteilung der Macht. Beispiel: Seite 7 rechte Spalte Abs. 3:

»Die Umverteilung mit dem Ziel der Gleichverteilung ökonomischer Macht wurde als Vorbedingung einer humanen Gesellschaft gesehen. So soll Arbeit geschehen in der Verfügungsmacht über die Werkzeuge, die Produktionsmittel sowie in Freiheit und gleichberechtigter Mitbestimmung aller darüber, was hergestellt wird und unter welchen Arbeitsbedingungen es hergestellt wird.«

e) Auch andere Ausführungen des KDA-Vorstandes sind weitgehend weltfremd und utopisch. Beispiel: Seite 8 rechte Spalte unten:

»Wir müssen deshalb wirtschaftliche Strukturen, Netze und Prozesse entwickeln, die menschengemäß sind, also überschaubar, möglichst dezentral, die ansetzen auf kommunaler Ebene in Selbstverwaltung, nur soviel Markt wie nötig erfordern und so unabhängig wie möglich von größeren Regionen und vor allem vom Weltmarkt sind.«

Der KDA-Vorstand scheint in einer Welt zu leben, in der man keine Kenntnis davon nimmt, daß 60 Millionen Deutsche in der Bundesrepublik ohne engste Verflechtung mit dem Weltmarkt nicht leben können. Und wenn die zitierte Stelle »So wenig Weltmarkt wie möglich« zugleich die Parole »Zurück zum einfachen Leben« bedeutet (für die ich persönlich an sich sehr viel übrig habe), so ist sich der KDA-Vorstand offenbar nicht darüber im klaren, daß jeder Schritt in Richtung auf das einfachere Leben unweigerlich Hunderttausende von zusätzlichen Arbeitslosen bedeutet.

f) Der KDA-Vorstand hat eine Vorstellung von der Kirche, die mit der meinen nicht vereinbar ist. Nach meiner Auffassung ist die Kirche für alle da, der KDA-Vorstand fordert aber auf Seite 11 linke Spalte Zeile 9 »eine Kirche der unteren Schichten«. Es ist nur logisch, daß der KDA-Vorstand in Teil 3 das »Bündnis zwischen Kirche und Gewerkschaften« fordert, denn »Gewerkschaften wie Kirchen brauchen den Exodus, den Auszug aus einer Politik der Selbsterhaltung und der zu engen Verbindung mit den herrschenden Kreisen.« (Seite 11 linke Spalte unten)

Teil 3 enthält zwar kritische Bemerkungen an die Adresse der Gewerkschaften, aber im Ganzen zieht sich doch wie ein roter Faden durch Teil 3 der Kotau vor den Gewerkschaften in einer Form, die einer Organisation im Raum der Kirche unwürdig ist. Dieser Kotau scheint mir nicht weniger bedenklich zu sein als der Kotau war, den vor Jahrzehnten manche kirchlichen Instanzen vor Fürstenthronen und vor sonstigen damaligen Trägern der Macht vollzogen haben.

g) Teil 3 kulminiert in folgenden Ausführungen (Seite 12 linke Spalte Mitte):

»Auch hier wirkt die Vergötzung der bestehenden Wirtschaftsordnung als Sperre gegen die Notwendigkeit einer neuen und menschlicheren Wirtschaftsordnung, genauer Weltwirtschaftsordnung, in die natürlich auch die Länder des Ostblocks einbezogen werden müßten. Dieser Wirtschaftsgötze aber tritt bei uns meist einträchtig zusammen auf mit seinem Zwillingsbruder, dem Antikommunismus. *Die politische Haltung eines blinden und bornierten Antikommunismus*)* aber hat die Funktion, alle Kritik am Bestehenden und alle Freiräume zur Entwicklung von Alternativen störend zu diffamieren. Und deshalb ist es für Gewerkschaften notwendig, die auch in den Kirchen vorhandenen Gruppen oder einzelne, die sich dem allgemeinen Götzendienst nicht unterwerfen, als Bündnispartner zu gewinnen.«

Als ich diese Stelle las, traute ich meinen Augen nicht. Ein Gremium im Raum der Kirche wie der Vorstand des KDA bezeichnet die Haltung des Antikommunismus als »blinde« und »bornierte« Haltung. Das kann doch nicht wahr sein. Wenn es aber wahr ist, kann man nur sagen, die Erfinder des »langen Marsches durch die Institutionen« können hochbeglückt sein. Und die Kirche?

5. Ich bin der Auffassung, daß Teil 3 für die Synode 1982 in keiner Weise hilfreich sein kann, weil er geeignet ist,

---

*) Hervorhebung vom Verfasser.

die Überlegungen der Synode in völlig falsche Bahnen zu lenken. Der Schwerpunkt der Synodalberatungen sollte m. E. kirchenbezogen sein und sich auf folgende Hauptpunkte konzentrieren:

a) Die heute immer noch bestehende Kluft zwischen Kirche und Arbeitswelt.

Die Synode muß sich m. E. fragen, ob sich diese Kluft seit Espelkamp verbreitert oder verringert hat. Wenn das Ergebnis lautet, daß sich die Kluft nicht verringert hat, dann muß die Synode untersuchen, aus welchen Gründen das so ist und welche neuen Maßnahmen von ihr alsbald eingeleitet werden können, um in der Zukunft die Verbindung zwischen Kirche und Arbeitswelt zu verbessern.

b) Das Problem der Arbeitslosigkeit.

Dieses Problem sollte vorwiegend unter dem Gesichtspunkt behandelt werden, was die Kirche dazu beitragen kann, diesem Übel abzuhelfen, und die Folgen des Übels zu mildern, heute und hier!

6. Teil 3 ist nicht nur nicht geeignet, der Synode bei ihren eigentlichen Aufgaben zu helfen, er bedeutet vielmehr nach meiner Überzeugung eine echte Gefahr für die Erreichung dessen, was die überwiegende Mehrheit unserer Kirchenmitglieder als Ergebnis einer Synode »Kirche und Arbeitswelt« erwartet.

a) Das Ziel der Hinführung von Arbeitnehmern an die Kirche wird durch die KDA-Publikation nicht gefördert. Eine innere Verbindung zur Kirche läßt sich nicht durch soziologisch-politische Überlegungen herstellen. Die meisten deutschen Arbeitnehmer haben im allgemeinen ein gutes Gespür dafür, ob ihnen echte Hilfe durch den Glauben angeboten wird oder ob ihnen im Gewand theologischer Betrachtungen revolutionäre, soziologische, utopische Kost vorgesetzt wird.

b) In einer Zeit, da alles darauf ankommt, neues Vertrauen als Grundlage arbeitsplatzfördernder Investitionen zu schaffen, kann ein revolutionäres Papier wie

Teil 3, wenn es ernst genommen wird, nur schwersten wirtschaftlichen Schaden verursachen. Es gehört nicht viel Phantasie dazu, sich vorzustellen, welche Reaktionen Teil 3 in der Wirtschaft hervorrufen wird, einmal mit Bezug auf das Verhältnis des einzelnen zur Kirche, zum anderen mit Bezug auf das Vertrauen in die wirtschaftliche Zukunft.«

Zur Vorbereitung einer Stellungnahme des AEU-Vorstands habe ich meine weiteren Überlegungen zu »Teil 3« wie folgt zusammengefaßt:

»Teil 3« erfordert eine Kritik unter politischen und unter kirchlichen Gesichtspunkten:

POLITISCH: »Teil 3« muß im großen Zusammenhang mit dem »langen Marsch durch die Institutionen« gesehen werden, der sich in den letzten 15 Jahren im Raum von Schulen und Universitäten, in den Medien, in unseren Theatern und natürlich in gewissen politischen Kreisen vollzogen hat. Keine andere Publikation eines »Kirchlichen Dienstes« hat bisher so klar erkennen lassen, daß der »lange Marsch durch die Institutionen« vor der Evangelischen Kirche nicht haltgemacht hat. Umrankt von theologischen Betrachtungen bedeutet »Teil 3« ein Bekenntnis zum Neo-Marxismus, zum Klassenkampf und zu pro-kommunistischer Haltung. Die Aussage, daß die Haltung des Antikommunismus eine »blinde« und »bornierte« sei, bedeutet ja im Klartext, daß der »sehende« und »nicht-bornierte« Mensch eine pro-kommunistische Haltung einnehmen müsse. Bei der Formulierung von »Teil 3« haben offensichtlich Kräfte maßgeblich mitgewirkt, denen es nicht um die Kirche, sondern um politische Ziele geht, wobei ich gerne unterstelle, daß die wenigsten Mitglieder des KDA-Vorstandes sich dieser Dimension von »Teil 3« bewußt geworden sind.

KIRCHLICH: Denjenigen Mitverfassern von »Teil 3«, die bei seiner Abfassung nicht politisch, sondern echt kirchlich motiviert waren, muß aber folgendes gesagt werden: Das KDA-Papier »Teil 3« kann man kirchlich als einen untauglichen Versuch bezeichnen, das Dilemma zu überwinden, in dem sich die Evangelische Kirche seit dem Beginn des Industriezeitalters befindet. Von rühmlichen Ausnahmen abgesehen, hat es ja die Kirche in den Frühzeiten der Industrialisierung nicht verstanden, der sich bildenden neuen Schicht des Industrieproletariats in seiner materiellen und geistigen Not zu helfen. Die Folge war, daß die Massen der Industriearbeiterschaft sich dem Marxismus zu - und von der Kirche abwandten. In den Jahrzehnten seit dem 2. Weltkrieg hat sich unter dem Eindruck ständig sich verbessernder Lebensbedingungen ein erheblicher Teil der deutschen Arbeiterschaft vom Marxismus wieder losgesagt; den Weg zurück zur Kirche aber hat der größte Teil der Arbeiterschaft nicht gefunden. Die Annahme, daß man mit »Teil 3« die Rückführung der Arbeiterschaft zur Kirche erreichen könne, beruht auf einem gefährlichen Irrtum. Mit neomarxistischen, revolutionären Parolen wird die Kirche die Arbeiterschaft nicht zurückgewinnen, wohl aber einen Großteil ihrer bürgerlichen Mitglieder verlieren. Der Vorstellung, daß es für die Rückgewinnung der Arbeiterschaft genüge, neomarxistische Lehren mit einigen christlichen Elementen zu verbinden, liegt der weitere Irrtum zugrunde, daß bei dem Versuch der Synthese von Marxismus und Christentum etwa der Marxismus verchristlicht werden könnte; eine Lehre aber, für die alle Religion Opium für das Volk ist und die behauptet, daß Kirche und Religion kraft Naturgesetz zum Absterben verurteilt seien, kann nicht verchristlicht werden; in Wahrheit wird das Christentum an dem Versuch solcher Synthese geistig zugrunde gehen, und die Tage der Kirche als freier Institution werden gezählt sein, sobald sich aus dem Dunst solcher Synthese der Kommunismus als politischer Sieger herausgelöst hat.«

Der AEU-Vorstand stimmte diesen Gedankengängen inhaltlich zu.

Soweit die Presse nach Erscheinen des KDA-Papiers »Teil 3« darüber berichtete, war die Reaktion überwiegend ablehnend. Die »Evangelische Arbeitnehmerschaft«, welche mit KDA in der »Aktionsgemeinschaft für Arbeitnehmerfragen«

als Dachverband zusammengeschlossen ist, verschickte ein Rundschreiben an alle Synodalen, in dem sie sich ganz unübersehbar von »Teil 3« distanzierte und berichtete, daß es sich als unmöglich erwiesen habe, ein gemeinsames Papier von KDA und Evangelischer Arbeitnehmerschaft zu erstellen. Daraus kann man schließen, daß die Verfasser von »Teil 3« den Kontakt zu den Menschen, die sie eigentlich betreuen sollen, völlig verloren haben.

Meine eigene Stellungnahme zu »Teil 3«, die ich dem Vorbereitungsausschuß und dem ständigen Ausschuß »Kirche, Gesellschaft und Staat« überreicht hatte, habe ich anschließend dem Herrn Ratsvorsitzenden und dem Präses der Synode übersandt. Der Präses der Synode verschickte unter dem 11. 10. ein Rundschreiben an alle Synodalen, in dem sich folgender Passus findet: »In diesen Wochen wird Sie eine Sendung mit Vorbereitungsmaterial erreichen. Dazu gehören auch die Ausarbeitungen »Die Zukunft der Arbeit, Überlegungen des Kirchlichen Dienstes in der Arbeitswelt (KDA) — Industrie- und Sozialarbeit in der EKD«, und die »Die Verantwortung des Unternehmers«, Vorlage des Arbeitskreises Evangelischer Unternehmer. Ich meine, es ist für die Synodalen wichtig zu wissen, in welche Richtungen die Gedanken jener gehen, die im Bereich unserer Kirche mit den Fragen der Arbeitswelt besonders befaßt sind, *auch wenn es nicht Aufgabe der Synodaltagung sein kann, diese Papiere im Für und Wider zu erörtern*).*«

Die kursiv gesetzte Stelle in dem Brief des Präses machte mich zunächst betroffen; denn sie bedeutet ja, daß die Denkschrift des Arbeitskreises Evangelischer Unternehmer »gleichrangig« mit dem KDA-Papier »Teil 3« aus den Beratungen der Synode einfach ausgeklammert werden sollte. Bei näherem Nachdenken kam ich jedoch zu dem Ergebnis, daß der Vorschlag des Präses wahrscheinlich die einzige Möglichkeit war, um zu verhindern, daß es in der Synode zu einer unüberbrückbaren Polarisierung kommen würde. Es war auch zu bedenken, ob nicht durch eine intensive Be-

---

*) Hervorhebung vom Verfasser.

handlung von »Teil 3« während der Synodaltagung der Publikation einer Randgruppe viel zu viel Bedeutung beigemessen würde; auf der anderen Seite bestand natürlich die Gefahr, daß insbesondere die extrem links Orientierten unter den jungen Theologen sich durch die Ausführungen eines »Kirchlichen Dienstes« — wenn diese Ausführungen unwidersprochen bleiben würden — in ihrer extremen Haltung bestätigt sehen würden. Ein Mitglied der Synode formulierte im Gespräch diesen Gedanken so: »Wir wollen ja schließlich nicht, daß in Zukunft die Neomarxisten unten den jungen Theologen mit »Teil 3« in der Hand die Kanzel besteigen, statt mit der Bibel in der Hand.«

In vielen persönlichen Gesprächen unmittelbar vor Beginn der Synode wurde mir dann aber soviel Zustimmung zu der Denkschrift des Arbeitskreises Evangelischer Unternehmer zuteil, daß ich es nicht mehr als Unglück zu empfinden brauchte, wenn das Für und Wider dieser Denkschrift auf der Synodaltagung nicht erörtert werden würde. Vor allen anderen Überlegungen mußte der Gedanke höchste Priorität erhalten, daß es für die Sache der Kirche, für die Sache der Arbeitswelt und insbesondere für die Sache der Arbeitslosen eine Katastrophe bedeutet hätte, wenn die Synode sich polarisieren würde und zu keiner gemeinsamen Aussage über die brennenden Fragen der Gegenwart kommen könnte; ein breiter Konsens durch die Synode zu diesen Fragen war das oberste Ziel. Der Burgfriede, der die Ausklammerung der beiden antithetischen Papiere aus den Beratungen der Synode bedeutete, wurde eingehalten. Die Synode verabschiedete nach eingehenden Beratungen fast einstimmig (eine Gegenstimme, vier Enthaltungen) eine Kundgebung »Die Kirche in der Verantwortung für die Arbeitswelt heute«, der auch ich zustimmen konnte. In diese Kundgebung sind keinerlei extreme Gedankengänge eingegangen, wohl aber enthält die Kundgebung einen eindringlichen Appell an Staat, Gesellschaft, Unternehmer, Arbeitnehmer und Gewerkschaften sowie an die Organe der Kirche selbst, in der Bewältigung der Probleme der Arbeitswelt, insbesondere der Bewältigung der Frage der Arbeitslosigkeit in voller Solidarität ihre Gesamtverantwortung wahrzunehmen; die Kundgebung enthält außerdem konkrete Aussagen und Vorschläge zu den einschlägigen Problemen. Die Präambel der Kundgebung wurde nach langer Diskussion so formuliert, daß niemand aus ihr den Schluß ziehen kann, daß etwa die Synode dem Inhalt der kontroversen Papiere auch nur durch Stillschweigen zugestimmt hätte.

Irgendwie hat es mir ein Gefühl tiefer Befriedigung vermittelt, daß die Synode in der Lage war, auf einem so kontroversen Gebiet zu einem breiten Konsens zu gelangen; gewünscht hätte ich mir allerdings, daß es gelungen wäre, der Kundgebung der Synode noch eine größere Strahlkraft zu geben.

Nachwort zum sechsten Teil:
Quo vadis, Kirche?

Die Zahl der Kirchenmitglieder ist in den Gliedkirchen der
EKD von 28,5 Mio Ende 1970 auf 26,1 Mio Ende 1980 zu-
rückgegangen. Wie der Ratsvorsitzende in seinem Bericht
vor der Synode 1982 ausführte, ist dieser Rückgang »nicht
nur durch den biologischen Schwund bedingt, wie er sich
allgemein in unserer Bevölkerungsentwicklung vollzieht,
sondern wird in erheblichem Ausmaß auch durch Kirchenaustritte bestimmt«. Es ist kein Zweifel, daß es für die Zukunft der Kirche von entscheidender Bedeutung ist, ob dieser Mitgliederschwund anhält oder ob er aufgefangen oder
gar in sein Gegenteil verkehrt werden kann.

Es gibt unter den evangelischen Christen der Bundesrepublik Menschen, die sich einen Rückzug der Kirche allein auf
die strenge Verkündigung des Evangeliums wünschen; viele
von ihnen würden einen weiteren Mitgliederschwund durchaus in Kauf nehmen, wenn dadurch die Kirche zu einer elitären, nach ihrer Auffassung »gereinigten« Minderheitskirche
würde.

Es gibt andere Gruppen, welche die Kirche in eine ganz
andere Richtung drängen wollen und den Wunsch haben,
Christentum und Marxismus zusammenzuführen und die
Kirche zu einem Stoßtrupp des Marxismus zu machen.
Auch diese Kreise würden wohl einen weiteren Schwund des
Mitgliederbestandes in Kauf nehmen, wenn dadurch die Er-
reichung ihrer politischen Ziele erleichtert würde; daß am
Ende einer solchen Entwicklung die Kirche als Mohr ihre
Schuldigkeit getan hätte und schießlich zu einer völlig be-
deutungslosen Existenz herabsinken würde, würde den Ver-
tretern dieser Richtung nicht wehtun.

Ganz anders ist die Einstellung derjenigen, welche die Kirche als Volkskirche sehen und ihre Aufgabe in der heutigen

Zeit darin erblicken, der großen Zahl von Menschen, die in unserer Welt die Orientierung verloren haben, wieder Halt und eine geistige Geborgenheit zu vermitteln. Ich bekenne, daß ich selbst zu dieser Gruppe gehöre. An anderer Stelle dieses Buches habe ich das Wort eines Oberkirchenrates zitiert: »Wir wissen es wohl, die Menschen unserer Zeit werden immer religiöser, die Kirchen werden immer leerer.« Dieses Wort scheint mir anzuzeigen, daß die Kirche nach neuen Wegen suchen muß, um nicht nur neue Mitglieder anzuziehen, sondern um insbesondere ein Abwandern derjenigen zu verhindern, die mangels innerer Verbundenheit mehr oder weniger nur noch Kirchensteuerzahler sind.

Zu der Frage, wie dieses erreicht werden kann, kann ich mich als Laie nur mit größter Vorsicht äußern, aber da die Kirche und die Theologie ja letztlich auch für die Laien da ist, glaube ich das Recht zu haben, mich auch als Laie zu dieser Frage zu äußern.

Den Ansatzpunkt für die Orientierung der Kirche in der Zukunft sehe ich im Phänomen der Säkularisierung des Menschen, die auf mancher Synodaltagung, an der ich teilgenommen habe, mit bewegten Worten beklagt wurde. Was ich meinerseits — auch durch Diskussionsbeiträge in der Synode — beklagte, ist die Tatsache, daß die Kirche den Ursachen der Säkularisierung nicht intensiv genug nachgeht, um sie schließlich zu überwinden. Manchmal hatte ich den Eindruck, daß vielen Vertretern der Kirche der Mut fehlt, die Ursachenforschung zu betreiben, vielleicht aus einer unbewußten, aber meines Erachtens unbegründeten Angst heraus, ihr ganzes Gebäude könnte dabei zusammenbrechen.

Der Herr Ratsvorsitzende hat bei seinem Bericht in der Synode 1982 über die Ursachen der Kirchenaustritte folgendes gesagt: »Hierbei haben vielerlei Faktoren mitgewirkt — Entfremdung gegenüber der kirchlichen Botschaft, Kritik an der Kirche, Unbehagen an der politischen Entwicklung, Auswirkungen der Steuergesetzgebung oder auch Anlässe, welche die individuelle Meinungsbildung bestimmen.« Vom Unbehagen an der politischen Entwicklung war in diesem Buch schon genügend die Rede, aber mir scheint, daß über die »Entfremdung gegenüber der christlichen Botschaft« noch einiges zu sagen wäre.

Nach meiner persönlichen Überzeugung ist es eine der Hauptursachen für diese Entfremdung, daß die Ergebnisse der modernen Naturwissenschaft, insbesondere der Physik und der Biologie, immer mehr in das Bewußtsein der Menschen eindringen und immer stärker das Selbstverständnis des Menschen in einer von der Kirche wegführenden Weise verändern. Bei mancher Diskussion in der Synode und auch in manchem Privatgespräch mit Theologen habe ich immer wieder den Eindruck gewonnen, daß ein erheblicher Teil der kirchlich engagierten Menschen die von Physik und Biologie ausgehenden Bewußtseinsveränderungen einfach ignorieren oder verdrängen. Wer dies als Vertreter der Kirche tut, gerät in die Gefahr, an der großen Zahl von Menschen einfach vorbeizureden, die täglich mit Naturwissenschaften und Technik befaßt sind. Das gilt vor allem für Menschen, die ihr Leben in einem industriellen oder naturwissenschaftlichen Umfeld verbringen. Besonders deutlich kann ich dieses Dilemma am Beispiel eines Religionslehrers machen. Ein junger, an einem Gymnasium tätiger Religionslehrer beschrieb mir gegenüber einmal seine Situation sinngemäß wie folgt: »Meine Schüler kommen in den Religionsunterricht, nachdem sie eben in der Physikstunde vom Urknall und in der Biologiestunde von der Urzelle, von der Evolution des Lebens durch Mutation und Selektion, durch Zufall und Notwendigkeit gehört haben. Wenn ich da nicht in der Lage bin, eine Brücke zwischen Urknall und Urzelle einerseits und meiner Religion andererseits zu bauen, wenn ich meinen Schülern einfach sage: »Vergeßt alles, was ihr in Physik und Biologie gehört habt — es steht ja alles in der Bibel!« —, dann brauche ich mit dem Religionsunterricht gar nicht erst anzufangen.«

Hier muß wohl angesetzt werden, auch im Verhältnis zu den Menschen in der Arbeitswelt. Was diese heute von der Kirche erwarten, ist nicht ein Eintreten für ihre materiellen Interessen — das können die Gewerkschaften viel besser — und nicht das Eintreten für eine radikale Veränderung der politischen, wirtschaftlichen und gesellschaftlichen Verhältnisse, eine Veränderung, welche die Masse der Arbeitnehmer sehr viel skeptischer betrachtet als so mancher Soziologe oder Politologe. Was die Menschen von heute von der Kirche erwarten, ist eine Orientierungshilfe, eine Antwort auf die Sinnfrage, die nicht aus diesseitigen Betrachtungen abgeleitet werden kann, sondern nur im Transzendenten zu finden ist. Sinn und Wert der menschlichen Existenz kann die Kirche dem Bewußtsein der Menschen nur dann wieder deutlich machen, wenn sie den Menschen das Wissen darum zurückgibt, daß der Mensch nicht nur ein biologisch-chemisches Produkt der Evolution der Materie, nicht ein Tier unter Tieren, sondern ein geistiges Wesen ist, dessen überzeitliche Wurzeln in der Dimension des Transzendenten liegen. Nicht das biologische Prinzip des Kampfes ums Dasein, sondern das transzendente, allem Biologischen zuwiderlaufende Prinzip der umfassenden Liebe ist die christliche Antwort auf die Sinnfrage. Aber das Prinzip Liebe muß heute nicht nur »verkündet«, sondern in einer Auseinandersetzung mit dem biologischen Prinzip begründet und vor allem gelebt werden.

Wenn die Kirche Volkskirche sein will, wenn sie ihren Auftrag darin erblickt, möglichst vielen Menschen den Weg zu einem Leben in christlichem Selbstverständnis zu öffnen, dann darf sie nicht allein unter Berufung auf die Bibel vor der Auseinandersetzung mit dem naturwissenschaftlichen Weltbild flüchten. Viele bedeutende Naturwissenschaftler haben ihren Elfenbeinturm längst aufgegeben und sind bereit, das Transzendente in der menschlichen Existenz anzuerkennen, welches der Kern aller Religion ist. Somit stellt es sich mir als eine der großen Aufgaben der Kirche dar, hier eine Brücke zu finden, die Spaltung des Menschen zwischen Religion und Naturwissenschaft zu überwinden, dem Menschen ein ganzheitliches christliches Selbstverständnis und damit das Bewußtsein seiner Freiheit, seiner Verantwortung und seiner Würde wiederzugeben.

Solche Überlegungen waren der Grund dafür, daß ich mich in den Jahren nach meiner Pensionierung zunächst einmal der Frage des Selbstverständnisses des Menschen von heute zugewandt habe, ein Thema, das mich eigentlich mein ganzes Leben lang beschäftigt hat. So entstand das Buch, »Der Mensch im Kosmos — Krone der Schöpfung oder Zufallsprodukt?«, in dem ich in Gesprächsform die Situation des Menschen im Spannungsfeld zwischen Naturwissenschaft und Religion darzustellen versuchte*). In einer sehr freundlichen Stellungnahme zu diesem Buch bezeichnete der Bischof einer Landeskirche dieses Buch als »das Buch meines Lebens«. So war es auch gedacht. Aber während der Jahre, da dieses Buch allmählich reifte, hat der »lange Marsch durch die Institutionen« so beunruhigende Fortschritte gemacht und schließlich auch Randgruppen der Kirche in solcher Weise erreicht, daß ich mich anschließend entschloß, in dem hier vorliegenden Buch einen Erlebnisbericht niederzulegen, der als Anschauungsmaterial der jüngeren Generation meine eigenen Erfahrungen auf meinem eigenen langen Marsch durch dieses Jahrhundert vermitteln soll.

*) Vgl. Seite 187

SIEBTER TEIL

Versuch einer »Bewältigung« des Erlebten in Kritik und Selbstkritik

Versagen im Dritten Reich

In meinen Aufzeichnungen habe ich mich im wesentlichen auf eine Schilderung dessen konzentriert, was ich erlebte und habe auf spekulative Betrachtungen weitgehend verzichtet. Das muß nun für beide Teile meines Lebens nachgeholt werden. Besonders die erste Hälfte der Zeit, die ich erlebte, war eine Periode schwerster Erschütterungen des ganzen Erdballs und furchtbarer Ereignisse; gerade hier ist ein Rückblick auf das eigne Erleben ohne Kritik und Selbstkritik nicht möglich.

Dem historischen Geschehen unseres Jahrhunderts hat ein einzelner Mann seinen unseligen Stempel aufgedrückt. Wenn im 1. Weltkrieg der unbekannte Gefreite Adolf Hitler durch einen Granatsplitter den Heldentod gestorben wäre, so hätte mit Gewißheit die Geschichte des 20. Jahrhunderts einen anderen Verlauf genommen: Meine Phantasie reicht zwar nicht aus, um mir auszumalen, wie in diesem Fall die Entwicklung in dem schwer angeschlagenen Nachkriegsdeutschland verlaufen wäre, aber ich wage zu behaupten, daß es in diesem Fall keinen 2. Weltkrieg von solchem Ausmaß und mit so katastrophalen Auswirkungen für Deutschland und die Welt gegeben hätte, ich wage auch zu behaupten, daß es in diesem Fall keinen Massenmord am europäischen Judentum gegeben hätte.

Die Person Hitler ist ein einmaliges Phänomen. Für seine eruptive Dynamik, für seine ans Magische grenzende Fähigkeit der Massensuggestion, für sein unglaubliches Geschick, potentielle Gegner zu überspielen, für sein zynisches Verhältnis zur Macht, für seine skrupellose Fähigkeit zum Terror und für die dämonischen Kräfte des Bösen in ihm gibt es kaum ein Gegenstück in der Geschichte, aber auch nicht für seine Kunst des Schaupielens und der Verstellung.

Er suggerierte den Deutschen, daß er der Vollender ihrer Geschichte sei, und erweckte damit bei den Verzweifelnden neue Hoffnung und bei großen Teilen der Jugend eine

Opferbereitschaft, wie sie nicht in jeder Generation zu finden ist. Bei der Eingliederung Österreichs und des Sudetenlandes redete er auch der übrigen Welt ein, daß es ihm nur darum gehe, alle in Mitteleuropa lebenden Menschen, die sich als Deutsche fühlen, in einem Reich zusammenzuführen. Aber rückblickend auf sein ganzes Wirken kann man sich der Schlußfolgerung nicht entziehen, daß es ihm letztendlich nicht um Deutschland ging, sondern nur um die größenwahnsinnige Bestätigung des eigenen Ich. Das zeigte seine Haltung in der Endphase: Keine Spur von Bedauern, daß er der Totengräber Deutschlands war, keine Spur von Erkenntnis des eigenen Versagens; versagt hatte nur das deutsche Volk, das seiner nicht würdig war. Wie Alexander der Große wollte er den Erdball oder mindestens den europäischen Kontinent seinem Ich untertan machen, wie Napoleon wollte er die Völker unter seiner Herrschaft zusammenzwingen, aber im Gegensatz zu Alexander und zu Napoleon war er nicht nur Eroberer, sondern zugleich ein Verbrecher ohne Maß und ohne Norm, vergleichbar in der Geschichte allenfalls einem Dschingis-Khan.

War er das nun von Anfang an oder war es so, wie Sebastian Haffner in seinem beachtenswerten Buch »Anmerkungen zu Hitler« es darstellt, daß der Reichskanzler des Anfangs ein anderer war als der Luzifer des Untergangs? Haben — wie es manche behaupten — die Drogen seines Leibarztes Morell seine Identiät fundamental verändert und alles Menschliche in ihm abgetötet? Wenn ich an die frühen 1 000 Morde des 30. 6. 1934 denke, kann ich mich des Eindrucks nicht erwehren, daß er von Natur dem Verbrechen gegenüber völlig empfindungslos war, wenn es um die Durchsetzung seines Willens ging. Aber am Anfang versuchte er, den Befreier und Vollender zu spielen, und die Tragik unseres Jahrhunderts ist es, daß es — nicht nur innerhalb Deutschlands — in den verhängnisvollen ersten Jahren nach 1933 hinter seiner nationalen Vollenderrolle die Verbrecherrolle nicht wahrnahm. Die wenigen aber, denen er schrittweise seine letzten Ziele zu erkennen gab — ich denke an die von Hossbach protokollierten Gespräche des Jahres

1937 oder an die Rede vor den Oberbefehlshabern der Wehrmacht am 30. 3. 1940 oder an die Wannsee-Konferenz von Ende 1941 — waren entweder gebannt oder mit Blindheit geschlagen, oder sie waren ihm einfach nicht gewachsen.

Diese Betrachtungen sollen nicht der Auftakt sein zu einer Feststellung, daß Hitler allein an allem schuld sei und daß wir anderen unsere Hände in Unschuld waschen können. Das Phänomen Hitler — von keinem Granatsplitter aus der Welt geschafft — trat in unsere Welt ein, und wir müssen uns daran messen lassen, wie wir auf dieses Phänomen reagiert haben.

Wie messe ich mich selbst? Sicherlich habe ich in meinem Leben im politischen Bereich Fehlentscheidungen getroffen, und ich habe offen darüber berichtet. Aber nüchterne Betrachtung zeigt, daß diese Fehlentscheidungen auf den Ablauf der Dinge im Großen nicht den allergeringsten Einfluß hatten. Ich stelle mir die Frage: An welchem Punkt meines eigenen Lebens hätte ich durch ein anderes Verhalten den Gang der Dinge im Großen beeinflussen können — ich persönlich? Und wie jeder Durchschnittsbürger meiner Zeit, der sich nicht zum Attentäter berufen fühlte, muß ich feststellen: Ich sehe keinen solchen Punkt. Dies bedeutet keinen billigen Freispruch von der Mitverantwortung für das Geschehen; es bedeutet nur die Feststellung, daß der einzelne als einzelner dem Geschehen im Großen gegenüber ohnmächtig war.

Aber der einzelne ist nicht nur einzelner, er ist Glied einer Gruppe, und hier setzt die Problematik ein. Der einzelne war ein Ohnmächtiger unter Millionen Ohnmächtiger, und wenn die Millionen einzelner Ohnmächtiger sich zu gemeinsamem Handeln zusammengetan hätten, dann wären sie eben nicht mehr ohnmächtig gewesen und hätten — vielleicht — dem Unheil wehren können. Das Versagen war ein überindividuelles und von diesem Versagen kann und will ich mich nicht freisprechen. Der Vorwurf solchen Versagens trifft an sich das ganze deutsche Volk (obwohl Hitler niemals in einer freien und geheimen Wahl eine Mehrheit bekommen hat, auch nicht bei der letzten freien und geheimen Wahl im März des Jahres 1933); er trifft aber in besonderem Maße die sogenannten führenden Schichten.

Der Vorwurf bedarf der Konkretisierung. An welchen Punkten der Entwicklung hätte ein anderes Gruppenverhalten oder eine gemeinsame Verweigerung den Gang der Dinge im Großen ändern können und wie? Mit aller gebotenen Vorsicht möchte ich versuchen, meine Antwort auf diese Frage zu formulieren.

Ich neige zu der Auffassung, daß das erste kollektive Versagen der deutschen führenden Schichten schon in den Jahren vor 1933 festzustellen ist. Ich glaube, daß in den Jahren zwischen 1918 und 1933 die führenden Schichten (nicht nur die Politiker!) nicht genügend getan haben, um dem Wachsen der Extreme in unserem Land den Nährboden zu entziehen. Mehr tätige Solidarität mit denen, welche die Folgen des verlorenen Krieges und der Weltwirtschaftskrise am härtesten traf, mehr praktische Schicksalsgemeinschaft, weniger Konzentration auf die eigenen engen Interessen in der politischen, administrativen, industriellen, agrarischen und — last not least — kulturellen Oberschicht (unter Einschluß ihres jüdischen Teils) hätte wahrscheinlich in der Masse unserer Bevölkerung jenes Gefühl des Allein-Gelassen-Seins nicht aufkommen lassen, das sie zu einer leichten Beute der Propagandamaschine der Extreme werden ließ.

Vor allem aber für die Zeit nach 1933 stellt sich die Frage, wann und wie ein anderes kollektives Verhalten am Gang der Dinge etwas hätte ändern können. Die Ernennung Hitlers zum Reichskanzler (mit einem Kabinett, in dem seine Partei in der Minderheit war!), war an sich legal. Der Ausbau seiner Macht zur totalen Diktatur erfolgte zum Teil legal: durch das Ermächtigungsgesetz, dem Männer wie Heinrich Brüning, Theodor Heuss und Reinhold Maier zugestimmt haben, zum Teil durch blitzschnelles Schaffen vollendeter Tatsachen auch jenseits der Legalität; den Schlußstein bildete 1934 nach dem Tod Hindenburgs die irreversible Vereinigung der Ämter des Reichspräsidenten, des Reichskanzlers und des Oberbefehlshaber der Reichswehr in der Person Hitlers. Bis dahin sehe ich vor allem einen Punkt gemeinsamen Versagens: Die Eile, mit der große Teile der führenden Schicht nach dem 30. Januar 1933 zur Mitgliedschaft in der NSDAP drängten, die Art und Weise, wie sich viele bedingungslos dem System an den Hals warfen — nicht immer von dem Wunsch beseelt, Fehlentwicklungen zu verhindern, sondern oft von der panischen Angst besessen, den fahrenden Zug zu verpassen — das alles hat sicher die Handlungsfreiheit des zur Diktatur strebenden Mannes enorm erweitert, die Einflußmöglichkeiten der »führenden« Schichten fast auf Null reduziert.

Auf das spezielle Versagen der Reichswehr und der Justiz nach dem 30. Juni 1934 bin ich in meinem Bericht schon eingegangen. Die Menschen im Lande erfuhren zu wenig von der Gesamtheit der furchtbaren Geschehnisse jener Tage, als daß man von ihnen an diesem Punkt eine allgemeine Reaktion hätte erwarten können.

Als nächsten und wahrscheinlich entscheidenden Punkt, wo die Verweigerung eines großen Teils der Bevölkerung hätte eintreten müssen, betrachte ich die sogenannte Reichskristallnacht vom November 1938, die ein allen sichtbares Zeichen setzte. Die Erklärung dafür, daß solche Verweigerung ausblieb, sehe ich nicht in einer Zustimmung der Mehrheit der Deutschen zu diesem beschämenden Ereignis — unter der Oberfläche war die Empörung darüber sehr weit verbreitet —, sondern in der Tatsache, daß das Diktatursystem Hitlers im Jahr 1938 schon so totalitär gefestigt war, daß kaum jemand an den möglichen Erfolg der Verweigerung glaubte, zumal die Wehrmacht seit dem »Revirement« von Anfang 1938 an der Spitze für längere Zeit innenpolitisch gelähmt erschien. Es kam hinzu, daß die »Reichskristallnacht« in unmittelbarer zeitlicher Folge nach zwei außenpolitischen Triumphen Hitlers (Österreich und Sudentenland) inszeniert wurde, sodaß mancher empörte Deutsche Hemmungen hatte, seine Empörung in Verweigerung umzusetzen und dadurch den Prozeß der außenpolitischen Konsolidierung »des Reiches« zu gefährden. Erklärungen — keine Rechtfertigung!

Ob es nach Ausbruch des Krieges noch eine Möglichkeit einer Verweigerung auf breiter Basis geben konnte, muß ich bezweifeln; zuerst war es der Rausch der Siege, dann das Grauen vor dem Untergang, der solche Verweigerung verhinderte. In der Turbulenz des Krieges konnten m. E. nur noch diejenigen handeln, die Überblick und Macht besaßen: die Generäle. Sie haben am 20. Juli 1944 gehandelt — viel zu spät und ohne Glück. So nahm — um mit Carlo Schmid zu reden — das Unheil weiter seinen Lauf.

Haben wir genügend
gelernt?

Im Gedanken an die zweite Halbzeit meines Lebens (1945-1982) drängt sich mir nun die Frage auf: Haben wir aus unserem überindividuellen Versagen bis 1945 genügend gelernt?

1. Dabei müssen wir unseren Blick wohl weiter zurück in unsere Geschichte schweifen lassen als nur bis zum Jahr 1918. Denn die Ursachen unseres Schicksals liegen viel weiter zurück. Auch wenn man — wie ich — die These von der Alleinschuld Deutschlands am 1. Weltkrieg für unhaltbar ansieht: ohne die Begabung Kaiser Wilhelms II., die Welt ständig mit seiner Kraftmeierei zu schockieren, wäre die Geschichte wohl anders verlaufen. Wilhelm II. aber hätte sich nicht so unheilvoll entfalten können, wenn seinem Wesen nicht gewisse Charaktereigenschaften der Deutschen von damals entgegengekommen wären.

So möchte ich bei der Behandlung der Frage, ob wir Deutschen aus unserer Geschichte genügend gelernt haben, mit der Frage beginnen: Haben wir diejenigen Eigenschaften, mit denen wir schon vor 1914 vielfach ein Ärgernis der Welt wurden — vor allem Anmaßung und Maßlosigkeit — unter dem Eindruck der Katastrophe von 1933-1945 abgelegt? Ich würde sagen: Es ist besser geworden, aber wir müssen aufpassen. So manches Gehabe von Wirtschaftswunder-Bundesbürgern nach 1945 hatte verdammte Ähnlichkeit mit dem Auftreten von Deutschen in der Gründerzeit nach 1870, und auch mancher unserer Politiker nach 1945 hat dem Ausland gegenüber nicht immer den richtigen Ton getroffen.

2. Als nächstes möchte ich die Frage stellen: Haben wir als Volk die Solidarität, d. h. jenes Füreinander-Einstehen gelernt, das uns schon im Kaiserreich, vor allem aber nach dem 1. Weltkrieg fehlte, und dessen Fehlen nach 1918 es uns

unmöglich machte, mit vereinten Kräften zäh, aber geduldig ohne extreme Entwicklungen die Folgen des verlorenen Krieges zu überwinden? Für die Zeit des wirtschaftlichen Aufschwungs nach dem 2. Weltkrieg möchte ich diese Frage bejahen; freilich war es nicht allzu schwer, in den Jahren ständig wachsenden Wohlstands für alle Solidarität zu üben. Ob sie auch in den kommenden Zeiten steigender wirtschaftlicher Schwierigkeiten gegeben sein wird, wird erst die Zukunft erweisen. Hier steht die Probe aufs Exempel noch aus.

3. Haben wir als Volk politisch aus dem Versagen unserer Demokratie in der Weimarer Zeit genügend gelernt? Im großen ganzen glaube ich, daß unser zweiter Versuch der Demokratie bis jetzt besser gelungen ist als der erste. Aber ich knüpfe daran drei Einschränkungen:

a) Die heute (1982) immer mehr grassierende Staatsverdrossenheit scheint mir ein ernstes Menetekel zu sein und sollte unseren Politikern aller Parteien sowie allen Verantwortlichen im vorpolitischen Raum zur Warnung dienen, sich nicht dem Verdacht einer Wiederholung von Weimar auszusetzen, wo allzu viele Politiker persönlichen Ehrgeiz und Parteiinteresse über das Wohl des Ganzen setzten und wo allzuoft der politischen Szene die Würde fehlte, ohne die Demokratie im Herzen der Menschen nicht Wurzeln schlagen kann.

b) Das Wesen der Demokratie ist offensichtlich im Bewußtsein vieler noch nicht klar genug verankert, sonst könnte sich nicht die Zahl der Minderheiten immer mehr erhöhen, die sich lautstark über mangelnde Demokratie beklagen, weil sie sich mit ihren Minderheitenwünschen nicht durchsetzen können; auch würden solche Minderheiten erkennen, daß ihre Versuche, Minderheitenwünschen durch Gewalt Nachdruck zu verleihen, für unsere noch immer junge Demokratie eine tödliche Gefahr werden können. Dabei bin ich mir natürlich im klaren, daß bei solchen Versuchen nicht nur naive Gutgläubige am Werk sind, die das Wesen der Demokratie noch nicht begriffen haben, sondern auch Kräfte, denen gerade an der Zerstörung unserer Demokratie gelegen ist.

c) Bei objektiver Betrachtung ist unsere demokratische Ordnung von heute die freieste, die man sich überhaupt denken kann. Trotzdem gibt es in allen Altersschichten, vor allem aber in der jüngeren Generation, heute Menschen, die diesen Staat als repressives Zwangssystem von Grund auf ablehnen. Sie bekämpfen diesen Staat so, als ob es noch der Staat von 1933-1945 wäre. Dabei handelt es sich zum Teil um Demagogen neuer Prägung mit politischer Zielsetzung; bei den anderen aber, den Gutgläubigen, zeigt sich m. E. hier eine Überreaktion auf die Zeit von 1933-1945, eine Überkompensation des Defizits an Zivilcourage, die uns in der damaligen Zeit fehlte. Dabei handelt es sich heute um Zivilcourage am falschen Fleck und um eine neue Maßlosigkeit in einer Richtigung, die für unsere Zukunft höchst gefährlich werden kann. Zur Bewältigung unserer Vergangenheit gehört auch, daß wir die extremen Pendelausschläge endlich auslaufen lassen!

4. Als nächstes möchte ich fragen, wie wir es mit dem Rechtsstaat halten. Auch hier bin ich der Meinung, daß unser heutiger Staat im Vergleich zu Weimar wesentlich besser abschneidet. Skandale und Korruption sind weniger zahlreich und werden, wenn entdeckt, nicht von Staats wegen gedeckt. Manchmal hat man sogar den Eindruck, daß wir Gefahr laufen, den Gedanken des Rechtsstaats mit den Mitteln des Rechtsstaats durch deren Überziehen ad absurdum zu führen. Es sind aber leider auch einige echte gravierende Verstöße gegen die Prinzipien des Rechtsstaates zu verzeichnen. Am Anfang unserer jungen Bundesrepublik stand der Vorgang, daß die Gewerkschaften durch die Drohung mit Generalstreik den Gesetzgeber (!) zur Annahme des Gesetzes über die Montanmitbestimmung genötigt haben! Und wenn der erste Mann der Gewerkschaften am 1. Mai 1982 auf einer Maikundgebung aussprechen konnte, die Gewerkschaften würden bei einem Regierungswechsel der neuen Regierung »an die Gurgel springen«, so kann man nur fest-

stellen, daß bei manchen Männern der Gewerkschaften das rechtsstaatliche Selbstverständnis auch heute noch ein gefährliches Defizit aufweist. Leider ist es auch vorgekommen, daß Politiker in der Position eines Regierungsmitglieds ein ihnen nicht genehmes Urteil eines höchsten Bundesgerichts in unerhörter Weise abqualifizierten; in England oder USA hätte dies ihre sofortige Abberufung aus dem Amt zur Folge gehabt, bei uns geschah nichts!

Fragen an uns alle

Mit den vorstehend behandelten Fragen habe ich mich in Bereichen bewegt, wo ein Vergleich zwischen dem Bonner Staat und seinen Vorgängern an Hand von Tatsachen möglich erscheint. Wie aber steht es im Bereich der Imponderabilien? Das ist ein weites Feld, und seine nicht nur oberflächliche Behandlung würde den Rahmen eines Nachworts zu einem Erlebnisbericht sprengen. Deshalb seien hier zum Schluß nur einige sorgenvolle Fragen aufgezählt, die mich beim Rückblick auf mein Leben bewegen.

Wenn es richtig ist, daß in der Zeit nach dem 1. Weltkrieg das geistige und seelische Vakuum — vornehmlich eine Folge der Säkularisierung des Menschen — mit dafür ursächlich war, daß sich so viele Deutsche der NS-Weltanschauung anschlossen, haben wir in der Zeit nach dem 2. Weltkrieg dieses Vakuum überwunden? Sind wir gefeit gegen die Gefahr, daß wir noch einmal von einer Pseudo-Religion — wenn auch mit anderen Vorzeichen — verführt werden?

Gibt es für uns unverzichtbare gemeinsame Werte — Freiheit, Würde, Ehre, Gerechtigkeit —, deren Besitz uns immun macht gegen die immerwährenden Versuche von außen, unser Staatsgefüge zu demoralisieren und zu destabilisieren?

Haben wir als Volk soviel innere Substanz, daß wir — wie einst die Polen — auch eine lang dauernde staatliche Spaltung ohne Verlust unserer Identität als Volk überstehen werden?

Haben wir die Kraft und das Bemühen, trotz der ungeheuren Zäsur, welche das 3. Reich in unserer Geschichte bedeutete, das Bewußtsein historischer Kontinuität in uns zu erhalten? Bringen wir es fertig, daß die stolze Erinnerung an die großen Namen unserer Geistesgeschichte allmählich die Erinnerung an die große Schande auf den zweiten Platz in unserem Bewußtsein verweist, wozu uns ebenbürtige eigene geistige Leistungen am meisten helfen könnten?

Sind wir außenpolitisch endlich Realisten geworden, die Wunsch und Wirklichkeit zu scheiden wissen? Die Aktualität dieser Frage zeigt sich m. E. bei der sogenannten Friedensfrage. Ich kenne niemand, der nicht mit heißem Herzen den Frieden wünscht. Aber zur Sicherung des Friedens gehört nicht nur ein heißes Herz, sondern auch ein kühler Verstand. Und dieser sagt uns: Solange es in der Welt noch potentielle Aggressoren gibt, die noch mit der Möglichkeit rechnen, eines Tages ohne das Risiko der Selbstvernichtung ihre Macht über den Erdball ausdehnen zu können, ist derjenige verloren, der nicht glaubhaft den Willen zur Selbstbehauptung in Freiheit unter Beweis stellt. Ist das so schwer zu begreifen?

Fragen an unsere Jugend

All diese Fragen bewegen mich im Gedanken an die Menschen aller Altersgruppen, die heute in Deutschland leben. Darüber hinaus aber gibt es Fragen, die überwiegend mit der jüngeren Generation zu tun haben. Dabei bin ich mir bewußt, daß jede Verallgemeinerung falsch ist: Auch in der heutigen jungen Generation gibt es prächtige Menschen, denen man zutraut, daß sie die Zukunft meistern werden — aber es gibt auch andere, an die man nicht ohne Sorge denken kann.

Die Zukunft meistern wird nur derjenige, der genügend Wissen hat, um Vergangenheit und Gegenwart, Geschichte und Politik einigermaßen richtig zu beurteilen. Wie steht es damit bei unserer Jugend? Ich weiß, daß es sehr viele junge Menschen gibt, die sich erstaunlich intensiv mit der Geschichte und mit den politischen Problemen unserer Zeit auseinandersetzen. Aber daneben gibt es andere, die ohne das notwendige Bemühen um das notwendige Wissen sich nur von ihren Gefühlen leiten lassen und dadurch in ständiger Gefahr leben, manipuliert zu werden.

Die Zukunft meistern wird nur derjenige, der getragen ist vom Bewußtsein seiner Verantwortung. Wie steht es damit bei unserer Jugend? Auch hier gibt es viele junge Menschen, die alle Voraussetzungen für ein verantwortetes Leben mitbringen; aber es gibt auch andere — man könnte sie die Opfer des Wohlstands nennen — die sich um nichts bemühen, die nichts wirklich ernst nehmen, weil ihnen das Leben bis jetzt alles ohne eigene Anstrengung geboten hat; sie bedenken nicht, daß alles im Leben zerrinnt, wenn man es nicht immer wieder aufs Neue erarbeitet.

Die Zukunft meistern wird schließlich nur derjenige, der Mut hat. Wie steht es damit bei unserer Jugend? Neben vielen jungen Menschen, die auch in dieser Richtung vorbildlich sind, kann man die sehr vielen nicht übersehen, die mit ihren Ängsten, ihren Sorgen, ihren Frustrationen, mit Sinnverlust und Wertverlust einfach nicht fertig werden. Dieser Gruppe möchte ich zu bedenken geben — und in diesem Sinne habe ich den letzten Abschnitt meiner Stellungnahme zur Friedensdenkschrift der EKD formuliert —, daß der Mensch aus sich heraus dies alles überwinden kann und überwinden muß, wenn er nicht in Kauf nehmen will, von der Geschichte überrollt zu werden. Geschichte? Ja, gibt es denn so etwas noch im Angesicht der globalen Atomkatastrophe? Meines Erachtens, ja! Ich bin kein Prophet, aber ich habe Überzeugungen, die sich im Laufe eines langen Lebens verfestigt haben. Eine dieser Überzeugungen geht dahin, daß die Existenz der Atombombe — so paradox es klingt — zum ersten Mal in der Geschichte der Menschheit eine reale Chance für dauerhaften Frieden auf dieser Erde bedeutet. Man braucht kein Hellseher zu sein, um folgendes klar zu erkennen: Wenn bis heute die Atombombe auf dieser Erde einfach noch nicht erfunden wäre, so hätte sich wenige Jahre nach dem Ende des 2. Weltkriegs das Sowjetimperium nach dem Vorbild hitlerscher Blitzaktionen auf Europa bis zum Atlantik ausgedehnt. Daß wir Westeuropäer heute noch ein Leben in Freiheit führen können, verdanken wir schlicht und einfach der Existenz der Atombombe. Zugegeben: Die Atombombe ist gefährlich und unheimlich, aber mehr noch: ihre bloße Existenz ist eine Chance. Wenn der weitere Verlauf der Dinge dieser meiner Überzeugung recht gibt, so bedeutet das natürlich nicht, daß die befriedete Menschheit ein Leben in Geschichtslosigkeit führen wird. Auch wenn die Gewalt aus dem Leben der Völker endgültig verbannt ist und die Menschheit sich mehr und mehr als »one world« begreift, wird die Geschichte wie eh und je die Menschen und die Völker wägen und nicht nur zählen. Zum Glück wird die Bewährung vor der Geschichte dann eine andere sein als in den früheren Zeiten. Es werden nicht mehr die »Stahlgewitter« der großen Schlachten sein, in denen Männer »reifen« (sofern sie dabei nicht zerfetzt werden). Aber noch immer wird die Fähigkeit zur Selbstbehauptung der Maßstab sein, an dem die Geschichte die Völker und die Menschen mißt. Dann werden allerdings die Maßstäbe des Geistes zum Zug kommen und darüber entscheiden, welcher Mensch, welches Volk überlebt und wie der Platz eines Menschen, eines Volkes an der Sonne aussieht. Hoffen wir, daß wir Deutsche dann nicht gewogen und endgültig für zu leicht befunden werden! Sorgen wir dafür, daß das Unheil nicht noch einmal — wenn auch mit anderen Vorzeichen — seinen Lauf nimmt!

ANHANG

Anhang 1

Geschichtliche Eckdaten
1930-1949

1930
30. 3. Brüning Reichskanzler

1931
1. 6. Papen Reichskanzler

1932
10. 4. Wiederwahl Hindenburgs als Reichspräsident
(Gegenkandidat Hitler)
4. 12. General v. Schleicher Reichskanzler

1933
30. 1. Adolf Hitler Reichskanzler
27. 2. Reichstagsbrand
5. 3. Neuwahlen zum Reichstag
(letzte freie Wahl; NSDAP erhält nicht die
absolute Mehrheit)
21. 3. Tag von Potsdam
23. 3. Der Reichstag beschließt das
Ermächtigungsgesetz

1934
30. 6. Schlag gegen Röhm und die SA;
ca. 1000 Morde im ganzen Reichsgebiet
2. 8. Tod Hindenburgs
Hitler vereinigt in seiner Person das Amt des
Reichspräsidenten, des Reichskanzlers und des
Oberkommandierenden der Reichswehr

1941

6. 4.	Beginn des Balkanfeldzuges
22. 6.	Beginn des Krieges gegen die Sowjetunion
7. 12.	Japan greift die USA in Pearl Harbour an
11. 12.	Kriegserklärung Hitlers an die USA
Dezember	Hitler beschließt die »Endlösung der Judenfrage«

1943

2. 2.	Kapitulation der Armee Paulus vor Stalingrad

1944

20. 7.	Mißglücktes Attentat auf Hitler (Stauffenberg)

1945

30. 4.	Hitler begeht Selbstmord
7./8. 5.	Bedingungslose Kapitulation
5. 6.	Einsetzung des Alliierten Vier-Mächte-Kontrollrats für Deutschland
2. 8.	Potsdamer Abkommen

1948

20. 6.	Währungsreform für den Bereich der drei westlichen Besatzungszonen (Beginn der Teilung Deutschlands)

1949

8. 4.	Für die drei westlichen Zonen übernimmt die Alliierte Hohe Kommission die Funktionen des Kontrollrats
24. 5.	Das Grundgesetz der Bundesrepublik Deutschland tritt in Kraft

Anhang 2

Nachruf
auf August v. Knieriem

*(gesprochen bei der Trauerfeier in Heidelberg
am 20. 10. 1978)*

Verehrte Trauerversammlung,
liebe Familie v. Knieriem!

Voll Trauer, voll Dankbarkeit und voll Stolz nimmt die
BASF Abschied von einem Mann, der zu den Großen ihrer
Geschichte gehört. Im Namen der BASF habe ich als einer
der ältesten Mitarbeiter des Verstorbenen die Ehre, für den
Aufsichtsrat, dessen Vorsitzer sich derzeit auf einer Aus-
landsreise befindet, für den Vorstand, dessen Vorsitzer
unter den Trauergästen weilt, für die Belegschaftsvertre-
tungen und für alle Mitarbeiter August v. Knieriem den letzten Gruß des Unternehmens zu sagen, dem fast sein ganzes
Leben gewidmet war.

55 Jahre lang hat der Verstorbene den Weg der BASF
begleitet, das ist fast die Hälfte der Zahl der Jahre, die das
Unternehmen überhaupt existiert. 36 Jahre lang — von 1923
·bis 1959 — hat er aktiv an wechselnden Aufgaben gearbei-
tet, 19 Jahre des Ruhestands waren ihm vergönnt, und das
Schicksal hat ihm die Gnade gewährt, daß er bis wenige
Wochen vor seinem Tod zwar nicht ohne die Mühsal des
Alters, aber in völliger geistiger Klarheit den Gang der
Dinge auch bei seiner BASF verfolgen konnte.

Voll Trauer nehmen wir Abschied, obwohl wir wissen, daß er den Tod schließlich als Erlösung erwartete. Wann immer eine große vertraute Gestalt uns verläßt, entsteht eine Lücke, die wir schmerzhaft empfinden.

Voll Dankbarkeit nehmen wir Abschied, voll einer Dankbarkeit, der mit Worten nur unvollkommen Ausdruck gegeben werden kann — zu groß für eine volle Würdigung am Grab ist die Leistung des Mannes.

Ungewöhnlich wie seine ganze Persönlichkeit war schon der Weg, auf dem er zur BASF gestoßen ist. Eine schwere Verwundung führte den jungen Offizier des 1. Weltkrieges in die Kriegswirtschaftsverwaltung. Hier lernte er die Männer der Wirtschaft kennen, darunter die damaligen Leiter der alten BASF. Sie erkannten die ungewöhnlichen Fähigkeiten des begnadeten Juristen, und als er dann 1923 in die Firma eintrat, wurde er sofort in den Vorstand berufen. Schwer war der Weg der deutschen Industrie in jenen Jahren nach dem 1. Weltkrieg, schwer war die Bürde des Vorstands, und keine der großen Unternehmensentscheidungen wurde getroffen, ohne daß August v. Knieriem sie mitgestaltet hätte.

Nach der Gründung der IG im Jahre 1925, die das Überleben der deutschen chemischen Industrie nach dem 1. Weltkrieg möglich machte, wuchs das Gewicht der Aufgaben. Die Berufung in den Zentralausschuß der IG stellte ihn bald als den ersten Juristen des Konzerns heraus. Sein Standort blieb die Rechtsabteilung des Werkes Ludwigshafen, aber als Leiter des Rechtsausschusses der IG und ihrer Patentkommission strahlte sein Wirken auf alle Werke, Sparten und Tochtergesellschaften aus, wobei eines seiner wichtigsten Anliegen die Pflege des Nachwuchses war, die Sorge dafür, daß in der weitverzweigten Organisation der richtige Jurist oder der richtige Patentfachmann am richtigen Platz war. Bald schon gewann das Profil des 1. Juristen des größten deutschen Unternehmens internationales Format. Die weltweiten Geschäftsbeziehungen der IG zu vielen Großfirmen der Welt ließen August v. Knieriem rasch zu einer der Schlüsselfiguren auf seiten der IG werden. Der unselige

Krieg von 1939 zerstörte jäh dieses so hoffnungsvoll begonnene Aufbauwerk internationaler wirtschaftlicher Zusammenarbeit, an dem sein ganzes Herz hing.

Aus dieser Periode internationaler Tätigkeit erwuchsen auch persöliche Freundschaften, von denen manche den 2. Weltkrieg überlebten. Lassen Sie mich stellvertretend für viele den Namen von Frank Howard nennen, den Vize-Präsidenten der Standard Oil Company of New Jersey. Aus geschäftlicher Zusammenarbeit erwuchs hier eine Freundschaft zweier kongenialer Männer, die erst mit dem allzu frühen Tod von Frank Howard in den 60er Jahren endete.

Gestatten Sie mir, für den Augenblick die ersten Nachkriegsjahre zu überspringen. Nachdem die schlimmsten Folgen der Katastrophe überwunden waren, kehrte August von Knieriem in zweifacher Hinsicht zu seiner Arbeit zurück. Von 1955 bis 1959 übernahm er den Vorsitz im Aufsichtsrat der IG i. L., und außerdem nahm er in der Rolle eines Beraters am Wiederaufbau seiner BASF teil. Nur wer es, wie ich, aus nächster Nähe selbst erlebt hat, vermag zu ermessen, was unter den Bedingungen der 2. Nachkriegszeit der Rat eines Mannes mit seiner Erfahrung und seiner Weisheit für uns wert war.

Zur Dankbarkeit gegenüber August v. Knieriem gesellt sich der Stolz darauf, daß er unser war und wie er unser war. Er gehörte zu einer Juristengeneration von Männern der deutschen Wirtschaft, die vom Schicksal gefordert wurde wie keine zuvor. Die Tatsache, daß er mit weißer Weste die Jahre des Unheils bis Kriegsende durchgestanden hatte, änderte nichts daran, daß die Jahre nach 1945 ihm Haft und Anklage vor dem Nürnberger Militärgericht im Nürnberger IG-Prozeß brachten. In der Stunde der Not zeigte sich, daß August v. Knieriem die nächste Generation zu motivieren verstanden hatte. Als Verteidiger stellten sie sich zusammen mit den freiberuflichen Anwälten vor die angeklagte ältere Generation. Auch die älteren Söhne, Jürgen und Andreas, kaum noch der Schule entwachsen, versuchten zu helfen.

Der Prozeß endete für August v. Knieriem mit Freispruch von allen Anklagepunkten und wiedergewonnener Freiheit.

Obwohl Haft und Prozeß für ihn das schwerste Erlebnis seines Lebens waren, wurde bald danach die Größe seiner Persönlichkeit und die Weite seines Geistes aller Welt sichtbar. Unbeeinflußt von jedem an sich naheliegenden Ressentiment schrieb er ein Standardwerk über die Nürnberger Prozesse und ihre profunde juristische Problematik, dessen Bedeutung und glasklare Objektivität nach Publikation der englischen Übersetzung selbst im ehemals feindlichen Ausland vorbehaltlos anerkannt wurde, ungeachtet seiner naturgemäß sehr kritischen Grundhaltung. Wenn in der Zukunft die Nürnberger Prozesse dazu beitragen sollten, daß eine bessere Welt von einem besseren Recht regiert wird, wird niemand bei der Gestaltung dieses Rechts am Werk des Verstorbenen vorbeigehen können.

Wahrlich, ein ungewöhnliches Leben ist hier zu Ende gelebt worden,
— das Leben eines Mannes,
— das Leben eines Herrn,
— das Leben eines Ritters ohne Furcht und Tadel,
der in schwersten Zeiten Charakter, Mut und Haltung bewies.

Voll Trauer, voll Dankbarkeit, voll Stolz nehmen wir Abschied.

Wie heißt es doch in der Stoa?
»Je mehr der Seele große Regung schwindet
Und nach dem Billigsten die Wünsche streben,
Um so beglückter ist, wer plötzlich findet
Ein ganz in sein Gesetz gestelltes Leben.«

Wolfgang Heintzeler

Anhang 3

Denkschrift des
Arbeitskreises
evangelischer Unternehmer
in der Bundesrepublik Deutschland

Die Verantwortung
des Unternehmers
insbesondere für die Schaffung,
Erhaltung und Gestaltung
von Arbeitsplätzen

Vorgelegt

für die Tagung 1982 der Synode

der Evangelischen Kirche in Deutschland

»Kirche und Arbeitswelt«

Ergänzte Fassung — August 1982

Inhalt

Einleitung

Im Frühkapitalismus galt als nicht beweispflichtiger Grundsatz, daß Unternehmer und Arbeitnehmer unversöhnliche Gegensätze seien — auch wenn damals schon weitblickende Unternehmer die Fürsorgepflicht gegenüber ihren Mitarbeitern sehr ernst nahmen. Es war die Zeit der Klassengesellschaft, des Klassenkampfes.

Die wirtschaftliche und soziale Entwicklung nach 1945 hat nicht nur diesen Gedanken, sondern auch noch manch andere Thesen widerlegt — beispielsweise die Lehre, daß der Arbeiter im »Kapitalismus« seinen Lebensstandard nie über das Existenzminimum hinaus erhöhen könne. »Wohlstand für alle« ist bei uns inzwischen in großem Umfang Wirklichkeit geworden, daran haben auch geringere Wachstumsraten und Realeinkommensverluste der jüngsten Zeit nichts geändert.

Eine der Voraussetzungen dazu schuf der sogenannte Freiburger Bonhoeffer-Kreis. Evangelische Wissenschaftler — Theologen, Nationalökonomen und Historiker — erarbeiteten in den letzten Jahren des 3. Reiches in geheimen Beratungen unter ständiger Lebensgefahr eine Denkschrift über die geistigen Grundlagen der Wirtschaftsordnung der Nachkriegszeit, der »Sozialen Marktwirtschaft«. Umgesetzt wurden diese Ideen schließlich von Ludwig Erhard, der nach der Währungsreform 1948 mutig die Bewirtschaftung abschaffte und sich energisch für die Verwirklichung der Sozialen Marktwirtschaft einsetzte.

Unter den Mitgliedern des Freiburger Kreises befanden sich der spätere Bischof Dibelius und der Theologe Professor Helmut Thielicke, der eine bemerkenswerte Einführung zur Publikation dieser Denkschrift*) geschrieben hat. Zu diesem

---

*) Die Denkschrift wurde 1979 bei I.C.B. Mohr (Paul Siebeck), Tübingen, veröffentlicht unter dem Titel »In der Stunde Null. Die Denkschrift des »Freiburger Bonhoeffer-Kreises«. Politische Gemeinschaftsordnung. Ein Versuch zur Selbstbesinnung des christlichen Gewissens in den politischen Nöten unserer Zeit«. Diese Publikation wird im folgenden als »Freiburger Denkschrift« zitiert.

Kreis gehörte auch der Unternehmer Walter Bauer, damals Mitglied der Bekennenden Kirche. Er ergriff nach dem Zweiten Weltkrieg die Initiative für die Gründung des Arbeitskreises Evangelischer Unternehmer, wurde sein erster Vorsitzender und wird heute noch von vielen evangelischen Unternehmern als Vorbild angesehen. In das Konzept der Sozialen Marktwirtschaft floß also viel christliches Denken ein.

Die Grundlage der Marktwirtschaft ist der Gedanke, daß der Wettbewerb autonomer, mit haftendem Kapital ausgestatteter Unternehmen die Effizienz der Wirtschaft sichert, dabei den Verbraucher am besten bedient sowie Wirtschaftswachstum und steigenden Wohlstand für alle ermöglicht.

Die Marktwirtschaft »bedient sich« gewissermaßen des im Wettbewerb stehenden Unternehmers, um die optimale Erfüllung der Verbraucherbedürfnisse zu erreichen; die Produktionsplanung ist auf die Vielzahl der kleinen, mittleren und großen Unternehmen verteilt. Jeder einzelne Unternehmer muß sich für seinen Bereich intuitiv oder durch Marktforschung ein Bild verschaffen, welches sein Beitrag zum Gesamtwirtschaftsprozeß im Interesse der Verbraucherwünsche sein kann. Die heutige Volkswirtschaftslehre gebraucht hierfür eine bildhafte Formulierung: Der Unternehmer reagiert auf die Signale des Marktes. Der Lohn für das richtige Reagieren, d. h. für die richtige Einordnung eines Unternehmens in das Gesamtgeschehen und für die richtige Teilplanung durch den Unternehmer, ist der Gewinn. Die Folge falscher Planung des Unternehmers kann der Verlust, im Extremfall der Konkurs sein. Die Dezentralisation der Produktionsentscheidung, ihre Verteilung auf die Vielzahl der Unternehmer, deren persönliches Schicksal an Erfolg oder Mißerfolg gekoppelt ist, gibt die Erklärung dafür, daß bis jetzt die Marktwirtschaft in den bereits entwickelten Ländern sich jedem zentral gelenkten Wirtschaftssystem gerade auch im Hinblick auf die Interessen aller als Verbraucher als weit überlegen erwiesen hat.

Diese Aussage bedeutet sicherlich nicht, daß die marktwirtschaftliche Ordnung »sich absolut setzt und damit an die Stelle Gottes tritt«, wie es in einer neuerlichen, für die EKD-Synode 1982 angefertigten Publikation des Vorstands des »Kirchlichen Dienstes in der Arbeitswelt« (KDA) formuliert ist*); unsere Aussage bedeutet lediglich die Feststellung, daß bis jetzt kein anderes Wirtschaftssystem in der Welt im Vergleich zur Marktwirtschaft mit ihrer sozialen Komponente den Nachweis auch nur annähernd gleicher wirtschaftlicher und sozialer Leistungsfähigkeit erbracht hat. Unsere Aussage bedeutet deshalb auch nicht — wie es im Papier des KDA-Vorstands auf Seite 12 Mitte nochmals heißt — die »Vergötzung der bestehenden Wirtschaftsordnung«, die sich auswirkt »als Sperre gegen die Notwendigkeit einer neuen und menschlicheren Wirtschaftsordnung, genauer Weltwirtschaftsordnung, in die natürlich auch die Länder des Ostblocks einbezogen werden müßten«.

Wenn das Papier des KDA-Vorstands auf Seite 12 Mitte fortfährt: »Dieser Wirtschaftsgötze aber tritt bei uns meist einträchtig zusammen auf mit seinem Zwillingsbruder, dem Antikommunismus«, so ist es in der Tat richtig, daß Marktwirtschaft und Kommunismus unvereinbare Antipoden sind. Wir betrachten diese Feststellung aber nicht als — wie das Papier des KDA-Vorstandes weiter sagt — »politische Haltung eines blinden und bornierten Antikommunismus, die die Funktion hat, alle Kritik an Bestehendem und alle Freiräume zur Entwicklung von Alternativen als die freiheitlich-demokratische Grundordnung gefährdend oder zerstörend zu diffamieren.« Wir sind vielmehr der weder blinden noch bornierten Überzeugung, daß der Kommunismus — wie die Entwicklung in praktisch allen kommunistischen Ländern gezeigt hat — keine Alternative für die Lösung der wirtschaftlichen Probleme unserer Zeit darstellt. Für Christen kann der Kommunismus auch aus anderen als wirtschaftlichen Gründen keine Alternative sein; denn für

---

*) EPD Information vom 26. 7. 1972 Nr. 33 / 82 »Jenseits der Vollbeschäftigung — über die Zukunft der Arbeitswelt, Teil 3«, Seite 11 rechte Spalte Mitte. (Im folgenden als »Papier des KDA-Vorstands« bezeichnet)

Christen bedeutet ihre Religion mehr als »Opium für das Volk«, und sie lehnen den in der kommunistischen Welt propagierten Gedanken ab, daß Kirche und Religion kraft Naturgesetz zum Absterben verurteilt seien. Das gedankliche Fundament des Kommunismus ist Materialismus und Determinismus. Der Christ aber weiß, daß der Mensch mehr ist als nur ein determinierter Teil der Materie; er weiß sich transzendent geborgen in Gott und lebt in der Verantwortung vor ihm.

1. Die allgemeinen Aufgaben des Unternehmers in unserer Wirtschaftsordnung

»Auf jedem Eigentum liegt eine soziale Hypothek, die mich nicht nur an seinem Mißbrauch zur Ausbeutung des Nächsten hindern soll, sondern zugleich verpflichtet, mit all meinem Hab und Gut der Gemeinschaft nützlich zu werden. Auch Wettbewerb und freie Initiative ... sind nicht ohne sittliche Gefahren. Jede freie Wettbewerbswirtschaft, auch die staatlich regulierte, bedarf starker sittlicher Gegenwirkungen gegen den Privategoismus, damit dieser nicht überwuchert und den Gedanken des Dienstes am Ganzen nicht verschwinden läßt.« (Freiburger Denkschrift, S. 94)

Es gibt bis heute kein System, das — richtig angewandt — mit solcher Verläßlichkeit wie die Soziale Marktwirtschaft nicht nur Wohlstand, sondern auch Würde und Freiheit — auch und besonders für den arbeitenden Menschen — gewährleisten kann. Sicherlich kann dieses System dem einzelnen keine Garantie für die Erhaltung des *konkreten* Arbeitsplatzes *für alle Zeit* geben; aber dies leistet auch kein anderes wirtschaftliches System. Der Grund liegt in der ständigen Fortentwicklung der Technik und der ständigen

Bedarfsveränderung, denen alle Wirtschaftsordnungen unterliegen. Dennoch kann der einzelne Unternehmer einen Beitrag zur Verwirklichung der Vollbeschäftigung, beziehungsweise zur Annäherung an diese, leisten; die entscheidende Verantwortung dafür liegt jedoch bei den Politikern.

Die wirtschaftliche Hauptaufgabe des Unternehmers ist die Produktion von Gütern und Leistungen für den Markt, das heißt für die Gesamtheit der Verbraucher. Voraussetzung dafür sind leistungsfähige Unternehmen.

Und für die Leistungsfähigkeit sind wiederum ausreichende Gewinne Beweis und Voraussetzung gleichermaßen. Gewinne weisen zum einen nach, daß sich das Unternehmen im Wettbewerb erfolgreich behauptet hat, sie sind zum anderen die Bedingung dafür, daß das Unternehmen auch noch morgen fortbestehen kann. Damit werden Gewinne zur unverzichtbaren Voraussetzung für die Erhaltung der Arbeitsplätze.

Gewinne werden aber noch aus einem anderen Grund zur Existenzfrage der Unternehmen. Ohne sie kann in jeder Form der Marktwirtschaft (Staatsunternehmen ausgeklammert) das zur Finanzierung erforderliche Kapital nicht beschafft werden. Da privates Kapital keinem Anlagezwang unterliegt, stehen die Unternehmen nicht nur im Wettbewerb um die Gunst der Verbraucher, sondern auch im Wettbewerb um die Gunst der Kapitalgeber. Dabei gibt die Ertragskraft den Ausschlag, denn weder die Bank noch der private Anleger werden einem dauerhaft ertraglosen Unternehmen Geld zur Verfügung stellen. Ein Unternehmen mit seinen Arbeitsplätzen kann also nur existieren, wenn es das notwendige Fremdkapital erhält und verzinsen kann, vor allem aber, wenn es dem unverzichtbaren Eigenkapital eine Rendite erwirtschaftet. Ein Unternehmen ohne Gewinn hat keine Zukunft — für alle, die mit ihm verbunden sind.

Die vielfältige Verantwortung des Unternehmers für Mitarbeiter, Kapitalgeber, Verbraucher und für die Gesellschaft im ganzen ergibt sich daraus, daß jedes Unternehmen nach innen und außen mit Menschen zu tun hat. Dabei beruht jegliche Verantwortung immer auf Zwang und Einsicht zugleich. Der christliche Unternehmer sollte dies in besonderer Weise empfinden, denn seine Verantwortung geht im Licht des Evangeliums weit über Gesetz und wirtschaftliche Norm hinaus, und daran ist sein Handeln zu messen. Das gilt insbesondere für die Beziehungen des Unternehmers zu seinen Mitarbeitern.

Der Arbeitsplatz hat für die meisten Menschen zentrale Bedeutung in ihrem Leben. Arbeit aus christlicher Sicht dient nicht nur der Selbsterhaltung und der Daseinsvorsorge sowie der individuellen Persönlichkeitsentfaltung. Arbeit ist gleichzeitig auch Leistung für die menschliche Gesellschaft, ist Dienst am Gemeinwohl. Für Christen ist der Sinn der Arbeit im Glauben begründet; sie sind sich des göttlichen Auftrages bewußt, der menschlicher Arbeit Würde verleiht.

Vor diesem Hintergrund christlicher Weltsicht kann die Verantwortung des Unternehmers für die Schaffung, Erhaltung und Gestaltung von Arbeitsplätzen nicht allein aus seiner gesellschaftlichen Funktion abgeleitet werden. Er handelt als »Arbeitgeber« auch in christlicher Verantwortung für den Nächsten. Indem er Arbeitsplätze schafft und erhält, wird er einer sittlichen Verpflichtung gerecht. Indem er Arbeitsplätze menschengerecht gestaltet — das heißt die Mitarbeiter vor Gefahren und negativen Auswirkungen der Arbeit schützt und ihnen Entfaltungsmöglichkeiten bei der Arbeit bietet —, erfüllt er ebenso ein ethisches Gebot.

2. Schaffung von Arbeitsplätzen

»Von der Haltung des Staates gegenüber der nationalen Wirtschaft im Ganzen ist zu fordern, daß er sie weder sich selbst überläßt und dadurch das Chaos begünstigt, noch vollends sich als Werkzeug wirtschaftlicher Interessengruppen mißbrauchen läßt, sondern seine Autorität unbedingt oberhalb aller Wirtschaftsgruppen behauptet ...; auf der anderen Seite soll er Bedacht darauf nehmen, die freie Initiative der Wirschaftenden nicht durch ein Übermaß bürokratischer Reglementierungen und

Kommandierungen von oben her zu lähmen oder zu zerstören.« (Freiburger Denkschrift, S. 93)

Neue Arbeitsplätze werden zunächst einmal da geschaffen, wo ein neues Unternehmen ins Leben gerufen wird, sei es durch Auswertung einer neuen Erfindung, sei es zur Schließung einer entdeckten Marktlücke. Dabei ist es in einer Zeit hoher Arbeitslosigkeit, wie wir sie heute leider erleben, von besonderer Bedeutung, die Gründung neuer Unternehmen, auch Kleinstunternehmen, zu ermutigen. Dies wird um so erfolgreicher sein, je mehr das allgemein-wirtschaftliche Klima geeignet ist, Wagemut und Risikofreude potentieller Unternehmer zu fördern, und je weniger der Staat durch bürokratische Investitionshindernisse sowie übermäßige Steuerbelastungen das Gegenteil bewirkt und durch eine verunsichernde Politik das Vertrauen der Unternehmer in die Zukunft untergräbt.

Die Schaffung neuer Arbeitsplätze ist aber auch eine Aufgabe für bereits bestehende Unternehmen — was im Regelfall über Erweiterungen der Betriebe erfolgt. Gerade in einer Zeit drückender Arbeitslosigkeit sollte es jedenfalls der christliche Unternehmer als seine Pflicht betrachten, alle Möglichkeiten zur Schaffung neuer Arbeitsplätze auszuschöpfen. Er wird diese Pflicht allerdings nur insoweit erfüllen können, als die technischen und marktmäßigen Voraussetzungen für eine Expansion gegeben scheinen und eine solide Finanzierung möglich ist. Andernfalls kann Expansion die Existenz des gesamten Unternehmens und damit auch die bereits bestehenden Arbeitsplätze in Gefahr bringen.

Eine weitere Möglichkeit besteht in der vermehrten Ausbildung von Jugendlichen, auch über den aktuellen Bedarf von Fachkräften hinaus. Zum einen wird — von der finanziellen Belastung einmal abgesehen — jungen Menschen damit eine existenzfähige Grundlage für ihr weiteres Leben gegeben, was angesichts der drückend hohen Zahl jugendlicher Arbeitsloser ohne Ausbildung geboten scheint. Zum anderen ist gegen Ende dieses Jahrzehnts mit einer großen Facharbeiterlücke in den Wirtschaftsunternehmen zu rechnen, ohne deren Schließung sich dann manche Unternehmen vermutlich nicht mehr im technologisch anspruchsvollen Markt behaupten können.

3. Erhaltung von Arbeitsplätzen

> »Eine auf den Grundsätzen allseitigen sauberen Wettbewerbs funktionierende Volkswirtschaft bietet auch Gewähr gegen Massenarbeitslosigkeit. Sauberer Wettbewerb bewirkt auch am ehesten gerechte Preise und Löhne.« (Freiburger Denkschrift, S. 139)

Zunächst muß in voller Klarheit — wenn auch mit großem Bedauern — festgestellt werden, daß der Gedanke einer Erhaltung bestehender Arbeitsplätze um jeden Preis nicht durchführbar ist. Denn dieser Preis kann so hoch sein, daß das Unternehmen selbst untergeht und damit alle seine Arbeitsplätze verloren gehen. So weit darf es nicht kommen. Aber zwischen den Extremen gibt es ein breites Band von Möglichkeiten, bei denen die Unternehmen auch zu Opfern bereit sein müssen.

Dabei lassen sich in der Praxis Konflikte nicht vermeiden. Sie können sich aus technisch-wirtschaftlichen Notwendigkeiten ergeben, aber auch aus der gebotenen Rücksichtnahme auf andere, mit dem Unternehmen verbundene Menschen und schließlich aus der Konkurrenz ethischer Normen.

Dabei treten vornehmlich folgende Probleme auf:
— Die Möglichkeit zur Erhaltung von Arbeitsplätzen endet spätestens dort, wo die Existenz des Unternehmens aufs Spiel gesetzt wird.
— Nicht selten muß einzelnen Arbeitnehmern oder Gruppen von Arbeitnehmern gekündigt werden, um die Arbeitsplätze in den restlichen Abteilungen und Betriebszweigen zu erhalten.

— Zur Erhaltung der Leistungs- und Wettbewerbsfähigkeit des Unternehmens müssen Möglichkeiten des technischen Fortschritts genutzt werden, was aber Arbeitsplätze gefährden kann.

— Bei einem vorübergehenden Ansteigen der Aufträge scheint es oft sinnvoller, die zeitweilige Produktionsausdehnung mit Überstunden zu bewältigen, um nicht bei dem absehbaren Rückgang der Aufträge auf das Normalmaß inzwischen neueingestellten Mitarbeitern wieder kündigen zu müssen.

Diese Beispiele machen deutlich, daß unternehmenspolitische Entscheidungen über die Erhaltung oder den Verlust von Arbeitsplätzen nicht leichtfertig gefällt werden dürfen, sondern in der Regel das Ergebnis eines sorgfältigen Abwägens wirtschaftlicher, sozialer und ethischer Gesichtspunkte sein müssen.

Zweifellos bringt gerade der technische Wandel erhebliche Probleme für die Erhaltung von Arbeitsplätzen mit sich. Der Einsatz neuer Technologien geschieht zur Kapazitätsausweitung oder aus Rationalisierungsgründen, um von der Kostenseite her die Wettbewerbsfähigkeit zu erhalten, und kann deshalb gerade im zweiten Fall auch die Freisetzung von Mitarbeitern zur Folge haben. Während die Mitarbeiter natürlich ein grundsätzliches Interesse an der Erhaltung von Arbeitsplätzen haben, muß die Unternehmensleitung umgekehrt Wert auf die Realisierung von Rationalisierungsvorteilen legen. Die Forderung nach einer Verstetigung der Beschäftigungsverhältnisse oder nach langfristigen Beschäftigungsgarantien kann sich letztlich als Rationalisierungsbremse erweisen. Doch damit ist auch den Mitarbeitern nicht gedient, denn zu später Einsatz von rationalisierenden Maßnahmen oder der gänzliche Verzicht auf sie kann sich für das gesamte Unternehmen existenzgefährdend auswirken.

Die konkrete Entscheidung in einem Unternehmen über den Abbau von Personal wird immer im Spannungsfeld der beschriebenen Interessenpolarität stattfinden. Der Unternehmer kann dabei die sozialen Belange seiner Mitarbeiter nur im Rahmen der wirtschaftlichen Möglichkeiten berücksichtigen. In diesem Zusammenhang kommt einer längerfristigen Personalplanung besondere Bedeutung zu, um die negativen Auswirkungen technologischer Veränderungen für die Mitarbeiter möglichst zu vermeiden oder abzumildern. Dennoch kann betriebliche Personalplanung das Arbeitsplatzrisiko des einzelnen Mitarbeiters nicht ausgleichen, insbesondere wenn unerwartete außenwirtschaftliche Einflüsse (Ölpreissprünge, hohe Zinsunterschiede, weltweite Nachfrageausfälle) die bisherige Planung erheblich tangieren. Deshalb endet die soziale Verantwortung des Unternehmers für den einzelnen Mitarbeiter dort, wo die soziale Sicherheit vieler anderer auf dem Spiel steht.

Hier greifen nach der bestehenden Rechts- und Gesellschaftsordnung in Übereinstimmung mit dem Gedanken der Sozialen Marktwirtschaft überbetriebliche Mechanismen ein, wie die gesamte Sozialversicherung, der gesetzliche oder tarifliche Kündigungsschutz und Rationalisierungs-Schutzabkommen. Diese Schutzmechanismen sind heute in der Bundesrepublik in so starkem Maße ausgebaut, wie kaum in einem anderen Land der Welt. An der Aufbringung der hierfür erforderlichen, außerordentlich hohen Mittel sind die Unternehmer entscheidend beteiligt. Die vor allem im Zusammenhang mit der hohen Staatsverschuldung geäußerte ritik an dem »zu eng geknüpften sozialen Netz« stellt nicht das ethisch und christlich begründete Prinzip der sozialen Absicherung in Frage, sondern ist vor allem als Kritik an den gewachsenen Mißbrauchsmöglichkeiten zu verstehen.

Will man das Arbeitsplatzrisiko des einzelnen Arbeitnehmers in einer Sozialen Marktwirtschaft völlig aufheben — denn trotz der Schutzmechanismen besteht es weiter —, liegen die Folgen deutlich auf der Hand: Auch das Unternehmerrisiko ist dann nicht mehr tragbar und die Freiheit der Arbeitsplatz- und Berufswahl aufgehoben. Die Staatswirtschaft wäre letzte Konsequenz.

Unabhängig von der sozialen Verantwortung des Unternehmers für seine Mitarbeiter darf zudem nicht vergessen werden, daß die Betriebe dazu da sind, für *andere* Menschen in unserer Gesellschaft und in der ganzen Welt Güter und Dienstleistungen zu produzieren, die zum Leben und zur Erhöhung des Lebensstandards gebraucht werden, vor allem aber zum Überleben, denn der Hunger in der Welt ist noch immer erschreckend groß. Um diesen Bedarf zu decken und damit »Brot für die Welt« zu schaffen, bedarf es vor allem funktions- und leistungsfähiger Betriebe und vernünftiger Wirtschaftsbeziehungen zwischen den Staaten dieser Welt. Staatskapitalismus und Zentralverwaltungswirtschaft leisten hierzu erwiesenermaßen keinen Beitrag. Sie sind nicht einmal imstande, die Bevölkerung des eigenen Landes ausreichend zu versorgen.

Exkurs: Arbeitsplatz-Probleme
durch Roboter

Das Wort der »Geisterschicht« geistert im wahrsten Sinne des Wortes durch Zeitschriften, Dokumentationen, Podiumsdiskussionen. Damit hat die technische Entwicklung der »Roboter« recht früh einen negativen Beigeschmack erhalten, bevor deren Auswirkungen — insbesondere auf die Arbeitsplätze — richtig erfaßt werden konnten. Roboter dienen nämlich nicht nur der Rationalisierung, sondern gestalten auch Arbeitsplätze angenehmer. Anfangs wurden sie in erster Linie dort eingesetzt, wo schwere körperliche Arbeit und/oder monotone Handgriffe zu leisten waren. Erst die Mikroelektronik macht Roboter »sensibler«, läßt sie individueller einsetzen und kompliziertere, schwierigere Vorgänge vornehmen.

Dieser technische Fortschritt darf aber nicht nur unter dem Gesichtspunkt der Einsparung von Arbeitsplätzen beurteilt werden. Denn für die Wirtschaft als ganzes gesehen sind auch Arbeitsplätze schaffende Wirkungen zu verzeichnen. Positiv zu werten ist beispielsweise die Expansion in der

»Roboter«-Industrie einschließlich aller Zulieferfirmen, in der Wartung, im Verkauf und in der Beratung. Gleichzeitig werden durch die Verlagerung auf immer intelligentere Produkte — was für den gesamten Bereich der Mikroelektronik gilt — Arbeitsplätze gerade in einem exportorientierten Industriestaat wie der Bundesrepublik Deutschland in höherem Maße gesichert.

Soweit in den dafür infrage kommenden Branchen durch den Einsatz von Robotern Arbeitsplätze wegfallen, gilt es, eine Neuorientierung zu finden, die im übrigen schon in der Vergangenheit jede größere technische Entwicklung zur Folge hatte und auch in der Zukunft haben wird. Arbeitskräfte können in den einzelnen Betrieben bei Einsatz von Roboter-Geräten und -Anlagen teilweise anders beschäftigt werden. Die Tätigkeit in den entsprechenden Abteilungen verlagert sich beispielsweise hin zu Überwachung, Verteilung, Instandhaltung, Roboter-Programmierung und zur Ausführung schwieriger Einzelfertigung. Damit kann unter Umständen auch der Qualifikationsgrad der Arbeit steigen. Außerdem ist des öfteren festzustellen, daß Roboter in starkem Maße dort Verwendung finden, wo Fachkräfte und Nachwuchs für bestimmte Tätigkeiten nicht mehr oder nur noch schwer zu erhalten sind, in Betriebszweigen also, die ohne Robotereinsatz langfristig nicht mehr aufrechterhalten werden könnten.

Sicherlich darf in der »Roboter-Welle« der Mensch nicht vergessen werden. Maschinen sollen nicht nur produzieren, sondern in erster Linie Menschen dienen.

4. Unternehmerische Verantwortung für Arbeitsplätze weltweit

»Für das Verhältnis der Volkswirtschaften zueinander kann und muß die Kirche verlangen: dies Verhältnis darf nicht von der Vergötzung des eigenen Volkes, von rücksichtsloser Ausbeutung anderer Volkswirtschaften beherrscht sein. Auch die räumliche Ausstattung der einzelnen Volkswirtschaften und die Kolonialprobleme stehen unter der Forderung, daß die Lebensrechte aller Völker zu achten sind.«

»Als Sonderaufgaben des modernen Staates, dessen Bürger in weitgehender Arbeitsteilung wirtschaften, (ist) hervorzuheben ... die Ermöglichung der Zusammenarbeit mit fremden Staaten, also internationale Arbeitsteilung, die gerade zur Überwindung von Verarmung unentbehrlich ist.« (Freiburger Denkschrift, S. 130 ff)

In der Diskussion um die Verantwortung des Unternehmers für die Arbeitsplätze werden immer wieder die Auslandsinvestitionen deutscher Unternehmen kritisch betrachtet. Sie werden oft als Verlagerung von Arbeitsplätzen bezeichnet, eine Vereinfachung, die nach unserer Auffassung nicht zulässig ist.

Betrachten wir zunächst die Rahmenbedingungen. Die Bundesrepublik Deutschland mit ihren rund 60 Millionen Einwohnern auf engstem Raum mit nicht ausreichenden natürlichen Ressourcen ist auf eine offene, arbeitsteilige Weltwirtschaft angewiesen. Zum einen, um die notwendigen Rohstoffe für die Inlandsversorgung zu erhalten, zum anderen, um die eigenen Produkte — vorrangig zur Finanzierung der Einfuhr — im Ausland zu verkaufen. Zu einem solchen System gehört zwangsläufig die Freizügigkeit der Investitionen, allerdings — und das ist das Entscheidende — in beiden Richtungen. Es investieren ja nicht nur deutsche Unternehmen im Ausland, sondern auch ausländische in der Bundesrepublik. Dabei dürfte für die deutsche Volkswirtschaft unter dem Strich kein Verlust an Arbeitsplätzen entstehen. Dies gilt allerdings nur, solange die Bundesrepublik attraktive Rahmenbedingungen für Investoren bietet.

Es ist freilich leider kein Geheimnis, daß die Bundesrepublik in letzter Zeit Rahmenbedingungen und ein Klima entwickelt hat, die wenig geeignet sind, Investoren zu ermutigen; auch auf potentielle ausländische Investoren wirkt die Bundesrepublik in zunehmendem Maße weniger attraktiv;

es braucht hier nur an die Bedeutung der Staatsverschuldung für das Vertrauen in die Stabilität eines Landes sowie auf die Bedeutung der Arbeitskosten und der Steuerbelastung für die Wirtschaftlichkeitsrechnung des Unternehmers erinnert werden; Bedeutung hat sicher auch die Einschätzung der inneren Resistenz eines Landes gegenüber Einflüssen, die auf Destabilisierung und Demoralisierung des Landes gerichtet sind. Wenn aber *solche* Momente die Investitionsbereitschaft in- und ausländischer Unternehmer in der Bundesrepublik beeinträchtigen, so darf man die Folgen nicht dem System der Marktwirtschaft anlasten und diese deshalb diskreditieren.

In die unternehmerische Entscheidung, im Ausland oder im Inland zu investieren, fließen sehr viele Gesichtspunkte ein, darunter sicherlich auch ethische. Dabei darf allerdings nationale Ethik nicht ohne weiteres mit christlicher Ethik gleichgesetzt werden. Ob 1000 neue Arbeitsplätze von einem deutschen Unternehmer in der Bundesrepublik oder in einem anderen Land geschaffen werden, ist zunächst einmal im Prinzip wertneutral. Es ist sogar denkbar, daß die Gesichtspunkte christlicher Ethik eher dafür sprechen, in einem Entwicklungsland statt in der Bundesrepublik zu investieren, insbesondere dann, wenn dort die neue Produktion arbeitsintensiv aufgebaut werden kann, während dieselbe in der Bundesrepublik wegen des hohen Lohnniveaus nur kapitalintensiv möglich wäre und statt 1000 nur 100 neue Arbeitsplätze entstünden. Wenn man bedenkt, daß 1000 neue Beschäftigte in einem Entwicklungsland möglicherweise zur Gruppe der Ärmsten gehören, während die entsprechenden 100 Arbeitslosen in der Bundesrepublik sozial abgesichert sind, kann die ethische Seite der Investitionsentscheidung aus christlicher Sicht nicht zweifelhaft sein.

Im allgemeinen wird die Zahl der Fälle überschätzt, bei denen die Produktion im Inland oder im Ausland eine Alternative darstellt, über die frei entschieden werden kann. Meistens lassen Sachzwänge nur die eine oder andere Entscheidung wirtschaftlich zu. Hierfür einige Beispiele:

— Ein häufiges Motiv für eine Auslandsinvestition in Ländern der Dritten Welt ist der Zwang, in diesem Land einen Beitrag zur Entwicklung zu leisten, um Exportwege für andere Waren aus deutscher Produktion in dieses Land zu eröffnen und damit auch bestehende Arbeitsplätze in der Bundesrepublik zu erhalten.

— In manchen arbeitsintensiven Branchen ist häufig eine wirtschaftliche Produktion im Inland nicht mehr möglich, weil die Lohnkosten in der Bundesrepublik das im Inland hergestellte Produkt nicht mehr konkurrenzfähig sein lassen; sei es auf dem einheimischen Markt, weil Importwaren billiger sind, sei es auf den Weltmärkten generell. Das ist die Kehrseite der Tatsache, daß das Lohnniveau der Bundesrepublik zu den höchsten der Welt gehört, womit auch ein innerer Zusammenhang zwischen Lohnniveau und Arbeitslosigkeit offensichtlich wird.

— In wieder anderen Fällen ist die Herstellung eines bestimmten Produktes für den Weltmarkt nur dann wirtschaftlich möglich, wenn die Verarbeitungsstufe in unmittelbarer Nähe zur ausländischen Rohstoffquelle angesiedelt ist; andernfalls würden doppelte Transportkosten das Fertigprodukt untragbar teuer machen.

Schon diese wenigen Beispiele entkräften die Vorwürfe, der deutsche Unternehmer investiere im Ausland aus »maßloser Profitsucht« und beute dabei die Ärmsten rücksichtslos aus.

Es soll natürlich nicht in Abrede gestellt werden, daß es vereinzelt Fälle geben kann, in denen ein Unternehmer — im Ausland oder im Inland — kurzsichtig die kurzfristige Gewinnoptimierung zum alleinigen Maßstab seines Handelns macht. Gerade deshalb ist es notwendig, dem Unternehmer immer wieder seine ethische Verantwortung, dem christlichen Unternehmer seine spezifisch christliche Verantwortung ins Bewußtsein zu rufen. Aber jeder Fall ist vom anderen so verschieden, daß es kaum möglich ist, generell gültige Regeln für die Gewissensentscheidung des Unternehmers aufzustellen.

5. Arbeitslosigkeit und Arbeitszeitverkürzung

Angesichts der gegenwärtigen Situation auf dem Arbeitsmarkt ist eine vielschichtige Diskussion darüber im Gange, ob und wie den Problemen durch Arbeitszeitverkürzung begegnet werden kann. An sich ist es zunächst erfreulich, die Feststellung treffen zu können, daß die Frage der Zukunft im Bereich der Wirtschaft nicht mehr — wie in früheren Wirtschaftsepochen — die Verteilung der Armut sein wird. Da die Entwicklung der Technik bedeutet, daß mit immer weniger Aufwand an menschlicher Arbeit immer mehr Wertschöpfung möglich wird, ist von daher eine gute Versorgung aller kein Problem mehr. Das Hauptproblem der Zukunft wird die Verteilung der Arbeit sein, d. h. die Antwort auf die Frage, wie jeder Arbeitswillige durch eigenes Tun seinen Anteil an der Wertschöpfung der Wirtschaft haben kann.

Wir sind uns der Bedeutung des Problems für die Zukunft voll bewußt, wir kennen seine menschlichen Implikationen und teilen voll die Sorgen aller, die sich mit der Lösung dieses Problems befassen.

Auf der anderen Seite möchten wir dringend davor warnen, das Problem in übertriebener Weise zu dramatisieren; denn erfahrungsgemäß fängt manche Krise erst durch solches Verhalten an, richtig zu eskalieren. Diese Warnung hat ihren Grund nicht so sehr in der Tatsache, daß sich in der Bundesrepublik eine sehr große Zahl ausländischer Gastarbeiter befindet; dieses Problem ist zu kompliziert, als daß wir es im Rahmen dieser Denkschrift ansprechen könnten. Mit unserer Warnung möchten wir vielmehr auf eine an den Fakten orientierte ausgewogene Betrachtungsweise hinführen.

Zunächst ist die häufig verwandte globale Behauptung falsch, daß die Zahl der Arbeitsplätze in der Bundesrepublik Deutschland seit Jahren ständig zurückgehe, der technische Fortschritt immer mehr Arbeitsplätze vernichte und die Soziale Marktwirtschaft diesen Prozeß nicht aufhalten könne.

Ein Blick in die nachstehende Tabelle, die der amtlichen Statistik entnommen ist, zeigt, daß dies nicht den Tatsachen entspricht.

Zeit	Verfügbare Erwerbspersonen	Beschäftigte Arbeitnehmer	Arbeitslose
		in 1000	
1974	26 943	22 092	582
1975	26 820	21 329	1 074
1976	26 654	21 233	1 060
1977	26 636	21 296	1 030
1978	26 765	21 556	993
1979	26 949	21 954	876
1980	27 217	22 283	889
1981	27 427	22 197	1 272

Danach ist zwar die Zahl der Arbeitslosen von 1974-1981 von 582 000 auf 1 272 000 — also um fast 700 000 — gestiegen. Die Zahl der beschäftigten Arbeitnehmer hat jedoch im gleichen Zeitraum nach einem Rückgang bis 1976 um fast 900 000 in den folgenden Jahren wieder um fast 1 000 000 zugenommen. 22,1 Millionen beschäftigten Arbeitnehmern 1974 stehen daher 22,2 Millionen 1981 gegenüber. Wenn auch Arbeitsplätze in mehreren Bereichen verloren gingen, so sind in anderen Wirtschaftszweigen sogar mehr neue Arbeitsplätze entstanden.

Ein entscheidender Faktor wird in der politischen Diskussion dabei übersehen:

Die Zahl der Erwerbspersonen, die für den Arbeitsprozeß zur Verfügung stehen und um Arbeit nachsuchen, hat von 1974 bis 1981 um fast 500 000 zugenommen — von 1977 bis 1981 um fast 800 000. Diese Tatsache ist zwar nicht die alleinige Ursache für die hohe Arbeitslosigkeit, aber sie hat das

Arbeitsmarktgeschehen dieser Jahre entscheidend beeinflußt. Wäre in diesem Zeitraum die Zahl der verfügbaren Erwerbspersonen nicht gewachsen, sondern konstant geblieben, so hätte die günstige Beschäftigtenentwicklung von 1976 bis 1981 die deutsche Wirtschaft zur Vollbeschäftigung zurückgeführt.

Die Gründe für die heutige schlechte Situation für so viele Menschen, die arbeiten können und möchten und keine Arbeit finden, sind also vielschichtig. Die oben erwähnte globale Behauptung, mit der politische Kräfte so gerne beweisen möchten, daß die Schuld an der Misere im System der Sozialen Marktwirtschaft liege, ist jedoch falsch. Richtig ist, daß ein Verfall der Marktwirtschaft eintreten muß, wenn der Staatshaushalt für lange Zeit aus den Fugen gerät und die Politiker wichtige Rahmenbedingungen der Marktwirtschaft zerschlagen.

Was die Zukunft betrifft, so sind wir der Meinung, daß es noch keineswegs überblickbar ist, was an den gegenwärtigen wirtschaftlichen Schwierigkeiten zeitgebunden und vorübergehend ist und was Dauercharakter hat. Diese Auffassung soll beispielhaft an einigen Teilaspekten dargelegt werden:

Zunächst die künftige Entwicklung der Dritten Welt:
Leider befindet sich das Entwicklungsgeschehen in der Dritten Welt zur Zeit in einer bedauerlichen Stagnation, was im wesentlichen darauf zurückzuführen ist, daß die Preispolitik des Ölkartells OPEC die Entwicklung der Entwicklungsländer härter trifft als die Industrieländer. Aber auch hier werden langfristig die Bäume nicht in den Himmel wachsen, und es ist durchaus vorstellbar, daß in der Dritten Welt in absehbarer Zeit ein neuer Entwicklungsschub eintritt, der den Gütertausch zwischen der Dritten Welt und den Industrieländern belebt und damit neue Beschäftigungsimpulse auch für die Industrieländer zur Folge haben wird.

Ein anderer Aspekt: Im Zusammenhang mit unserem Exkurs über die Robotertechnik haben wir bereits darauf hingewiesen, daß diese technische Entwicklung nicht nur Arbeitsplätze vernichtet, sondern auch neue Arbeitsplätze schafft. Bei der Schnellebigkeit der technischen Entwicklung in unserer Zeit ist es durchaus zu erwarten, daß auch künftige Neuheiten in der technischen Entwicklung in der Zukunft immer wieder neue Arbeitsplätze schaffen.

Schließlich sollte man auch nicht vergessen, daß eine Entstehung neuer Arbeitsplätze auch durch Freizeitvermehrung eintreten kann. Wir denken dabei an die Entwicklung der Touristik oder an das Wachstum einzelner Sportarten, die z. T. erhebliche Impulse für industrielle Fertigungen gaben. (Beispiel: Die Entwicklung des Skisports als Volkssport hat ganze Industriezweige für Skiausrüstung, Bergbahnen, Skilifte, Schneemaschinen etc. entstehen lassen oder ausgeweitet.)

Infolge all dieser Überlegungen scheint es uns durchaus zweifelhaft, ob man die künftige wirtschaftliche Entwicklung nur unter dem Gesichtspunkt »Jenseits der Vollbeschäftigung« sehen darf. Sollten aber die kommenden Jahre tatsächich erweisen, daß die Norm der »40-Stunden-Woche für ein 40jähriges Arbeitsleben« auf die Dauer nur um den Preis einer gewissen Dauerarbeitslosigkeit in den Industrieländern zu halten ist, so kann und muß dem durch Arbeitszeitverkürzung begegnet werden, einer Arbeitszeitverkürzung, die ebenso wenig ein Abschied von der Vollbeschäftigung sein würde, wie der Übergang von der 48-Stunden-Woche auf die 40-Stunden-Woche einen solchen Abschied bedeutet hat.

Die Diskussion über das Für und Wider sowie über das Wie einer Arbeitszeitverkürzung ist in vollem Gange und scheint uns noch nicht so weit ausgereift zu sein, daß wir im Rahmen dieser Denkschrift im einzelnen darauf eingehen können, unabhängig davon, ob es sich um Verkürzung der Wochen-, der Jahres- oder der Lebensarbeitszeit handelt. Aber einige dabei entscheidende Fragen möchten wir kurz aufführen:

a) Werden durch Arbeitszeitverkürzung wirklich neue Arbeitsplätze geschaffen? Dabei ist zu bedenken, daß infolge der umfangreichen Kündigungsschutzbestimmungen viele Unternehmen über eine gewisse Reserve an Arbeitskräften verfügen, die zur Folge hat, daß nicht jede Arbeitszeitverkürzung einen Bedarf an zusätzlichen Arbeitskräften nach sich zieht.

b) Inwieweit sind Arbeitsplätze teilbar oder austauschbar?

c) Wie soll die Arbeitszeitverkürzung finanziert werden, ohne daß dadurch die Kosten der Unternehmen so ansteigen, daß die Konkurrenzfähigkeit der deutschen Wirtschaft gefährdet wird?

d) Wie soll andererseits die Rentenversicherung die enormen Mittel aufbringen, die ihr aus jeder zur Zeit diskutierten Form einer früheren Rentnerschaft entstehen?

e) Steht die finanzielle Belastung (privatwirtschaftlich und volkswirtschaftlich) in einem vertretbaren Verhältnis zum erzielbaren Erfolg?

f) Wie wirkt sich die eine oder andere Form der Arbeitszeitverkürzung auf die betroffenen Menschen aus? Wie werden es z. B. 58jährige Menschen, die einen großen beruflichen Erfahrungsschatz in sich angesammelt haben, verkraften, wenn man ihnen bescheinigt, daß sie ab dem 58. Lebensjahr nicht mehr für eine Tätigkeit in der Wirtschaft benötigt werden?

g) Wie kann verhindert werden, daß generelle Arbeitszeitverkürzung zu mehr Schwarzarbeit führt? Wie immer eine etwaige Arbeitszeitverkürzung durchgeführt werden sollte, wird dabei dieser sehr wichtige Gesichtspunkt zu beachten sein. Solange der Mensch sich noch nicht daran gewöhnt hat, kürzere Arbeitszeit als Wohltat zu empfinden und vermehrte Freizeit sinnvoll zu gestalten, solange also der Mensch, mit anderen Worten, mehr Freizeit als Belastung betrachtet, besteht die Gefahr, daß jede Verkürzung der regulären Arbeitszeit zu mehr Schwarzarbeit führt. Zwar ist sicher nichts dagegen einzuwenden, wenn sich einzelne Menschen, z. B. ein etwa mit 58 Jahren pensionierten Facharbeiter seinen *eigenen* Bedarf teilweise durch eigene Arbeit deckt. Schwarzarbeit beginnt da, wo der Mensch seine Freizeit dazu benutzt, den Bedarf *Dritter* durch »schwarze« Arbeit zu decken und dafür ein Entgelt zu nehmen, für das keine Steuer entrichtet und keine Sozialversicherungsbeiträge gezahlt werden. Für die Finanzlage der Öffentlichen Hand und der Sozialversicherungsträger wäre es absolut verheerend, wenn weitere Verkürzungen der Arbeitszeit Massenschwarzarbeit zur Folge haben sollten: es würde dann nichts anderes übrig bleiben, als einer solchen Entwicklung durch harte Maßnahmen entgegen zu treten. Die Bedeutung dieser Frage kann nicht hoch genug eingeschätzt werden. Schon heute gibt es Fachleute, die der Meinung sind, daß, wenn alle heutige Schwarzarbeit in reguläre Arbeit überführt würde, die Zahl der Arbeitslosen ganz erheblich niedriger liegen würde.

6. Gestaltung der Arbeitsplätze

»Das Arbeitsverhältnis muß so gestaltet werden, daß der Mensch nicht zur bloßen Arbeitsmaschine herabsinkt, sondern seine Arbeit mit Freudigkeit tun kann als den ihm von Gott zugewiesenen Auftrag, als seinen »Beruf« im vollen Sinn dieses von Luther geprägten Wortes. Die elementarste Voraussetzung dafür ist, daß er nicht ewig um die nackte Existenz kämpfen muß, ohne Hoffnung, sich durch Fleiß und Sparsamkeit emporzuarbeiten und eine Familie ausreichend versorgen zu können; daß er weder zum Lohnsklaven des Unternehmers noch des Staates wird.« (Freiburger Denkschrift, S. 92)

Die unternehmerische Verantwortung für die Mitarbeiter bezieht sich nicht nur auf die zahlenmäßige Schaffung und Erhaltung von Arbeitsplätzen, sondern auch auf ihre Gestaltung. Konkret geht es darum, die Arbeit menschengerecht zu gestalten. Dabei spielen sowohl die traditionellen Aufgaben des Arbeitsschutzes und der Unfallverhütung eine Rolle wie auch die neuen Inhalte einer »Humanisierung der Arbeit«, die vor allem den mehr geistigen und seelischen Erwartungen der Menschen Rechnung tragen sollen. Dazu gehören vorwiegend der Wunsch nach mehr Freiheit und Verantwortungsspielraum in der Arbeit, der Wunsch nach einem auf ihn als Mensch angepaßten Arbeitsplatz, der Wunsch nach mehr persönlicher Anerkennung und stärkerem sozialem Kontakt. Die Aufgabe der Humanisierung ist also umfassender geworden, sie erschöpft sich nicht mehr in der Gestaltung der direkten Arbeitsbedingungen, sondern umfaßt auch das gesamte Arbeitsumfeld, wobei folgende Aufgaben skizziert werden können:

Weitere Verbesserung der Arbeitssicherheit und des Gesundheitsschutzes

Diese Maßnahmen zählen zu den herkömmlichen unternehmerischen Aufgaben, wobei seit jeher mehr geleistet wird, als die gesetzlichen Vorschriften fordern. Dabei handelt es sich um eine ständige Herausforderung, damit die Menschen so gut wie möglich vor Gefahren am Arbeitsplatz und bei der Arbeit geschützt werden. Dazu muß den Veränderungen der Arbeitsbedingungen ebenso Rechnung getragen werden wie den neuesten Erkenntnissen über die Sicherheit am Arbeitsplatz und den arbeitsmedizinischen Wissensfortschritten. Die arbeitsmedizinische Betreuung hat sich inzwischen in Form des betriebsärztlichen Dienstes zu einer eigenständigen Aufgabe entwickelt. Die Zahl der Sicherheitsfachkräfte in Betrieben und Verwaltungen hat sich seit 1972 von 1 500 auf rund 70 000, die Zahl der Betriebsärzte von 2 000 auf etwa 11 000 erhöht. Für die Betreuung von Klein- und Mittelbetrieben stehen mehr als 250 stationäre und mobile arbeitsmedizinische und sicherheitstechnische Dienste zur Verfügung.

Diese Aktivitäten der Betriebe haben sich in der Entwicklung der Arbeitsunfälle und Berufskrankheiten positiv niedergeschlagen. In den vergangenen zehn Jahren konnte die Zahl der angezeigten Arbeitsunfälle um 20 Prozent, die der erstmals entschädigten Fälle um 43 Prozent und die Zahl der tödlichen Unfälle und Berufskrankheiten um 40 Prozent gesenkt werden. Dennoch gilt es, gerade auf dem Gebiet der Berufskrankheiten energisch weiterzuarbeiten, um möglichst alle unmittelbaren und mittelbaren Ursachen zu erfassen und dann entsprechende vorbeugende Maßnahmen treffen zu können.

Weiterentwicklung der menschengerechten Arbeitsgestaltung

Hier geht es vor allem um die ergonomische Gestaltung der Arbeitsplätze, das heißt um die Anpassung der Arbeitsanforderungen an den Menschen auf der Grundlage arbeitswissenschaftlicher Erkenntnisse. Die Gestaltung der Arbeitsumgebung mit dem Ziel, schädliche Einflüsse wie Staub, Hitze oder Lärm zu verringern oder zu beseitigen, spielt dabei eine wichtige Rolle. Auch dieser Bereich gehört zumindest seit den letzten zwanzig Jahren zu den sozialpolitischen Aufgaben der Betriebe. Wegweisend waren und sind hier die von der Arbeitgeber- und Arbeitnehmerseite getragenen Einrichtungen REFA (Verband für Arbeitsstudien, REFA e.V.) und RKW (Rationalisierungs-Kuratorium der Deutschen Wirtschaft). Zu nennen ist außerdem das Forschungsprogramm der Bundesregierung »Humanisierung der Arbeitswelt« (seit 1974), dessen Projektgruppen sich nach der jüngsten Bilanz noch mehr darum bemühen wollen, Ergebnisse für die Betriebe unmittelbar umsetzbar zu machen.

Menschengerechtere Arbeitsinhalte

Aufgrund der veränderten menschlichen Arbeitserwartungen gewinnen betriebliche Maßnahmen an Bedeutung, die dem einzelnen einen größeren Spielraum für Initiative und Verantwortung in der Arbeit einräumen, die ihn von überflüssigen Sachzwängen befreien und den Kontakt der Mitarbeiter untereinander fördern. Ziel muß dabei sein, den Mitarbeitern sinnvolle und mit genügend Freiheits- und Verantwortungsspielraum ausgestattete Arbeitsaufgaben zu übertragen. Die Gefahr einer Sinnentleerung der Arbeit besteht vor allem dort, wo eine übersteigerte Technisierung die Arbeit zu sehr zerlegt und den menschlichen Spielraum so einschränkt, daß ein Gefühl der »Funktionslosigkeit« mit negativen Auswirkungen für den Mitarbeiter wie für den Betrieb ausgelöst werden kann. In diesem Fall wäre die Technik dem Menschen nicht unter-, sondern übergeordnet, der Mensch würde zur »Arbeitsmaschine«.

Hier stellen sich Aufgaben insbesondere für die betriebliche Arbeits- und Personalorganisation. Sie muß die Tätigkeitsbereiche so gestalten, daß der Mitarbeiter Erfolgserlebnisse verbunden mit einer besseren Entfaltung der eigenen Leistungsfähigkeit vermittelt bekommt. Der Aufgabenbereich sollte nach Möglichkeit dem Mitarbeiter auch einen Anreiz bieten, seine Kenntnisse und Fähigkeiten weiterzuentwickeln, wobei ihn das Unternehmen dabei zu unterstützen hat. Diese neuen Prinzipien der Arbeitsorganisation bedeuten keineswegs ein Aufgeben des für die Sicherung der Produktivität notwendigen Prinzips der Arbeitsteilung, sondern lediglich die Vermeidung ihrer extremen Formen. In einer Gesellschaft, die auf Freiheit und Selbstbestimmung des Menschen aufbaut, muß auch die Arbeitswelt Möglichkeiten für selbständiges Handeln bieten.

Versuche haben gezeigt, daß die neuen Arbeitsformen neue Wege für eine menschengerechtere Gestaltung der Arbeit eröffnen. Allerdings muß man auch hier differenzieren: Nicht alle Menschen sind an der Übernahme einer verantwortungsvollen Arbeitsaufgabe interessiert oder dazu in der Lage. Für die Gesellschaft im allgemeinen sowie für die Arbeitgeber und die Gewerkschaften erwächst daraus die Verpflichtung, dafür zu sorgen, daß auch für diese Personengruppen entsprechende Arbeitsmöglichkeiten bestehen. Werden z. B. für niedrigere, nicht hochqualifizierte Tätigkeiten Lohnforderungen gestellt, die die Endprodukte oder Dienstleistungen zu teuer machen, entsteht der ethische Konflikt, aufgrund des Kostendrucks zu rationalisieren oder Marktanteile zu verlieren und damit Arbeitsplätze zu gefährden.

Den Mitarbeitern, die können und wollen, sollte jedoch die Chance gegeben werden, Verantwortung zu übernehmen. Um annähernd gesicherte Erkenntnisse zu erreichen, müssen noch weitere Versuche unter arbeitswissenschaftlicher Begleitung durchgeführt werden, an denen sich möglichst viele Betriebe beteiligen sollten. Unterstützt werden diese Versuche ebenfalls durch das oben angeführte Forschungsprogramm der Bundesregierung.

Zeitgemäßes Führungsverhalten

Ein weiterer wichtiger Ansatzpunkt für eine menschengerechtere Gestaltung der Arbeit liegt im Führungsbereich. Eine auf größere Freiheits- und Verantwortungsspielräume abzielende Arbeitsorganisation muß ihre Ergänzung in einer Führung finden, die die Fähigkeiten des einzelnen soweit wie möglich zu entfalten versucht. Diesem Ziel wird am ehesten ein auf Zusammenarbeit angelegtes Führungsverhalten gerecht. Grundlage dafür bildet die Weitergabe von Aufgaben, Befugnissen und Verantwortung, die dem Mitarbeiter einerseits klare Arbeitsziele setzt, die ihm andererseits aber die Art der Ausführung im Rahmen seines abgegrenzten Tätigkeitsfeldes eigenverantwortlich überläßt. Damit wird die Voraussetzung dafür geschaffen, daß der einzelne aus innerer Bereitschaft (Identifikation) zur Erreichung der Unternehmensziele beiträgt.

7. Sozialpartnerschaft

»Weder die Unternehmer- noch die Arbeiterverbände dürfen Monopolmacht anstreben; sie haben sich nicht als Kampforganisationen, sondern als Hilfsmittel wirtschaftlicher Ordnung zu betrachten, die gemeinsamen Dienst am Wirtschaftsganzen zu leisten haben.« (Freiburger Denkschrift, S. 92)

Zur menschengerechten Gestaltung der Arbeit im weiteren Sinne gehört zweifellos auch die partnerschaftliche Zusammenarbeit zwischen der Unternehmensleitung und ihren Mitarbeitern beziehungsweise ihrem Vertreter, dem Betriebsrat, auf der Grundlage des Betriebsverfassungsgesetzes. Dabei geht es vor allem um die Wahrung der gesetzlichen Informations- und Mitwirkungsrechte des Betriebsrates und der einzelnen Arbeitnehmer. Gerade die im Betriebsverfassungsgesetz verankerten Individualrechte des Arbeitnehmers bedeuten eine Anerkennung und Würdigung der menschlichen Persönlichkeit, indem sie es ihm ermöglichen, seine persönlichen Belange im Betrieb selbst zu vertreten.

Der Gedanke der Sozialpartnerschaft, der auch im Betriebsverfassungsgesetz seinen Ausdruck findet, bildet heute die Grundlage der Zusammenarbeit in den Betrieben. Die Unternehmer teilen weder die sozialromantische Auffassung einer Interessenharmonie im Betrieb noch akzeptieren sie die Konflikttheorie, die im Betrieb ausschließlich ein Feld unüberbrückbarer Gegensätze sieht. Realität ist vielmehr, daß sich im Betrieb gegensätzliche wie gleichgelagerte Interessen begegnen. So gegenläufig wie Beschäftigungs- und Unternehmensinteresse sein können, so sehr treffen sich die Interessen dort, wo es um die Durchführung einer gemeinsamen Aufgabe zum Zwecke des wirtschaftlichen Erfolges, der Einkommenssicherung und der Sicherung der Arbeitsplätze geht. Das gilt nicht nur in der Theorie, sondern hat sich auch in der Sozialgeschichte der Bundesrepublik bestätigt. Ihre »Sozialbilanz« ist positiv. Die erwiesenermaßen überwiegend positive Einstellung zum Arbeitsplatz und die vergleichsweise geringen Streiktage beweisen dies. Das vorherrschende Zeichen des sozialen Klimas in den Betrieben, an dessen Zustandekommen die Unternehmer, die Arbeitnehmer, die Betriebsräte und die Gewerkschaften ihren Anteil haben, ist nicht die prinzipielle Gegnerschaft, sondern die Verständigung.

Diesen Weg gilt es auch in Zukunft zielbewußt fortzusetzen. Dabei stellt sich den Unternehmern immer wieder neu die verantwortungsvolle Aufgabe, die menschlichen und wirtschaftlichen Erfordernisse so aufeinander abzustimmen, daß die Grundbedingungen für die Aufrechterhaltung des notwendigen Wachstums und die Rentabilität der Betriebe nicht gefährdet wird. Dieser Abstimmungsprozeß kann im einzelnen schwierig sein, ist jedoch grundsätzlich möglich, weil Humanität und Wirtschaftlichkeit sich nicht ausschließen, sondern sich ergänzen, häufig sogar einander bedingen.

Wenn es um die unternehmerische Verantwortung für Beschäftigung und für Arbeitsplätze geht, muß schließlich auch noch die verantwortliche Mitwirkung des Unternehmers als Tarifpartner im Rahmen der Tarifautonomie angesprochen werden. Gerade die Wahrnehmung von Interessen der Beschäftigten und von eine Beschäftigung Suchenden zwingt den Unternehmer in dieser Rolle zu einer Haltung, die keineswegs nur einseitig von Kapitalinteresse bestimmt ist.

8. Schlußbetrachtung

»Die Wirtschaft hat den lebenden und künftigen Menschen zu dienen, ihnen zur Erfüllung ihrer höchsten Bestimmungen zu helfen. Mit materiellen Kräften allein läßt sich das menschliche Leben nicht erträglich gestalten, ist auch keine Volkswirtschaft lebensfähig aufzubauen. Sie bedarf der gesicherten Rechtsordnung und der festen sittlichen Grundlage. Läßt sie die Menschen innerlich verkümmern, ihren Persönlichkeitswert und ihre Würde zugrunde gehen, so werden die mit einem entseelenden Apparat aufgeführten Riesenbauten bald wieder zusammenstürzen.« (Freiburger Denkschrift, S. 131)

Die Wahrnehmung der vielfältigen unternehmerischen Verantwortung ist nur möglich unter den Bedingungen einer menschengerechten gesellschaftlichen und wirtschaftlichen Ordnung.

Der Sozialen Marktwirtschaft, die auf der sozialen Verantwortung aller gesellschaftlichen Gruppen, auch der Unternehmer, aufbaut, ist es bisher wie keiner anderen Wirtschaftsordnung gelungen, die humanen Belange der arbeitenden Menschen zu erfüllen, und zwar schrittweise, entsprechend der Dringlichkeit der Anliegen.

Keine Gesellschafts- und Wirtschaftsordnung funktioniert aus sich heraus von allein. Sie muß von den Menschen gehandhabt und gestaltet werden. Dies kann aber nur gelingen, wenn die Grundprinzipien einer solchen Ordnung die Chance für eine menschengerechte Ausgestaltung bieten, wie es in unvergleichlicher Weise in unserer Wirtschaftsordnung der Fall ist. In ihr sind die Chancen für ein Maximum an Freiheit, Gerechtigkeit und Geborgenheit für die Menschen angelegt.

Manche Anzeichen sprechen dafür, daß unsere Wirtschaft ebenso wie die Weltwirtschaft eine Periode großer Schwierigkeiten vor sich hat, die nicht nur konjktureller, sondern auch struktureller Natur sind. Wir sind überzeugt, daß unser Land diese Schwierigkeiten bewältigen wird, sofern es sich nicht durch zentralverwaltungswirtschaftliche oder planwirtschaftliche Vorstellungen oder durch andere unrealistische Ideen von derjenigen bewährten Wirtschaftsordnung abbringen läßt, welche durch die Dezentralisierung der wirtschaftlichen Entscheidungsprozesse ein Höchstmaß von elastischer Anpassungsfähigkeit an die rasch wechselnde Szenerie ermöglicht, nämlich der Sozialen Marktwirtschaft. Diese Hoffnung ist um so mehr begründet, wenn dieses System auf allen Ebenen — Staat, Gesellschaft, Gewerkschaften, Arbeitnehmer, Unternehmer und auch Kirchen — von Menschen gehandhabt wird, die an ihre Aufgabe in christlicher Verantwortung herangehen.

Im August 1982

ARBEITSKREIS EVANGELISCHER UNTERNEHMER
in der Bundesrepublik Deutschland
Vorstand

Anhang 4

Die äußeren Daten
meines Lebens

1908	geboren am 24. Oktober in Besigheim (Württemberg), als Sohn des Rechtsanwalts Dr. Oskar Heintzeler und seiner Frau Gertrud, geb. Ölschläger
1914	Übersiedlung nach Stuttgart
1923	Übersiedlung nach Reutlingen
1926	Abitur am Humanistischen Gymnasium Reutlingen
1926 bis 1930	Studium der Rechtswissenschaft an den Universitäten Tübingen, Berlin und München — in den Sommerferien 1928 dreimonatiger Aufenthalt in England
1930	Referendar-Examen in Tübingen
1930 bis 1933	Referendarzeit in Reutlingen, Tübingen und Stuttgart
1931	Doktor-Examen in Tübingen bei Prof. Max von Rümelin; Thema der Dissertation: »Die Grenzen zulässiger Preisunterbietung«
1931/32	nebenamtlich zwei Semester lang Assistent der Juristischen Fakultät in Tübingen — Frühjahr 1932: 6 Wochen Studienaufenthalt in Paris und Südfrankreich
1933	Assessor-Examen am Oberlandesgericht Stuttgart (Frühjahr), anschließend einige Monate bei der

Staatsanwaltschaft Tübingen;
ab 1. Oktober 1933 Zivilrichter und
Amtsanwalt für Strafsachen
am Amtsgericht Balingen
— 14. Oktober 1933: Heirat mit
Ruth, geb. Magenau

1934   15. Februar 1934 bis 1. April 1936
Gerichtsassessor, später
Amtsgerichtsrat im Reichs-
Justizministerium in Berlin

1936   1. April 1936: Eintritt in die Rechtsabteilung Ludwigshafen
der IG Farben Industrie AG
— 29. November: Geburt unserer
Tochter Sigrid

1939   1. September 1939 bis 10. Dezember 1939: Militärdienst am
Westwall (Wachtmeister der Reserve)
— 15. Dezember: Geburt unseres
Sohnes Frank

1939 bis 1942   10. Dezember 1939 bis Herbst 1942
u. k. gestellt für die Rechtsabteilung
Ludwigshafen der IG

1942 bis 1945   Herbst 1942 bis Ende 1944:
Militärdienst auf Kreta, Sardinien
und in Italien (zuletzt Oberleutnant
der Reserve und Batteriechef)
— 14. Dezember 1944 bis Oktober 1945 verwundet in englischer
Gefangenschaft (Lazarette in Barletta,
Caserta und ab August 1945
in Goslar)

1945   5. Oktober 1945: Heimkehr nach
Kirchheimbolanden
— 1. November 1945: Wieder-
aufnahme der Tätigkeit in Ludwigshafen (bis 1. Oktober 1973)

1947/48   Verteidiger von Carl Wurster

	im Nürnberger Prozess gegen die IG Farben Industrie AG
1949 bis 1953	IG-Entflechtung
30.1.52/28.3.53	Neugründung der BASF AG; Mitglied des Vorstands
1973	1. Oktober: Pensionierung
1974	Seit Hauptversammlung 1974: Mitglied des Aufsichtsrates der BASF

Nebentätigkeiten

1953 bis 1973	Verschiedene Positionen im Verband der Chemischen Industrie; Mitglied des Vorstandes des »Arbeitskreises zur Förderung der Aktie«
ab 1964	Mitglied des Arbeitskreises Mitbestimmung der Bundesvereinigung der Arbeitgeberverbände (Vorsitzender Hanns-Martin Schleyer)
1968 bis 1970	Offizieller Berater für die Wirtschaft in der sogenannten Biedenkopf-Kommission (Mitbestimmung)
1966	Gründungsmitglied des Arbeitskreises evangelischer Unternehmer (AEU)
etwa ab 1970	stellvertretender Vorsitzender AEU
seit 1979	Vorsitzender AEU
seit 1972	vom Rat berufenes Mitglied der Synode der evangelischen Kirche Deutschlands
jahrelang	Mitglied des Kuratoriums folgender Institute der Max-Planck-Gesellschaft: — Institut für ausländisches öffentliches Recht und Völkerrecht, Heidelberg

	— Institut für ausländisches und
	internationales Patent- und Urheber-
	recht, München
	— Institut für Kernphysik, Heidelberg
seit 1964	Ehrensenator der Hochschule für
	Verwaltungswissenschaften in Speyer
seit 1955	Mitglied des Rotary-Clubs Mannheim

Wolfgang Heintzeler
Der Mensch im Kosmos — Krone der Schöpfung oder Zufallsprodukt?

Ein Gespräch über das Selbstverständnis des Menschen im Spannungsfeld zwischen Naturwissenschaft und Religion

Rhein-Neckar-Zeitung: »Heintzeler, der Mann mit dem feinsinnigen Gespür und der Antenne zum philosophierenden Denken, kommt aufgrund seiner gemachten Erfahrungen zu dem Ergebnis, daß in unserem Jahrhundert das ›Selbst‹-Verständnis des Menschen in seinen Grundfesten erschüttert worden ist... Aus dem Buch geht hervor, daß der Autor... sich ganz besonders von der Frage bewegen läßt, ob der Mensch... de facto die Krone der Schöpfung ist oder ob er sein Vorhandensein nur einem flüchtigen chemischen Ablauf im Kosmos verdankt... Den Einstieg dazu gibt der Autor in geradezu genialer Art. Gespräche, die er im Laufe seines Lebens geführt hat, gibt er jetzt in dieser Publikation in fiktiven Gesprächen wieder.«

Der Rotarier: »Es handelt sich hier um eine Art ›sokratisches Gespräch‹ in unseren Tagen, ein Gespräch zwischem dem Laien, dem Physiker, dem Biologen und dem Philosophen (aus dem auch der Theologe spricht), das von der Kernfrage ausgeht, ob Jacques Monod recht hat mit seiner These, daß der Mensch ein Zufallsprodukt sei, ein ›Zigeuner am Rande des Universums‹, das ›gleichgültig ist gegen seine Hoffnungen, Leiden oder Verbrechen‹. ›In diesem Gespräch‹, so heißt es im Vorwort, ›geht es nicht um den konkreten Glaubensinhalt einer bestimmten Religion, sondern um den Versuch, Menschen, welche durch die Naturwissenschaft verunsichert sind, den Zugang zum Religiösen an sich offenzuhalten oder wieder zu öffnen.‹ ... Wie man diese Hoffnung auf eine ›zunehmende Bewußtseinserhellung‹ von Gläubigen der verschiedenen Weltreligionen auch beurteilen mag — es ist für jeden, der über den Sinn der menschlichen Existenz nachdenkt, ein sehr lesenswertes Buch.«

Seewald Verlag Stuttgart